karku-
matkoja

karku-
matkoja

MARIA OINONEN

Kansi: Maria Oinonen
Kannen kuvat: Vecteezy

Kustantaja: BoD – Books on Demand, Helsinki, Suomi
Valmistaja: BoD   Books on Demand, Norderstedt, Saksa
ISBN: 978-952-804-651-6

Sisällys

ALINA

Olin ollut tässä paikassa aiemminkin.

Alina säikähti huomiotaan, eihän se mitenkään voinut olla mahdollista. Paikka oli hänelle täysin uusi ja vieras, hädin tuskin kertaalleen silmäilty.

Hameenhelma oli tarttunut hikiseen reiteen, ja ajatus harhaili kun Phong puhui hänelle. Tai ei niinkään ajatus, niistä ei saanut tällä hetkellä otetta, vaan katse. Se siirtyi Phongin yläpuolella levottomasti tuulen mukana kaartuviin raskaisiin palmunlehtiin, joiden tippumista hän jostain syystä koko ajan odotti. Vaikkei oltu lähelläkään monsuunikautta.

Alina kiersi sormensa märäksi itsensä hikoilleen pitkän jääkahvilasin ympärille ja peitti osan Phongin sanoista helisyttämällä lasissa hiljalleen sulavia jääpaloja. Kahvi oli vielä liian vahvaa juotavaksi. Hän ei muutenkaan osannut kummemmin kahvia juoda, muttei ollut kertonut sitä vielä Phongille. Paljon muuta kyllä, mutta tämä arkinen asia oli unohtunut mainita. Ei hän ollut aavistanutkaan, että kahvittelu Phongin kotimaassa oli yhtä olennainen osa päivän kulkua kuin monille hänenkin kotimaassaan. Hieman erilaista, mutta yhtä lailla tärkeää.

Alina huomasi harhautuvansa taas hetkessä. Phongin kasvot olivat ihanat. Omintakeiset, aivan erilaiset minkälaisia hän oli tottunut katsomaan. Toinen suupieli karkasi hieman suurempaan hymyyn kuin toinen, ja kasvot levenivät ylöspäin. Tuntui, että moiset kasvot eivät voisi ikinä päästää yhtäkään valetta tai laskelmoitua elettä. Ne olivat täynnä vilpittömyyttä. Ei sellaista suorasukaista, tokaisevaa, jota joskus rehellisyydeksikin nimitettiin. Ja jonka varjolla sai sanoa mitä vain mieleen juolahtaa. Ei sellaista, vaan aivan erilaista. Ne olivat täynnä iloa. Täyttä valmiutta arjen pieniin, pikavauhdilla ohikiitäviin ilonhetkiin.

Siksikin hänen oli hieman vaikea keskittyä englantia pehmeän pongahtelevin konsonantein taittavan Phongin lauseisiin. Hän halusi nauttia tämän pienistä eleistä, alati karkaavasta hymynkaaresta ja kaukana toisistaan olevista suurista silmistä. Kärpäsestä, joka laskeutui tämän kädelle. Olalle, päälaelle. Sulatella Phongia sentti, sekunti kerrallaan.

Mutta tunne vain voimistui. Tunne, joka oli iskenyt vain hetkeä aiemmin heidän tähän istahdettuaan. Alina oli istunut tässä aiemminkin. Ajatus säikäytti hänet enemmän kuin mikään muu asia pitkään aikaan, vaikka hän olikin helposti säikähtävää sorttia. Mutta tässä ei ollut kysymys yllättäen paukahtavasta pakoputkesta, pimeällä kujalla roskapöntöstä pilkottavasta rotanhännästä tai vatsaa nytkäyttävästä ilmakuopasta. Tässä oli kysymys jostain tuntemattomasta, ja se sai levottomuuden hiipimään hitaasti jäsenestä toiseen. Joku olisi voinut kutsua tunnetta unimuistoksi, etiäiseksi tai muuksi satunnaiseksi mielleyhtymäksi. Tai kuitannut sen kevyesti déjà-vu:na ja jatkanut seuraavaan ajatukseen. Mutta ei, tämä tunne oli erilainen, koska hetkellisen harha-ajatuksen sijaan Alina tiesi. Hän tiesi, että tämä ei ollut ensimmäinen kerta, kun hän näki nuo aaltoilevan peltikaton päällä huojuvat palmunlehdet, käsiään yhteen hierovan sinnikkään kärpäsen ja keskellä päivää osittain vilkkuvan koristevaloputken räystään alla. Tai tunnisti voimakkaan kukkaistuoksun, joka leijaili heidän ympärillään. Vain osittaista kierrosta pyörivä jalkatuuletin päästi korisevaa ääntä, ja sen säleikköön oli tarttunut vaakatasossa heiluva kuivuneen palmunoksan kapea suikale. Alina muisti hetken, jolloin vanha tuuletin hajosi lopullisesti.

Hän todella oli istunut tässä ennenkin.

*

Alina oli istunut tässä tuolilla aivan liian monta kertaa aiemminkin. Hän oli istunut tässä tarkalleen ottaen kaksitoista vuotta. Se teki yhteensä 2832 arkipäivää. Yhteensä 22 656 paikallaan istuttua tuntia. Pois lukien ruokatauot ja harvat teetauot, jolloin hän käänteli laiskasti vuosia vanhojen naistenlehtien sivuja silmät puoliummessa, katse jonnekin mainoskuvien ja tekstin läpi kadonneena. Yllättävä ajatus työtunneista nosti ihon kananlihalle. Päätä särki. Päivä kulki hirvittävän hitaasti tänään. Joku työkavereista oli puhunut jo määrittelemättömän pitkään jostain päivän uutisaiheesta, ja puhe kantautui viereisestä avokonttorista kuuluvasti hänen työpisteelleen asti. Satunnaisesti joku ympärillä olevista vastasi puheeseen irrottamatta katsetta näytöstään. Näytöillä vilkkui milloin sähköpostien tekstirivejä, milloin kauppaketjujen tarjoussivuja. Jouko pelasi aina vartin pasianssia haettuaan automaatista uuden kahvikupposen. Sellaisen pienen pahvisen, joka heitettiin heti käytön jälkeen roskiin. Toimistolla oli myös kartonkikeräysastia, mutta sen tyhjä pohja näkyi aina. Maarit yritti välillä täyttää sitä muiden roskakoreista löytämistään kupeista.

Mutta Alina ei kuunnellut äänekkään työkaverin selostuksesta sanaakaan. Ensimmäiset viisi ehkä, sitten hän työnsi puheen taustalle kuin harmittoman, mutta rasittavasti itseään radiossa toistavan hittikappaleen. Tai kesämökillä nukahtamishetkellä korvassa inisevän hyttysen. Joka päivä pikkuvarvasta hankaavan puoli kokoa liian pienen kengän, jonka meni vahingossa ostamaan alennuksesta. Olihan sitä aikansa käytettävä, kun sen meni kerran hankkimaan. Kaikkeen tottui. Niin Alina halusi itselleen uskotella. Kunnes hänen elämäänsä tuli asia, joka sai hänen tottumuksensa muuttumaan. Se tapahtui hiljalleen. Asian nimi oli Phong.

Phong eli toistaiseksi vain hänen näytöllään. Ei työpaikan näytöllä, vaan hänen makuuhuoneessaan sijaitsevan sivupöydän tietokoneella, jonka ääreen hän istahti aina kello viisi, heti ensimmäiseksi töistä päästyään.

Mutta tänään Alina ei olisi malttanut odottaa. Hän muisti ennen joulupyhiä tehdyt ylityötunnit, jotka oli vielä pitämättä. Uutisista ääneen jauhavan työkaverin ääni kävi koko ajan kuuluvammaksi. Kello tuntui kuljettavan aikaa taaksepäin. Päänsärky alkoi säteillä ranteeseen, jalkakin nyki levottomana. Tukala olo levisi raaja raajalta, ja ikkunalaudalle jäähtynyt tee jätti suuhun kitkerän jälkimaun. Sitten palohälytys pärähti soimaan vinkuen aivan liian korkeilla taajuuksilla. Kerta oli jo kolmas kuukauden sisään, siitä lähtien kun hälyttimet oli uusittu. Työtoverit ottivat laiskasti untuvatakkinsa naulakoista ja vaihtoivat sisätossuja talvisaappaisiin. Äänekäs työtoveri ei vieläkään lopettanut jatkokertomustaan iltapäivälehden uusimmista käänteistä. Yksi kerrallaan kaikki nousivat kipeitä niskojaan puolelta toiselle venytellen ja lähtivät laiskana laumana kohti pääovia. Joku sulki näytön lähtiessään, toinen nappasi suklaapatukan mukaansa. Alina jäi paikoilleen seuraamaan ovesta poismatelevaa selkäletkaa ja tajusi, ettei kukaan huomioinut häntä. Ikään kuin hän olisi seurannut tapahtumaa vain sivustakatsojana tai kärpäsenä katossa. Oikeasti hän ei ollut yksi heistä. Hän oli sivustaseuraaja, syrjäänvetäytyjä, ulkopuolinen. Ehkä he kaikki tunsivat niin ja hyväksyivät sen. Hyväksyivät kaiken. Jumiutuvien niskojen tehottoman venyttelyn, päivittäin mainittavan liian laihan kahvin, alati vaihtuvat alipalkatut siivoojat, jotka jättivät vessaan liian vähän vessapaperia, viime vuonna poisbudjetoidun pikkujoulun, kevään korvilla vuoreksi kasautuvat ylityöt ja ylityötunnit, joista ei maksettu korvausta. Asiat, joista valitettiin päivästä toiseen, kahviautomaatin liepeillä, ruuhkabussiin ahtautuessa, lounasravintolan jonossa. Valitettiin, mutta silti vuodesta toiseen hyväksyttiin. Kukaan ei tehnyt mitään. Ei puhunut pomolle, tehnyt kirjallista valitusta tai vaihtanut työpaikkaa. Se oli osa jatkumoa, jännetuppitulehdusten ja virheellisesti pikkupakkasilla vinkuvien palohälyttimien virrassa. Se oli osa arkea.

Mutta jotain erilaista siinä päivässä silti oli, sillä Alina päätti toisin. Hän päätti olla hyväksymättä. 22 656 tuntia kumahteli hänen ohimoillaan pieninä neulanpistoina ja takaraivossa tykytti. Hän katsoi reunasta hieman säröillyttä posliinimukiaan, josta roikkui märkä liptonin lanka. Hän oli siemaissut kupista kenties 20 000 kertaa. Kuppi jäisi siihen.

Sitten Alina toimi kuin kaikki olisi suunniteltu etukäteen. Hän yllättyi siitä itsekin. Ensiksi hän poisti kaikki salasanansa, kirjanmerkkinsä, selaushistoriansa ja työpöydällä olevat muistiinpanonsa. Kone sammui viimeistä kertaa. Hän kaivoi vuosien varsilta kertyneet paperipinonsa ja ahtoi ne silppuriin. Sitten hän laittoi harvat henkilökohtaiset esineensä olkalaukkuunsa ja yllättyi niiden vähyydestä. Ikään kuin hän olisi ollut työpisteellään vasta hetken. Joukon työpiste ryöppysi tavaraa Maaritin hyllyn puolelle. Alinalla oli ollut työtasollaan kynän ja avaamattoman muistilappupakkauksen lisäksi vain sateenvarjo ja halkeillut uudelle työntekijälle lahjoitettu posliinimuki, joka toivotti tervetulleeksi töihin, ajalta ennen automaattia. Tuntui, että hän olisi valmistautunut tähän hetkeen jo vuosia etukäteen. Valmistautunut evakuoimaan itsensä rakennuksesta. Pois työpisteeltään, yhteisöstä, tontilta, niin pitkälle kuin ikinä ehtisi. Pidemmälle kuin olisi osannut vielä hetki sitten kuvitellakaan.

Alina oli nähnyt sivusilmällä kulman takana maleksivan työporukkalaumansa kiskovan huppuja päähänsä tihkusateessa, mutta kukaan ei katsonut häntä päinkään. Siitä Alina piti huolen.

Hän ei valinnut tuttua bussipysäkkiään, linjaa, jota oli kulkenut kahdentoista vuoden ajan, vaan kiirehti kohti kotia aivan eri reittiä, alitajunnan ohjaamana, salasuunnitelman suojaamana. Suunnitelma tosin vaikutti salaiselta jopa hänelle itselleen, mutta kädet ja jalat tuntuivat silti tietävän tarkalleen mitä tehdä. Tänään hän tekisi aivan toisin. Aivan toisin kuin oli tehnyt koko elämänsä ajan.

Alina veti raskaasti naksahtavan ulko-oven perässään kiinni ja yllättyi, miten kaikki tuntui olevan jo järjestyksessään. Hänellä oli ollut se käsitys, että hänen kotinsa oli aina pienessä kaaoksessa. Tiskit tiskaamatta ja likasukat oven nurkissa ja sängyn alla. Sellaisessa pienkaaoksessa, jota kaikki harmittelivat omassa elämässään. Mutta nyt kaikki vaikutti olevan valmiiksi hoidettuina. Astiat kuivuivat tiskikaapissa, jääkaappi oli lähes tyhjä, ja pyykkikorissa oli vain parit vaivaiset alushousut. Parveke oli lapioitu lopuista lumenrippeistä, ja hiuksia ei näkynyt möykyksi kietoutuneena suihkukaivon kannella. Laskut oli työnnetty jonnekin kaapin perälle maksettuina. Postiluukkuun oli liimattu tuliterä käsinkirjoitettu "ei mainoksia eikä ilmaisjakelua, kiitos" -lappu, auringonpaisteisella hymynaamalla koristeltuna. Alina muisti tehneensä asioista vain osan, niin kuin arjen automaatiolla tehdyistä askareista tuppasi muistamaan, mutta hätkähti silti valmistautumistaan. Matkalaukkukin löytyi eteisen kaapista imurin vierestä talvella taloyhtiössä tapahtuneen kellarin korjauksen jäljiltä.

Alina istui hetkeksi keittiötuolille kaivaakseen esille järkeviä ajatuksia. Johdonmukaisia, rationaalisia, sellaisia, jotka johtivat rutiininomaiseen toimintaan arkipäivästä toiseen. Ajoissa maksettuihin laskuihin, jääkaapista löytyvään iltaruokaan. Mutta Alinan mieli oli tyhjä. Ei, ei tyhjä sittenkään, vaan kirkas. Hänen ei tarvinnut ajatella mitään, sillä hän tiesi jo miten toimia. Hänen sormensa tiesivät mitä kirjoittaa, ja jalkansa hakeutuivat oikeisiin kohtiin asuntoa. Matkalaukku, vaatteet, toilettilaukun täyttäminen, vara-avaimet, passi. Ja sitten viesti.

"Hei, tänään en ehdi jutella. Ostan lennot. Nähdään pian!"

Turbulenssin kouraistessa vatsaa Alina toisti vielä päässään sormiensa näpyttelemiä lauseita. Hän ihaili sormiensa rohkeutta kirjoittaa moiset itseään selittelemättömät virkkeet, toteamukset. Näin asia oli päätetty ja tulisi olemaan. Ilman turhia vatvomisia. Pitkä, keuhkot turhasta painosta tyhjentävä henkäys karkasi suusta. Miten yksinkertaiset toteamukset saattoivatkaan tuottaa sellaista helpotusta. Miten niillä olikaan voima muuttaa koko elämä. Yhden iltapäivän aikana.

Ja nyt, kun muut matkustajat olivat alkaneet vetää silmämaskeja kasvoillensa ja pimeää lentokoneen käytävää valaisi enää satunnaiset lukulamput, painoi Alina päänsä ikkunan reunaa vasten ja kuunteli vierustoverinsa unta hakevaa kurkkukohinaa. Alina oli ennen yötä päättänyt kohteliaisuussyistä tiedustella tämän matkakohdetta, kuuluihan lentoon välilaskukin, mutta oli katunut heti liiallista tuttavallisuuttaan. Vierustoveri ei ollut kääntynyt katsomaan Alinaa lainkaan, oli vain ollut pitkään hiljaa ja mutissut lopuksi itsekseen, että oli matkalla jonnekin missä voisi olla koti. Alina oli ehtinyt huomata tämän poikkeuksellisen siniset silmät ennen kuin tämä oli painanut lopulta luomensa kiinni kuin luovuttaneena, pakon edessä yön pimeään suostuvana.

Alina tunsi helpotusta, tosiaan valtavaa helpotusta. Nyt hän vasta tajusi sen kunnolla. Kuluneet päivät olivat sujuneet sellaisella tarmolla ja päättäväisyydellä, jollaista hän ei tiennyt itsessään olevankaan. Se ei ollut tavallista työarkea ohjaavaa toimintaa, vaan jokin alitajunnasta noussut vaisto, joka oli järjestänyt hänelle lennot, viisumit, ylimääräiset passikuvat, postinsiirron. Jokin hänessä oli ollut jo valmiina tuota kaikkea varten.

Ja tässä hän nyt oli, unettomana uneliaiden joukossa, mieli valppaampana kuin koskaan ennen, tuntien helpotusta, jollaisesta ei ollut tiennytkään. Hän pystyisi olemaan tässä hetkessä kenties ikuisuuden. Tässä painottomassa välitilassa, jossa hän matkusti kuin kehdossa tai kohdussa, jonkun muun ohjaamana, ajasta toiseen. Talvesta kesään. Vaikka hän oli matkustanut lentokoneessa aiemminkin, uima-altaiden ja kreikkalaisen salaatin äärelle, oli tunne tällä kertaa kuitenkin aivan toinen. Koko kone tuntui toiselta maailmalta. Tai ei maailmalta, ei lainkaan, vaan portilta toiseen maailmaan. Mitkään hänen aiemmin oppimistaan päivärutiineista ei tulisi auttamaan tästä eteenpäin. Aamubussin aikataulut, lähikaupan aukioloajat, työsähköpostien valmisvastaukset. Tästä eteenpäin hän olisi vieraalla maaperällä.

Yhden välilaskun ja lähes vuorokauden matkanteon jälkeen Alina veti nytkähtelevästi kulkevaa matkalaukkuaan lentokentän asfalttia pitkin. Ilma tuntui heti erilaiselta, paksun painavalta. Hän ahtautui lentokenttäbussiin johonkin hellehattupäisen, kovaäänisesti hohottavan länsimaalaisturistin ja kasvot puoliksi suojamaskilla peittäneen aasialaisnaisen kainaloiden välitilaan. Kostea ilma hönkäisi kuumat hikipisarat otsalle ja sai niskahiukset tarrautumaan toisiinsa märäksi kierteeksi. Lentokoneet ja lentokentät, läpivalaisuineen, turvatarkastuksineen ja tiiviine jonoineen oli aina vieroksuttaneet häntä, puistattaneet jopa. Siksi hän oli niin ihmeissään lentomatkasta, joka oli sujunut lähes ongelmitta, pientä turbulenssia lukuun ottamatta. Hän halusi selvittää tiensä nopeasti pois taas tästäkin tarkkaan määrättyjen sääntöjen, kieltojen ja rajoitusten labyrintista. Hän pelkäsi joutuvansa epäiltyjen listalle, oudoksuttujen. Se pelko oli kai ohjannut elämää enemmän kuin hän oli tajunnutkaan. Valmiiksi vuoratulla, tuhansien tallomalla tiellä oli turvallisinta kulkea. Mitään ei tarvinnut suuremmin kyseenalaistaa, häntä vähiten.

"Ammatti: Toimistotyöntekijä, Matkan tarkoitus: Loma, Hotellin osoite: Welcome rooms". Alina toisti

mielessään mantrana viisumihakemukseensa kirjoitta-
miaan vastauksia. Hän asettui jonoon valmiiksi silitetyt
kymmenen dollarin setelit käsissään hikoillen. Edessä
oleva turisti vaihtoi asentoaan levottomasti varvassan-
daalit lattiaa vasten läpsyen. Alina kuikuili jonon pi-
tuutta ja huomasi vieressä olevan jonon pysähtyneen jo
pidemmäksi toviksi. Tiskillä oli tyttö, tai nuori nainen
jo, jonka valtavan paksu musta hiuspehko oli kiedottu
niskan tasolla roikkuvaksi raskaaksi nutturaksi. Tytön
olkapäät olivat paljaat, ja Alina tuijotti pitkään tämän
toiselta olalta valahtanutta topin olkainta. Pientä synty-
mämerkkiä tytön olkapäässä. Kello tikitti kovaäänises-
ti, tilassa kaikuivat oudosti lausuttujen nimikuulutusten
seurauksena ripeät kassalle suuntaavat askeleet. Alina
menetti hetkeksi ajantajunsa kuin olisi puoliksi unessa.
Syntymämerkki, viisari, askeleen läpsytys. Syntymä-
merkki, viisari, katonrajassa rätisevä tuuletin. Minuut-
ti, ehkä kymmen ja Alina ojensi seteleitä virkailijalle.
Loma, welcome, toimisto, mieli kertasi vielä väsynee-
nä. Virkailija tuntui välttelevän katsekontaktia, ja Ali-
nan osittain uneen painuva katse hakeutui viereiseen
riviin. Paksutukkainen tyttö oli vieläkin tiskillä. Alina
ei tiennyt, kuinka kauan hänen katseensa viipyi tytös-
sä, mutta yhtäkkiä tämä huomasi Alinan, tai ehkä
kääntyi katsomaan häntä sattumalta. Tytön silmät oli-
vat hirvittävän lempeät, ja Alina huomasi pysähtyneen-
sä niihin pidemmäksi aikaa kuin tällaisessa tilanteessa
oli yleensä sopivaa. Reaktio oli sinänsä outo, ehkä vä-
symyksen johdattama, koska yleensä Alina väisti it-
seensä kohdistuvat katseet, torjui epätoivottujen tun-
keilijoiden yritykset määrittää hänet mieleisekseen.
Silti nyt, hän ei saanut jostain syystä katsettaan irti ty-
töstä. Katseli vain tätä kuin valokuvaa, jota pitkään tui-
jottamalla yritetään tavoittaa kauaksi kadotettuja muis-

toja. Liian pitkästä katseesta huolimatta tyttö ei kääntänyt kasvojaan pois Alinasta. Hän ei myöskään kohottanut kulmakarvojaan tai yrittänyt tervehtiä. Piti vain saman lempeän ilmeensä, jossa ei ollut hitustakaan epäilystä tai epäiltävää. Tytön olkain oli edelleen irrallaan. Nutturasta oli karannut suortuva kasvojen ympärille. Nutturan ympärillä oli kuminauha ja niskassa pehmeän näköistä hentoa untuvaa. Lapaluiden väliin oli noussut henkäys hikeä. Kuluneen näköinen likainen rinkka makasi tytön puoliksi paljasta reittä vasten. Tytön katse lepäsi edelleen Alinassa. Kuinka harvinaisia tuollaiset katseet olivatkaan, katseet jotka eivät yrittäneet määritellä häntä, arvioida tai olettaa. Ajatus karkasi, kun jokin nykäisi Alinan huomion. Vihreäpukuinen virkailija ei vieläkään katsonut häntä, mutta alkoi jo selvästi olla saanut tarpeekseen. Alina tarttui matkalaukkuunsa ja veti sen laiskasti kohti sekalaisissa riveissä olevia muovituoleja. Tyttö jäi yhä tiskille.

Alina tuijotti käsissään olevaa paksua ryppyistä setelipinkkaa, jossa vilisi nollia loputtomiin, ja tunki sen väsyneenä laukkuunsa. Hän etsi katseellaan jotain bussipysäkkiä muistuttavaa. Parkkipaikka oli reunoja myöten täynnä moottoripyöriä, ja jokseenkin unohdetun näköinen bussikatos löytyi sen takaa. Alina ihmetteli, miksi hän nousi automaattisesti bussiin numero 49 kysymättä sen määränpäätä, mutta epäili lukeneensa tiedon jostain nopeatahtisen matkavalmistelunsa lomassa.

Rannetta särki. Matkalaukku yhdistettynä kaupungin olemattomiin jalankulkuteihin ei ollut toimiva yhtälö, joten Alina kantoi pientä matkalaukkua kädessään. Moottoripyörien tauoton epävireinen tööttäyssinfonia rytmitti hidasta etenemistä kadunvierustassa, jossa suippohattuinen nainen huuhteli isossa pyöreässä vadissa yrttejä kyykkyasentoon taipuneena. Toinen paistoi pieniä itujen täyttämiä lettusia savun puskiessa kasvoille ja peittäen näkyvyyden. Yllättäen väärältä puolelta äänettömästi ajava mopo hipoi hänen kylkeään. Joku heitti tiskivedet kadulle. Vesi roiskui varpaille, räystään reunalta tippui jotain hiuksiin. Korjaamon edustalla sirkkeli lennätti kipinöitä kohti pohkeita. Jossain tuoksui voimakkaan makea, mutta samalla pöyristyttävän tunkkainen hedelmä. Moottoripyöriä ilmestyi eteen kaikista mahdottoman oloisista raoista ja koloista, karaoke raikui korvia viiltävästi jonkun talon edustalla. Bensiinin haju kirveli nenää, ja rakennusten eteen jätetyistä roskapusseista tunki mätien ruoantähteiden lemu. Kadunkulmassa oli aseteltuna pieni alttarintapainen, jossa savusi suitsuke ympäröitynä pienillä kääreellisillä karamelleilla ja jääteellä pillin kera. Rotanhäntä pilkahti riisisäkin takaa. Hiki kirveli silmissä niin, että pian ympäristöstä piirtyi esiin vain pakokaasujen täyttämä pieni osa sieltä, äänten sekamelska tuolta.

Paita oli liimautunut kokonaan kiinni selkään ja pikkuvarpaassa oli jo pitkälle kehittynyt rakkula, kun Alina avasi pimeän hotellihuoneensa oven. Ovi napsahti kiinni, paita lensi lattialle mytyksi, ja Alina tunsi raskaan kehonsa painuvan sängyn päälle hämärässä huoneessa. Tuulettimen äänekäs surina oli viimeinen muistikuva ennen kuin viimeinenkin väsynyt valveajatus vaihtui alitajunnan maalaamaan muotoon.

Alina ei ollut vielä avannut silmiään, kun hän kuuli avaimen kilinää ja oven naksahduksen. Hän oli vähintäänkin pökerryksissä, kenties vuorokauden nukkuneena, tai ehkä vain pari tuntia. Oli vaikea hahmottaa, missä oli. Valo napsahti päälle, ja tyttö katsoi Alinaa liike pysähtyneenä. Alina oli ehkä säikähtänyt, mutta oli liian väsynyt osoittaakseen sitä. Tytönkään katse ei värähtänyt.

– Ai! tyttö sai sanotuksi.

Alina meinasi kysyä, kuka tyttö oli tai mitä tämä teki hänen huoneessa, mutta tajusi hetken ajatuksia koottuaan, ettei oikeastaan tiennyt, oliko itse oikeassa huoneessa tai kukaties edes oikeassa hotellissa. Olikohan kyseessä edes sama päivä, jona hän oli sisäänkirjautunut hotelliin. Päivänvalon sijasta ikkuna näytti pimeää. Ehkä päivä oli vaihtunut illaksi. Mistään ei saanut otetta. Tyttö kääntyi takaisin katsomaan oven numeroa ja käsissään olevaa puista avaimenperää ja kohautti harteitaan.

– Odottaa, käydä kysyä, tämä sanoi pehmeällä aksentilla, jätti ison reppunsa huoneeseen, oven raolleen ja katosi jonnekin käytävään. Alina tuijotti tokkuraisena lattialla olevaa paitamyttyään, tytön reppua ja kylpyhuoneeseen oven alta sujahtavaa torakkaa ja haki katseellaan kelloa, jota huoneesta ei löytynyt. Kadulta ei kuulunut juuri mitään ääniä. Ehkä oli yö.

Ajatus kesti muotoutua kenties useammankin minuutin vuorokausirytmin sekoittaneen aikaeron jäljiltä, sillä kohta tyttö jo palasi huoneeseen. Sen sijaan, että tämä olisi nostanut rinkkansa ja pahoitellut sekaannusta, tai ehkä pyytänyt Alinaa poistumaan omasta huoneestaan, tyttö vain sulki oven, läpsytteli Alinan vierellä olevalle sängylle istumaan ja potkaisi yli-isot sandaalit pois yhdellä jalan huitaisulla.

– Ne sekoittaa varaus, mutta saada huone puolikas hinta.

Nyt tyttö jo hymyili nopeasti ja pani pitkäkseen sängylle. Alina alkoi herätä sekunti sekunnilta ja yritti samalla saada tolkkua tytön sanoista ja tilanteen kulusta. Ilmeisesti kysymykset nousivat huulten sijasta Alinan oudosti vääntyneille kasvoille, sillä tyttö kääntyi takaisin hänen puoleensa.

– Totta kai maksaa oma raha. Automaatti jo suljettu. Aamulla käydä uusi automaatti.

Ja taas hymy. Eli tyttö oli tilanteeseen tyytyväinen. Alinalla ei ollut hajuakaan oliko tilanne normaali vai ei, mutta sen hän tiesi, että oli kaukana kotimaastaan, joten samat säännöt tuskin pätisivät täällä. Hän tajusi olevansa peiton alla ilman yläosaa, joten nousi kaivamaan selkä kovasta patjasta jäykistyneenä matkalaukustaan jotain sopivaa. Pian alkoi hahmottua, mitä hän oli ottanut mukaansa äkkilähtönsä yhteydessä. Mitään yöpaidaksi määriteltävää laukussa ei ollut. Tällä välin tyttö oli jo noussut, kaivanut hammasharjansa ja oli tehokkuudeltaan hieman Alinaa edellä, koska ojensi tälle jotain valkoista myttyä.

– Saada tämä laina, moni vaate.

Mytty oli valkoinen iso t-paita, jossa luki I love papa. Alina kuiskasi kiitoksen ja veti paidan päälleen. Tyttö tuskin kuuli kiitosta, kylpyhuoneesta kuului jo hampaiden harjausta, suihkun kohinaa ja pientä hyräilyä. Alina katsoi ympärilleen otsa kurtussa. Eihän hän ollut ehtinyt edes siivota. Tai mitä hän ajattelikaan, hänhän oli hotellissa eikä ollut ehtinyt sotkeakaan. Pitäisikö silti tarjota tytölle jotain minijääkaapista. Tai ehkä sittenkin ehdottaa, että he kävisivät yhdessä selvittelemässä tilannetta vastaanottotiskillä. Vai olisikohan se epäkohteliasta ja kaiken lisäksi turhaa. Ajatukset painoivat väsynyttä päätä enemmän kuin olisi jaksanut kantaa. Vaikka hän oli jo nukkunut määrittelemättömän ajan, hän olisi voinut nukahtaa heti uudestaan. Siitäkin huolimatta, että näemmä jakoikin nyt huoneen tuntemattoman ihmisen kanssa.

Tuntematon tuli kylpyhuoneesta pyyhe ympärillään paksut hiukset yhä löysemmälle nutturalle valahtaneena. Alina katseli sivusilmällä tämän olkapäässä olevaa syntymämerkkiä, sydämenmuotoista, ja veti peittoa päälleen. Ehkä oli parempi olla tekemättä mitään. Väsytti, oli selkeästi yö. Huomenna kaikki olisi helpompi selvittää. Tyttökin vaikutti tyytyväiseltä. Tilanne ei ehkä ollut niin poikkeava kuin aluksi luuli. Alina käänsi kylkeä, ja tytön puolella oleva yölamppu jäi vielä hetkeksi päälle. Tytön lainaamasta t-paidasta leijaili pieni tuoksu. Siinä oli jotain tuttua, mutta hän ei pystynyt määrittelemään mitä. Jotain luonnonmukaista, kukkaista. Mutta Alina ei tiennyt juuri mitään kukista. Ja se oli hänen viimeinen ajatuksensa ennen kuin hän ehkä nukahti.

Alina näki unta appelsiineista. Niitä oli paljon, yli äyräiden, ja niiden mehu pirskahteli käsissä, valui tahmeana sormenvälejä pitkin. Niiden kirpeä tuoksu muuttui yhtäkkiä, johonkin paljon makeampaan. Tuoksu voimistui niin paljon, että hän heräsi omaan nuuhkaisuunsa. Oli yhä yö, ja sama yölamppu muodosti pehmeän ringin toisen sängyn päälle, kuin pyhän kehän jonka sisällä tyttö oli. Tytöllä oli sylissään iso keltainen hedelmä, ja hän kääntyi Alinaan puoleen kuin tämä olisi ollut koko ajan hereillä.

– Ottaa?

Alina vain tuijotti hedelmää passiivisena kuin näkisi edelleen unta.

– Mango, tosi hyvä, tyttö pyyhkäisi suupieltään kämmenselkäänsä suurella kädenliikkeellä.

Alina otti vastaan puoliksi syödyn mangon tytöltä ja

tunsi ohimennen tämän käden pehmeyden. Iho oli pumpulimaista. Alinan iho oli hiekkapaperia talven jäljiltä, ja sävy muistutti jotain valkoisen ja harmaanvioletin väliltä. Tyttö kellahti sängystä ylös, ja Alina katsoi mangonsa takaa tytön pilkukkaita alushousuja tämän mennessä hörppäämään vettä isosta vesipullosta. Tämän jälkeen tyttö käveli muitta mutkitta Alinan luokse, istui tämän sängyn reunalle, ojensi vesipullon ja haukkasi itse mangoa suoraan Alinan kädestä. Tyttö toimi kuin se olisi luonnollisin asia ikinä. Alina oli aina ihmetellyt ihmisiä, jotka pystyivät olemaan täysin rentoina tilanteessa kuin tilanteessa, omina itsenään, vapautuneina kuin lapset, mutta tässä tytössä oli jotain erilaista. Hän ei tuntenut itseään vaivaantuneeksi tämän seurassa. Kuin jossain mielessä tyttö olisi istunut jo monet kerrat tuossa, hänen peittonsa päällä.

– Ei saada ikinä uni ensimmäinen yö, tyttö sanoi.

– kun lähteä uuteen.

Tyttö käänsi katseensa suoraan yhä puoliksi makaavan Alinan kasvoihin ja katsoi tätä pitkään ja läheltä. Alina päätteli, että tämä olisi hyvä hetki sanoa itse jotain aiheeseen kuuluvaa. Hän oli ollut aina huono lukemaan sosiaalisen kanssakäymisen sanomattomia sääntöjä.

– Minä saan. Liikaakin. Nukun liikaa.

Tyttö nyökkäsi hitaasti.

– Kun minä alkaa nukkua liika, vaihtaa paikka. Sitten herätä taas.

Alina nyökkäsi kohteliaisuudesta, vaikkei ymmärtänyt mitä tyttö tarkoitti. Tyttö pyyhki mangon tahrimat kätensä reisiinsä, pyöreisiin ja pehmeisiin, kuten nuorilla oli, Alina ehti ajatella ennen kuin sulki silmänsä. Ehkä uni tulisi taas, ja tyttö palaisi kokemaan unettomuutta omalle sängylleen.

Alina sai taas yllättyä hyvistä unenlahjoistaan, sillä seuraavaksi hän heräsi siihen, kun rinkan soljet napsautettiin kiinni.

– Lähteä aamujuna? tyttö kysyi.

Jossain kiekui kukko, mutta ääni hautautui pian moottorien pärinän alle. Alina puisteli päätänsä. Hän kertoi ostaneensa valmiiksi lipun iltapäivän junaan.

– Okei. Varmistaa ensin säätieto. Jättää jääkaappi appelsiinit, aamupala.

Ja ne olivat viimeiset sanat, kun tyttö heitti rinkan olallensa, hymyili ovensuussa kuin pariskunnan toinen osapuoli, joka lähtee aamulla töihin, ja veti oven kiinni. Alina ehti sanoa hei heit vasta, kun ovi oli jo sulkeutunut ja sandaalien läpsytys kaikkosi käytävästä ohuen seinän läpi. Säätiedotus. Appelsiinit. Hän mietti pitäisikö nukkua vielä lisää, sillä pää ei jaksanut käsitellä enää mitään ylimääräistä. Junakin lähtisi vasta useamman tunnin päästä. Mutta huone tuntui yhtäkkiä järisyttävän hiljaiselta ja autiolta. Kuin edes Alina itse ei olisi siellä enää.

Hän oli muistellut tytön sanoja säästä ja varustautunut aurinkovoiteella, hatulla ja huivilla. Taivas oli kuitenkin täynnä pilviä, jotka liikkuivat nopeasti ja limittäin puristuen välillä tummaksi solmuvyyhdiksi.

Pian olisi se hetki. Hetki oli ollut vasta teoreettinen haave vielä viikkoa aiemmin. Loppuiltaan mennessä hän tapaisi Phongin. Vihdoin. Phongin, jolla oli kurkusta kimpoileva hersyvä nauru. Sellainen, jonka aitoutta oli turha epäillä. Johon oli aina helppo yhtyä. Phongin, joka oli aina kiinnostunut Alinan ajatuksista ja päivän kulusta, vaikka ne olivat kuinka tylsiä tahansa. Phongin, joka esitti Alinalle kysymyksiä, jonkalaisia kukaan ei ollut aiemmin esittänyt. Kysymyksiä, jotka saivat Alinan itsekin pohtimaan elämää, päivä päivältä yhä enemmän. Hän oli ensin epäillyt heidän kielitaitonsa toimivuutta, mutta oli oivaltanut jo ensimmäisen keskustelun jälkeen jotain itsestään. Ensimmäistä kertaa elämässään hän ei ollut omaan kieleensä asetettujen rajojen vanki. Hän oli ennemminkin vapaa, vapaa etsimään uusia reittejä itsensä ilmaisuun, toisen ymmärtämiseen. Hänellä oli käsissään mahdollisuus luoda kokonaan uusi kieli, salamaailma, yhdessä Phongin kanssa. Ja niin hän oli tehnyt, päivä, sana kerrallaan.

Kaikki oli alkanut hänen elämässään alusta, kun yhtenä aivan tavallisena päivänä hän oli teellä ystävänsä Kimin luona. Kim oli Alinan ainoa ulkomaalainen ystävä, tai ei niinkään ulkomaalainen, olihan hän asunut täällä jo vuosia. He eivät nähneet usein, vain muutaman kerran vuodessa. Mutta tapaamiset olivat niin lämminhenkisiä, että ne antoivat Alinalle enemmän kuin tapaamiset muiden kanssa. He olivat tavanneet alun perin työväenopiston kurssilla, jossa opeteltiin tekemään terveellistä ja maittavaa arkiruokaa. Ruoat olivat outoja yhdistelmiä tavallisen arkiruoan ja aasialaisten vaikutteiden väliltä. Kim oli tullut opettelemaan kurssille paikallisen ruoan tekemistä, Alina aasialaisen. Alina ei enää kestänyt käydä työpaikan meluisassa lounasravintolassa kuuntelemassa työtovereidensa mielipiteitä kielitaidottomista siivoojista tai edellisillan ajankohtaisohjelmien vieraista. Jokapäiväistä puhetta turhanpäiväisistä pikkuasioista, joista kaikkien odotettiin olevan samaa mieltä. Eineksiäkään hän ei liiemmin sietänyt, joten ruokaa piti opetella laittamaan. Salaatti ja eväsleivät kyllästyttivät. Hän oli myös halunnut elämäänsä uutta piristystä. Ruoka oli todennäköisesti vain tekosyy. Kurssi oli kätevästi lähellä Alinan kotia ja toi mukavaa vaihtelua itseään toistaviin arki-iltoihin. Ja niin hän tapasi Kimin ensimmäisellä tunnilla. Heistä tuli välittömästi erottamaton aisapari. Yhdessä he pähkäilivät kesäkurpitsalasagnen ja mausteisen munakkaan ainesosia ja paistoaikoja. Lopputulokset olivat harvemmin terveellistä ja maittavaa, mutta yhdessä vietetty aika oli sitäkin antoisampaa.

Kurssin loputtua he tapasivat toisiaan edelleen harvakseltaan, mutta juteltavaa oli sitäkin enemmän. He tapasivat aina Kimin luona, mikä sopi Alinalle hyvin, sillä hän kaipasi maisemanvaihdosta. Kurkistusta omien humisevien seiniensä ulkopuolelle. Kimin luona oli askeettista, mutta silti jotenkin kummallisella tavalla tunnelma oli paljon kotoisampi. Ehkä se johtui siitä, että Alinan ei tarvinnut olla yksin. Välillä hän tunsi yksin ollessaan, ettei edes ollut kunnolla olemassa. Päivät ja ajatukset toistuivat samoina, tasaisen harmaina asfalttiteinä. Mitään uutta ajatusta ei syntynyt samojen seinien sisällä. Kimin kanssa hän tunsi olevansa enemmän elossa, niinäkin päivinä kun he eivät olleet yhteydessä. Tämä nauroi kovaa ja korkealta, räiskähteli, muuttui hetkessä vakavaksi ja läiskäytti ystäväänsä leikillisesti. Käytös pakotti Alinankin ulos kuorestaan ja sai hetken ajaksi unohtamaan oman kulttuurinsa myötä rakentuneen roolinsa.

Ja sitten tuli se Alinan elämän uudelle alulle paneva päivä. Päivä, jolloin kevät oli vasta alkamassa, hirveän myöhässä, ja ensimmäiset pajunoksat puskivat ojista vasta paljon pääsiäisen jälkeen. Oli pyhäpäivä ja lähipuistot täynnä maahan tallottuja serpentiinejä, mutta Alina ja Kim sulkivat sateen uhan ulkotiloihin ja istuivat lattialla iso pöytätarjotin välissään. Olohuoneen laidalla oli iso televisio, jonka edessä oli huojuva pino määrittelemättömiä dvd-levyjä ja niiden vieressä iso kaiutinsysteemi mikrofoneineen. Ikkunasta vielä yllättävän kylmänsävyisenä työntyvä päivänvalo tarjosi kukkakaupan myyjän suosittelemille tuliaistulppaaneille kitsaasti kasvuainesta. Tulppaanimaljakon vieressä oli toinen ruukku, josta sojotti monenvärisiä tekokukkia. Tarjottimella heidän edessään oli teekannu pienine kupposineen sekä neliskanttisia käärekarkkeja, joiden sisällä oli vihreän teen makuisia, suussa jauhemaisesti sulavia makeisia. Alina oli kysellyt aiemmillakin kerroilla niiden sisältöä, mutta Kim oli aina toistanut vain niiden alkuperäisnimen, joten varsinainen sisältö jäi mysteeriksi. He juttelivat kaikkea lempisarjoistaan vuodenaikojen ilmiöihin, outoihin naapureihin ja kesälomasuunnitelmiin kultaisten tyhjien käärepapereiden lisääntyessä pöydällä, kunnes keskustelun katkaisi äänekäs plumpsahteleva soittoääni. Kimin tietokone välkkyi. Hänen silmänsä aukesivat isoiksi ja sykkiviksi.

– Serkku! Kim ponkaisi hetkessä ylös kyykkyasennostaan ja juoksi koneelle, ennen kuin Alina oli ehtinyt edes avata suutaan kysymykseen. Kim napautti ruutua, huudahti sen edessä jotain kovaäänisen riemukkaasti ja viittoili tohkeissaan Alinaa ruudun eteen. Ruudulla näkyivät kasvot. Ja siinä, Kimin olkapään takaa, hän näki Phongin ensimmäistä kertaa.

Serkkupoika, Kim toisti ilosta suunniltaan, esitteli heitä puolin ja toisin ja kertoi Phongille Alinasta, aivan kuin heillä ei muuta juteltavaa olisi ollutkaan. Alina tunsi olonsa puoliksi kunniavieraaksi ja puoliksi tunkeilijaksi eikä tiennyt pitäisikö kohteliaisuuttaan ottaa askel taka-alalle toisilla puolilla maailmaa asuvien serkusten videokeskustelun tieltä. Mutta Kimin käytös viestitti, että Alina oli heidän koko keskustelunsa ydin. Keskustelussa oli vain muutama Alinalle kohdennettu sana siellä täällä, ja välillä Kim eksyi englanninkin puolelle, mutta valtaosa keskustelusta jäi Alinan ymmärryksen ulottumattomiin. Se ei haitannut, koska hän ei ollut mestari yllättävissä sosiaalisissa kohtaamisissa. Ja sitä paitsi – hän oli juuttunut johonkin aivan muuhun. Serkkupojan kasvoihin. Phong. Nimi jäi kumahtelemaan Alinan huulille. Jokin uusi tai ehkä vain vuosien varrella unohdettu poltteli lämpimästi hänen sisällään.

Onneksi Phong oli tehnyt aloitteen. Ensiksi Alina oli kysynyt Kimiltä varovaisesti Phongin kuulumisia kohteliaiden sivulauseiden muodossa, mikä ehkä oli johtanut Phongin ehdottamaan virtuaalista kirjekaveruutta. Mutta oikeasti tuntui, että Kim oli tajunnut jutun juonen nopeammin kuin Alina tai Phong itsekään. Vielä tänäkin päivänä Alina mietti, oliko Kim sittenkin järjestänyt koko jutun, mutta ei viitsinyt turhaan nostaa asiaa tapetille. Lopputulema kuitenkin oli, että kahden kollektiivisen Kimin luona käydyn videopuhelun jälkeen Phong ja hän siirtyivät kahdenkeskiseen viestittelyyn, jonka aikana Alina alkoi tuntea taas veren virtaavan nopeammin itsessään. Kuin hän olisi nuortunut päivä päivältä. Kuin hän olisi vanhemmiltaan salaa tuntemattoman pojan kanssa viestittelevä teinityttö, joka vain odotti läpi puuduttavan pitkän koulupäivän päästäkseen punastelemaan ujosti tietokoneensa ääreen. Todellisuudessa pulpetti oli työpöytä ja teinien tilalla oli jo ajat päivät sitten täysikäistyneet kuhertelijat, mutta mielen voima väritti heidät iättömiksi ja päivät ajattomiksi. Viikot kuluivat ilman, että Alina jaksoi muistella, mikä viikonpäivä oli milloinkin kyseessä.

Hän eli kello viittä varten. Aikaero antoi heille tunnin päivässä yhteistä aikaa.

Joku nykäisi Alinaa olkapäästä, ja hän tajusi ojentaa lippunsa nykijälle. Juna oli lähtenyt lopulta liikkeelle, vaikka jotain häiriötä oli aluksi ollut. Alina ei toki ymmärtänyt mitään. Kuulutuksista tai lipustaan, mutta sen verran hän koki jo heränneensä aikaeron jäljiltä, että oletti ostaneensa lipun oikeaan suuntaan. Hän oli ollut vähällä myöhästyä junasta eksyessään matkalla juna-asemalle, mutta oli onneksi saanut kadunkulmassa sivupeilin avulla partaansa ajavan mopokuskin keskeyttämään kaunistautumishetkensä ja ajamaan hänet nopeimpia, mutta kauhistuttavan kapeita kujia pitkin asemalle.

Hän ei ollut jäänyt laskemaan silmissä viliseviä nollia seteleistään, vaan oli heittänyt summamutikassa kuskille satunnaisen määrän ja juossut aseman henkilökunnan patistelemana viime minuutilla junaan. Tämän jälkeen oli kuitenkin odoteltu pitkä tovi, kuuluteltu, pähkäilty ja ihmetelty. Kunnes juna oli vihdoin nytkähtänyt liikkeelle. Edessäpäin olisi melko pitkä matka, mutta ei hänellä olisi enää kiire minnekään. Ei enää, kun hän oli jo näin lähellä. Phongia, uutta elämää.

Juna puuskutti niin kapealla väylällä, että eri vihreän sävyt koskettivat alituiseen ikkunaa. Läpsähdyksiä, kahinaa, kolinaa, kuorsausta. Joku miesmatkustaja soitti kaihomielistä paikallista iskelmää puhelimestaan ja hyräili välillä korkeaäänisesti mukana. Joku toinen repi auki kirkkaanpunaista kaktuksen mallista hedelmää ja pureskeli valkoista hedelmälihaa sen sisältä. Suurin osa nukkui. Paksun pölykerroksen peittämä seinätuuletin korisi taustalla. Matkustajat olivat vääntäytyneet kekseliään notkeisiin nukkuma-asentoihin raajat käsinojien tai edessä istuvan matkustajan selkänojan yli ojennettuina. Kasvot hautautuivat uneen hengityssuojainten, huppujen ja lierihattujen taakse.

Ikkunasta välkkyi peltoja, hedelmätarhoja ja umpiviidakkoa. Yllä velloi tummempia sävyjä koko ajan hakeva pilvimassa, jonka suunta tuntui vaihtelevan ja liike kiihtyvän. Pilvet painoivat raskaan matalapaineen aina junaan asti. Alina tunsi, kuinka pään ympärille kiristyi vanne ja jokin painoi häntä paikalleen. Ilma oli raskasta hengittää, ja pitkistä yöunista huolimatta ilmanala teki olon uneliaaksi. Alina painoi päänsä raiteiden mukana huojuvaa ikkunaa vasten ja antoi puiden lehtien läpsähdellä turvallisesti ikkunalasiin, melkein häntä tunnustellen. Muukalaista, uudenlaista tulijaa. Koko vaunu nukkui, ja painava ilma tuuditti lopulta Alinankin silmät umpeen.

Tutusti tuudittavan raidekolinan sijaan Alina heräsi sekavien puoliunien jäljiltä toisenlaiseen ääneen. Ääni ryöppysi raskaasti korvan juuressa. Hän avasi silmänsä, muttei nähnyt mitään. Ikkunan näkymä oli peittynyt valtavan vesisuihkun taakse. Maisema ryöppysi valtoimenaan. Uneen vaipunut vaunu oli heräillyt levottomaksi liikehdinnäksi ja ikkunoista ja vaununväliköistä ulos turhaan kuikuileviksi katseiksi. Kukaan ei nähnyt mitään. Sade oli pyyhkinyt koko ympäröivän maailman pois. Alina alkoi itsekin nousta, mutta yhtäkkinen kova nytkähdys sai hänet horjahtamaan. Koko vaunullinen ihmisiä heilahti samassa tahdissa. Ikkunoita ja kattoa armottomasti ruoskivan sateen kuohun alta erottui vaimea kirskunta. Juna pysähtyi siihen paikkaan. Tai johonkin paikkaan. Alinalla ei ollut hajuakaan sijainnista. Sitten tuli hämärää. Tummien pilvien varastamaa päivänvaloa kompensoineet vaunun lamput olivat sammuneet. Tuuletin lakkasi pyörimästä. Kaikki olivat hetken hiljaa. Ja yksi kerrallaan alkoi liikehdintä. Laukkua otettiin alas hattuhyllyltä, takkia vedettiin päälle. Supina levisi vaunusta toiseen. Alina ei tiennyt mitä tehdä, mutta näki parhaaksi toistaa muiden toimia. Laukku alas. Huivi ympärille ja jonon jatkeeksi. Toiminta ei tuntunut järkevältä. Mihin ihmeeseen he olivat muka menossa, keskellä kaatosadetta. Mutta niin vain jono lähti liikkeelle, ja kun Alina erotti jostain jonojen välistä tapahtumaa ohjaavan sinipukuisen konduktöörin, seurasi hän muita matkustajia kyselemättä turhia.

Pitkän tovin hän vain seisoi junan käytävällä hitaasti eteenpäin möyrivän selkäjonon jatkeena milloin jonkun laukku otsaan tärähtäen, milloin itse anteeksi pyydellen astuessaan jonkun varpaille. Mutta yksi kerrallaan matkustajat hävisivät vaunusta ulos sateen sumentamaan näkymättömään aukkoon useiden käsiparien tarttuessa lähtijään ja tämän matkatavaroihin.

Alina ehti erottaa ihmis- ja laukkujatkumon takaa vain oviaukon kehystämän rankkasateen kimakkojen sananpuolikkaiden kaikuessa korvan juurella, kun oli jo hänen vuoronsa. Hän otti kaksin käsin kiinni matkalaukustaan ja valmistautui astumaan asemalaiturille tai kenties jopa viereiselle raiteelle, mikäli juna oli joutunut pysähtymään kauemmaksi asemasta. Mutta hänen jalkansa haparoi tyhjää. Ympärillä kohisi voimalla. Jalan alla ei ollut maata, johon astua. Edessä oli pelkkää vettä. Alla, yllä, ilmassa. Alinan oli vaikea uskoa silmiään. He kelluivat veden päällä! Alina säpsähti niin, että meinasi kellahtaa laukkunsa kanssa eteenpäin tuon äärettömyyteen jatkuvan veden varaan, mutta useat vahvasti puristuvat kädet tarttuivat häneen ja laukkuun saman tien. Hänet nostettiin junasta kuin sylistä toiseen annettavan sylilapsen, joka ei tiennyt mikä ihme häntä oli vastassa. Hän pystyi vain räpiköimään jaloillaan ilmaa toivoen, että siihen ilmestyisi taianomaisesti jotain mihin astua. Vaakatasossa satava vesi suihkutti silmät kiinni, kun hänet nostettiin ilman halki useiden käsien kannattelemana. Alina ei ehtinyt hapuilla jaloillaan ilmaa kuin hetken, kun hän tunsi jotain allaan. Jotain edestakaisin keinahtelevaa, kelluvaa. Hän avasi silmänsä ja pyyhki näkökenttäänsä auttavasti takaisin. Kädet olivat irrottaneet otteensa hänestä ja hän liikkui. Hän liikkui eteenpäin kelluvassa potassa!

Maailma hänen ympärillään alkoi piirtyä pala palalta, sumeana, mutta asteittain rakentuvana. Hänen alustansa erkani junasta. Uusi alusta työnnettiin vaunun oven eteen pitkällä lastamaisella puuairolla. Hän olikin veneessä. Pyöreän mallisessa pienessä veneessä, kuin kelluvassa isossa potassa, jossa oli hänen lisäkseen paikallinen perhe sylikkäin ja toisiinsa liimautuneina matkakassit yhdeksi läjäksi pinottuina. Alinan jalat olivat puoliksi jonkun sylissä, ja venettä ohjasi täydellä lihasvoimalla, ehkä osittain tahdonvoimallakin, ohutvartinen mies. Hän puski rivakoin ottein venettä poispäin junasta isolla airolla. Veneen reunaan kiinnitettyä lastamaista airoa liikuteltiin sivusuuntaisesti voimakkain kädenliikkein. Alina tajusi katsoa ympärilleen sateelta silmiään suojaten ja hahmotti ympärillään ehkä kymmeniä samanlaisia turkooseja pyöreitä veneitä ja junan, jota ympäröi ruskeahko vesi joka puolelta. He olivat keskellä merta! Alina melkein naurahti omalle ajatukselleen. Hyvänen aika, ei sentään meressä, ehkä kyseessä oli murtunut pato tai ylitse vuotanut lampi tai järvi. Mutta yhtä lailla, siinä hän kellui pois veden ympäröimästä junasta, joka näytti kuin sekin kelluisi keskellä vesistöä. Hän yritti siristellä silmiä, mutta ei enää erottanut raiteita. Oli vain joskus ollut reitti, jota ei voinut enää liikkua eteen- eikä taaksepäin. Alina keinahteli vierustoverinsa kylkeen ja toisella heilautuksella isoa laukkukasaa vasten lämpimän sadesuihkun valuessa heidän päällensä. Hän kellui näin läpimäräksi kastuen, kunnes joku nosti suojan hänenkin päälleen eikä hän enää nähnyt maailmasta kuin aavistuksen ääretöntä märkää.

He olivat päässeet rantautumaan. Paikka oli osoittautunut asemaksi. Tarkemmin katsottuna rakennus näytti kuitenkin hylätyltä, jopa puoliksi romahtaneelta, mutta kuitenkin sellaiselta, jonka suojiin matkustajat pääsivät veneistä sujahtamaan. Alina astui katoksen alle ja silmäili ympärillään kuhisevien matkustajien selkien taakse. Mitään nähtävää ei ollut. Raskaasta vesimassasta syntyvä korviahuumaava kohina peitti kaiken näkyvyyden ympäristöstä. Sen verran hän päätteli, että aurinko oli ehkä laskemaan päin, hämärä alkoi puskea sateenkin läpi.

Veneet olivat rantautuneet asemalle yksi toisensa jälkeen käsittämättömän tehokkaasti, ja Alina oli muiden mukana nostanut pikkulapsia ja matkatavaroita kelluvista potista puolikuivalle maalle. Järjestys rakoili kuitenkin pian kaikkien päästyä katoksen alle, ja alun supina oli nyt vaihtunut jo varsin äänekkääksi ihmettelyksi, ilmeistä ja eleistä päätellen, sanoistahan hän ei ymmärtänyt yhtäkään. Kuin johtajansa kadottaneena muurahaisjonona poukkoileva massa otti askeleen suuntaan, sitten toiseen. Kukaan ei tuntunut tietävän, mitä seuraavaksi tapahtuisi.

Kohiseva vesi sai matkustajat pakkautumaan pienen katoksen alle. He olivat ryhmittyneet kyykkyasentoihin pienten eväspussukoidensa äärelle. Kosteus pakkautui lämpöä hohkaavaksi kehäksi pieneen tilaan, eikä Alina kyennyt muistamaan, milloin oli viimeksi ollut näin liki muita ihmisiä. Hän istui maassa nojaten matkalaukkuunsa, ja paljaiden sateen kostuttamien raajojen, rapisevien eväspussien ja piireissä kyykkivien ihmisten joukkoon alkoi sekoittua välähdyksiä lapsuudesta. Silloinkin pakkauduttiin pieniin tiloihin kylki kyljessä. Rakenneltiin majoja metsäkoloihin tai sohvan taakse. Pyörittiin pihaleikeissä ja lumisodissa, painittiin ja möyryttiin. Nukahdettiin saman peiton alle, kun ensin oli hetki kikateltu, kinasteltu tai kutiteltu. Ajatus karkasi, kun vierustoverit tarjosivat hänelle ohutta ilmavaa lastuleipää. Alina kiitti – ensiksi vahingossa omalla kielellään, sitten englantiin nopeasti vaihtaen ja sopersi vielä hetken muisteltuaan Phongin opettaman paikallisen kiitoksen – ja mursi lastusta palan itselleen. Kuiva lastu oli tarttua kitalakeen, ja samalla etäisesti tuttu, yllättäen jopa kotoisa maku levisi kielellä. Kuin popcornia, ja pippuria. Outo yhdistelmä, joka kuitenkin maistui kaukaiselta kodilta. Kodilta… Phong. Alina säpsähti ja katsoi puhelintaan. Ei kenttää, mitä hän oli kuvitellutkaan. Phong odotti häntä kenties sadan, kahdensadan kilometrin päässä. Jos odotti. Alinalla ei ollut hajuakaan sijainnistaan eikä varsinkaan hänet yllättäneen rankkasadealueen laajuudesta. Mutta se oli varma, että Phongiin hän ei saisi hetkeen yhteyttä.

Murenevaa lastuleipää tarjottiin lisää korkeasti kumahtelevien äännähdyksien säestämänä. Pongahtelevia äänteitä, pehmeästi laskeutuvia sointuja, siltä kieli kuulosti Alinan korvaan. Yhdestäkään yksittäisestä sanasta ei saanut selvää. Oli vain laulunomaisia yllättäen kohoavia kimahduksia. Venyviksi taipuvia yksittäisiä tavuja ja kielen päällä pomppivia konsonantteja. Arkiset lauseet, kuten ehkä pohdinnat siitä missä lähin vessa sijaitsee vai pitäisikö pistäytyä puskapissalla, kuulostivat eläväisesti lausutuilta lastenloruilta tai keskeneräisiltä lauluntyngiltä.

Alina havahtui mietteistään, kun kyykkyringissä alkoi käydä kuhina. Jotain oli tapahtumassa. Hän puuskahti maasta noustessaan ja tarttui kiinni matkalaukkuun. Kyllä Phong varmasti ymmärtäisi ja jaksaisi odottaa häntä sovitulla asemalla. Myöhemmin he varmaan jo nauraisivat jutulle. Hänen keuhkonsa täyttyivät uudesta hapesta joka kerta, kun he vitsailivat Phongin kanssa. Ennen viestittelyiden alkamista hänellä oli saattanut mennä parikin viikkoa ilman pienintäkään nauruntynkää.

Kuhina alkoi suuntautua kohti pimeää metsää, ja Alinan epäilykset heräsivät. Kukaan ei puhunut englantia. Hän kokeili opiskeluikäisiä nuoria, junan konduktööriä ja isoa perheseuruetta. Kaikki vain viittoilivat kättä väärinpäin vastakkaiseen suuntaan asemasta, kohti sadetta ja pimeyttä. Joten hän liittyi osaksi massaa, joka vaelsi poispäin katoksesta, lähellä olevan pienen tien päähän. Takit, laukut ja yllättäen jostain kaivetut erinäiset viltit, huivit ja hupparit päiden suojana. Sade ryöppysi kengät taas läpimäriksi muutamassa sekunnissa, kun hän kumarteli viereisen naisen viltin alla näkemättä mitään eteensä. Ympäristöstä näkyi vain kohotetut kyynärpäät, hiestä ja ilmankosteudesta märkien puseroiden läpi näkyvät kyljet, kassit, nyssykät, pikkulasten päälaet ja epätahtiin kuravedessä vellovaa maata vasten lätsähtelevät sandaalit. Tiiviiksi massaksi pakkautunut joukko muodosti kosteanhikisen epätilan, johon Alina tuntui katoavan.

Naisen viltti hävisi, ja Alina huomasi olevansa jonkin muun suojaama. Hän oli liikkunut joukon mukana minibussiin, tai ehkä oikeammin pakettiautoon. Niitä täytyi olla monta, ja hyvin pian kun takapuoli kosketti kulunutta nahkapenkkiä, nytkähti auto liikkeelle. Vauhti oli hitaaseen pyöräilyvauhtiin verrattavissa, ja sateen hennosti läpäisevien valokeilojen perusteella samanlaisten pakettiautojen letka lähti liikkeelle yhtenä epävarmana kulkueena. Hiki pakkautui autoon lähes makeahkona, imelänpistävänä tuoksuna, ja märät varpaat valuttivat lattian lainehtivaksi. Kylki kyljessä kosteiden käsivarsien liimautuessa toisiinsa Alina ei enää tiennyt, mihin oman kehon rajat loppuivat ja mistä vieressä istuvien alkoivat. Ikkunaan iskeytyvä vesi muodosti alati muuttuvia muotoja, isoja roiskeita, lukuisiksi pieniksi pisaroiksi pakkautuvia rykelmiä ja raivoisia valumia.

– Monsuun coming, isäntä ilmoitti sivuhuomautuksena.

Monsuuni. Mutta eihän sadekauden pitänyt alkaa vielä seuraavaan kuukauteen, kahteen. Alina alkoi pikkuhiljaa tajuta tilannetta. Hän oli ilmeisesti jonkinlaisessa majatalossa. Kenties puolivälissä matkaa Phongin luo. He olivat ajaneet pimeässä kaatosateessa vajaan tunnin matkan, joko meno- tai tulosuuntaan. Yö oli alkamassa. Hän ei tuntenut ketään, puhelimen kenttä oli kadonnut, sähköt olivat poikki ja kansainvälistä kielitaitoa paikan pitäjällä ei ollut muutamaa sanaa enempää. Elekieli osoitti, että myöskään huoneita majatalossa ei ollut vapaana. Tilannetta ehkä selviteltiin tai sitten ei.

Alina astui sivuun aulan levottoman liikkeen virrasta ja kurkisti pimeälle käytävälle. Jostain ehkä löytyisi vesiautomaatti, ehkä myös suolapähkinöitä tai muuta pikkupurtavaa.

Ensimmäisessä käytävässä oli vain läjä lyttään astuttuja sandaaleita ovien edessä. Hän nousi sateen liukastamat portaat toiseen kerrokseen ja nopean vilkaisun jälkeen vielä kolmanteen. Käytävän päästä kajahti hentoista valoa ja kantautui äänekkään generaattorin huminaa. Valo näytti tulevan pienen keittiön nurkasta. Alina näki jääkaapin, jonka ovi oli selkosen selällään. Jääkaapin edessä oli hahmo selkä kyyristyneenä. Hahmon selkä kääntyi ennen kuin Alina ehti ottaa askeltakaan sitä lähemmäksi.

– Ai!

Tytön katse oli yhä sama, toteava ja mutkaton. Hän kyykki lattianrajassa kädessään jotain jääkaapista kaivamaansa. – Löytää jotain, tyttö tutkaili pakettia kädessään ja puhui Alinalle kuin he olisivat olleet vain hetken toisistaan erossa eri huoneissa. Vanha reunoistaan kulunut pariskunta, lauseitaan tuntien päästä jatkava. – Luulla, että voida syödä, tyttö nousi ja käveli Alinaa kohti.

– Tulla. Vaiko oma huone?

Alina tajusi puistella päätään, mutta muut tilanteeseen sopivat sanat jumittivat jossain puolitiessä kurkkua.

– Olla täällä moni tunti. Kaikki olla poikki.

Hän seurasi huoneeseen paljain jaloin läpsyttelevää tyttöä ja tajusi tämän sanat. Poikki. Raiteet? Liikenne? Missä mittakaavassa monsuuni oli iskenyt?

Tytön huone oli oletetustikin pimeä, mutta tällä oli pöydällä taskulamppu, joka valaisi heidän sängylle levittämänsä eväät. Alina puraisi banaaninlehdykän sisään käärittyä riisitaskua, jonka sydämestä löytyi keltainen makeahko täyte. Ehkä maissia.

Alinan ajatus katkesi tytön kevyeen katseeseen, joka kohdistui Alinaan, mutta jatkoi jonnekin tämän läpi. Kuin tyttö katsoisi jotain epäkonkreettista, kaukana taivaalla pienenä pisteenä lentävää lintua tai liian nopeasti ohikiitävää maisemaa.

– Luuletko, että sadealue on ehtinyt pitkälle? Alina kysyi tahmeaa riisiä nieleskeltyään.

Tyttö nyökkäsi heti haukaten nyyttiä ja sopertaen sanoja suupalojensa välistä.

– Tietää, että olla. Joku puhua se.

– Puhutko paikallista kieltä?

– Hmm, tyttö mutisi epämääräisesti ja puraisi alahuultaan riisitaskun ohella.

Alina nyökkäsi vaimeasti. Phongikin oli siis jumissa jossain. Ehkä tyttö voisi auttaa häntä huomenna saamaan asiasta lisätietoa. Alina ei ollut osannut määritellä tyttöä ulkonäön puolesta minkään tietyn maan kansalaiseksi, hänessä saattoi olla sekoitus useiden kansojen piirteitä. Tyttö laski banaaninlehden riisinjämineen yöpöydälle ja veti päälleen peiton, jonka toisella laidalla Alina vielä istui varovaisesti.

– Lähtö voida olla aikaisin, tyttö lähes kuiskasi katsoen jonnekin kattoon.

Alina ymmärsi yskän ja alkoi korjata ruoantähteitä hämärän huoneen nurkasta löytämäänsä roskakoriin ja riisui sitten märät vaatteet päältään ja laittoi tilalle I love papa -paidan, joka oli jäänyt hänelle tytön lähdettyä niin aikaisin edellisestä hotellista. Ehkä vielä yhden yön laina ei haittaisi tyttöä. Hän meni makaamaan peiton päälle lähelle sängyn reunaa. Tuuletin ei tietenkään toiminut, ja sade oli pakannut huoneen täyteen kuumuutta, joten yöstä tulisi tukala. Tytön keho hohkasi lisää lämpöä, ja t-paita tarttui kiinni nopeasti nahistuvaan ihoon.

Hän oli saanut aiemminkin t-paidan lainaksi. Hänellä oli ollut lapsuudessaan ystävä, johon oli tutustunut heti tämän muuttopäivänä. He molemmat norkoilivat hiekkalaatikon liepeillä, vaikka olivat hiekkakakkujen rakentamiseen kenties hitusen liian vanhoja, mutta päättivät silti rakentaa hiekkakakun, linnankin yhdessä. Ja sitten puumajan. Salakielen, jopa mielikuvitusmaailman. He hyväksyivät toisensa ilman ehtoja yhden iltapäivän aikana. Ja olivat erottamattomat yhdeksän kuukauden ajan, yökyläilivät vuorollaan toistensa luona pyjamiansa lainaillen, kunnes tytön perhe muutti taas. Tämä vajaan vuoden kestänyt ihmissuhde oli ollut kenties Alinan mutkattomin, antoisin ja rehellisin. Kunnes jokunen vuosikymmen myöhemmin hän oli tavannut Phongin. Phongin kanssa hän muodosti heti yhteisen oudon salakielensä. Alusta asti hän oli tuntenut Phongin kanssa keskustellessaan sellaista hyväksyntää, jonka oli tuntenut aiemmin vain lapsuudenystävänsä kanssa. Hyväksyntää, jota hän oli toivonut kokevansa vielä edes kerran elämässään.

– Ajatella sinä, tyttö oli vielä hereillä, – että löytää mitä etsiä?

Huh. Tytön elämää suurempaan kysymykseen tuntui olevan mahdoton vastata, etenkin kun väsymys painoi jo luomia kiinni. Alina kellahti selälleen, ja Phongin kasvot piirtyivät hänen eteensä. Phong oli ollut aina rento ajan suhteen. Siinä missä Alina oli voivotellut hitaasti kulunutta työpäiväänsä, huonosti nukuttua yötä tai seuraavana päivänä tiedossa olevaa kiirettä töissä – joskus hyvänen aika jotain niinkin tylsää kuin keittiöön kasautunutta tiskivuorta – oli Phong aina todennut lempeästi, että onneksi nyt ei ollut kiirettä. Niin yksinkertainen lause, joka sai Alinan aina pysähtymään. Niin yksinkertaista se oli. Aiemmin päivällä oli ollut stressiä, nyt ei ollut. Huomenna olisi ehkä kiirettä, nyt ei ollut. Phongin lause oli aina kiskonut hänet jostain syvältä hänen oman päänsä tunkkaisista kellarikerroksista tämän hetken tasolle. Nyt oli hyvä.

Alina sulatteli hetken ajatusta, yritti muodostaa sanoja.

– Hmm… Kai me löydämme sen mitä etsimme, tavalla tai toisella..., Alina sai lopulta sanottua. Hän oli lainannut sanoja osittain Phongilta, mutta tuskin tämä olisi pahastunut. Alina seisoi sanojen takana yhtä lailla, vaikka ne lainassa olivatkin. Tyttö oli hetken hiljaa, mutta hengitti syvään. Huoneessa tuoksui vielä maissin hento makea.

– Huomenna hankkia kyyti eteenpäin, tyttö sanoi viimeisinä sanoinaan ennen kuin yö painoi hiljaisuuden huoneeseen. Tyttö nukahti kyljelleen kellahtaneena Alinan viereen. Taskulampun valo hohkasi vaimeasti kattoon vielä hetken, kunnes sammui. Ja vaikka kyseessä olivat olleet vain lainasanat, Alina todella tunsi niiden pitävän tällä kertaa paikkansa. Hän tunsi lopulta tehneen oikean ratkaisun, tunsi kuuluvansa tähän hetkeen. Tähän jaettuun uneen, ihosta turvallisesti hohkaavaan yhteiseen lämpöön. Unijäljistä syntyvään tuhinaan. Mennyt päivä jäi unen jalkoihin ja tuleva oli jo melkein täällä. Mutta nyt, nyt oli aivan hyvä.

Tyttö oli ollut oikeassa. Tämä todella oli järjestänyt heille kyydin eteenpäin. Ilma oli edelleen raskas, ja sateen uhka painoi pilviä koko ajan alemmas, ne hipoivat jo korkeimpien puiden oksia. He olivat silti taas matkalla eteenpäin, tällä kertaa auton avolavalla parin paikallisen ja suuren sekalaisen tavaramäärän joukkoon pakkautuneina. Heidän väleissään, yllä ja alla oli hedelmälaatikoita, säkkejä, rautatankoja, kookospähkinöitä ja kana. Tyttö oli normaalia vaisumpi, ehkä matkan väsyttämä. Tämä oli nukkunut kuin tukki, välillä otsa vasten Alinan olkapäätä keinahdellen. Välillä hän kuitenkin mutisi jotain unissaan. Puheesta tai kielestä ei saanut mitään selvää, se kuulosti pikemminkin yksittäisiltä äännähdyksiltä tai puolikkailta sanoilta. Alina puolestaan oli uinunut puoliunta, tavannut tuntemattomia tavuja Phongille unissaan. Tämän kasvot olivat vaihtuneet kesken kaiken tytön kasvoiksi ja päinvastoin.

Ilmavirta puski kasvoja voimalla ja antoi vihdoin jotain raikastusta alati painostavan ilmanalan keskellä. Kuskilla ei ollut kuulemma mitään varmuutta siitä, oliko heidän edes teoriassa mahdollista edetä minnekään, mutta tyttö vaikutti kaikessa hiljaisuudessaan olevan päättäväinen. Hyvä että tyttö ymmärsi jotain tilanteesta ja tajusi jollain ilveellä, mitä paikalliset yrittivät elehtiä. Alinan oli todella vaikea soveltaa jo muutenkin vajavaisia sosiaalisten tilanteiden taitojaan tähän ympäristöön. Tuntui, että hän käsitti jokaisen eleen väärin. Kun häntä kutsuttiin lähelle, hän luuli, että häntä hätisteltiin loitommas. Kun hänelle vastattiin jotain, tulkitsi hän puheen kysymykseksi. Hän antoi mielellään matkan johdon hetkeksi jonkun toisen käsiin. Eihän hän edes tiennyt, minne oli menossa.

Muhkurainen, syvien vesilammikoiden täplittämä tie oli vaikea edetä, ja välillä he nytkähtivät johonkin koloon, jolloin kaikki nousivat kyydistä työntämään auton takaisin liikkeelle. Kura roiskutti vaatteet likaisiksi, ja valmiiksi kosteat kengät olivat nyt paksun mutavellin peitossa. Pilvet seurasivat heitä tummanpuhuvina kuin vartijat. Massiiviset lehdet kahisivat märkinä avolavan reunoja vasten naarmuttaen välillä käsivarsien ihoa. Tyttö nojasi isoon kookossäkkiin katse suunnattuna jonnekin kauas. Hän ei ollut puhunut sanaakaan koko automatkan aikana.

– Oletko menossa pitkälle? Alina huomasi kysyvänsä.

Tytön katse irtautui ohikiitävästä maisemasta hitaasti. Ja ensimmäistä kertaa Alina huomasi kunnolla, että vaikka tyttö katsoikin häneen samalla hyväksyvällä lempeydellä kuin ennenkin, ei katse osunutkaan Alinaan. Katse osuikin hieman ohi hänestä, tai ehkä jopa suoraan läpi, jonnekin kauas kaukaisuuteen. Ehkä se ei ollutkaan Alina, jota tyttö oli katsonut lempeydellä, vaan ympäröivää maailmaa.

– Ei. Ei enää pitkä. Kohta valmis.

Alina nyökkäsi taas hitaasti hyväksyen vastauksen, vaikka olisi halunnut kysyä lisää. Oli parempi antaa tytön levätä. Häntäkin odotti varmasti joku jossain jo huolestuneena. Tai ehkä tyttö olikin kiertomatkalla, sellaisella reppureissulla, jollaisista nuoremmat pitivät. Joskus nuorempana Alina oli itsekin harkinnut samanlaiselle reissulle lähtemistä ystäviensä mukana, mutta päättikin keskittyä lukemaan koulun pääsykokeisiin, vaikka olikin ehkä katunut päätöstä myöhemmin. Mutta olihan hänellä ollut mahdollisuuksia matkustaa, muutamaan otteeseen pakettimatkalle valmiiksi valittuihin lomakohteisiin, siellä oli saanut aurinkoa yllin kyllin.

Alina ei ollut vielä vanha, eikä olisi voinut olla ikänsä puolesta edes tytön äiti. Mutta ikäistään vanhemmaksi hän oli silti aina itsensä tuntenut. Nykyään monet tuntuivat käyttäytyvän kuin olisivat vanhenemisen sijaan nuorentuneet vuosi vuodelta. Alina oli ollut aina huono muuttumaan. Mutta kuitenkin hän oli muuttanut, ehkei itseään, mutta yhden päivän elämästään. Ja täällä hän oli, kaukana tyhjyyttä toistavista valkoisista seinistä. Kaukana elämästä, jonka oli ohimennen tullut valinneeksi. Vierellään tyttö, joka siirsi päänsä pois niskaansa vasten hankaavista kookospähkinöistä Alinan olkapäähän. Ja siihen tyttö nojasi, niin luontevasti kuin koira painaa päänsä omistajansa syliin sohvalla tai lapsi nukahtaa kesken iltasadun kainaloon. Kumpaakaan Alinalla ei ollut, koiraa tai lasta, mutta tämän hetken ajan hänellä oli puoliksi sylissään tyttö, joka ei vaatinut häneltä mitään muuta kuin hetken paikallaan oloa ja kehon, johon nojata. Ja hän tunsi tytön kehon painon kuin omansa.

Alina ei ollut suunnitellut tapaavansa ketään. Saatikka täysin tuntematonta, toisella puolella maapalloa asuvaa miestä vieraasta kulttuurista, ja juttelevansa tämän kanssa lähes päivittäin etäyhteydellä. Hän ei ollut suunnitellut matkaa, tai varsinkaan lähtevänsä sellaiselle keskellä työpäiväänsä ja luopuvansa tarkkaan rajatusta arjestaan, rutiineistaan. Mutta Phongin lempeä läsnäolo, alati nauruun pyrkivä suu ja tämän kanssa käydyt kiireettömät keskustelutuokiot, jaetut ilot, olivat riisuneet huomaamatta Alinan kaikesta totutusta pikkuhiljaa. Hänessä oli lähtenyt kytemään jokin uusi, mutta niin tutulta tuntuva olotila, joka oli ajanut hänet tänne keskeltä talven riuduttamaa harmaata maaliskuista päivää. Ja täällä hän nyt seisoi ruttuinen paperi kädessään todisteena, että paikka oli oikea. Paperissa oli kaksi sanaa, jotka toistuivat myös aseman kyltissä. Tyttö oli jäänyt samalla asemalla, nojattuaan koko loppumatkan avolavalla Alinan olkapäähän. Yleensä päättäväisesti käyttäytynyt tyttö tuijotti hänkin aseman nimeä paikoilleen pysähtyen. Huoliryppy painoi tytön otsaan jäljen, mikä sai Alinan epäilemään, että ehkä tyttö ei ollutkaan niin nuori kuin hän oli kuvitellut tämän olevan. Alina laski laukkunsa maahan ja otti askeleen asemarakennusta kohti.

– Käyn soittamassa, palaan pian.

Hän jätti matkalaukkunsa tytön huomaan aseman ulkopuolelle ja astui pimeään asemarakennukseen, jossa ei näkynyt ketään. Tietenkään, kaikki oli varmasti suljettuna. Ulottuihan sateen uhka ja sen aiheuttamat tulvat pitkälle alueelle.

Alina ei ollut saanut yhteyttä Phongiin sähköjen katkeamisen vuoksi, ja puhelimestakin oli loppunut akku. Mutta nyt kulki huhu, että sähköt olivat paikoin palautumassa. Avolavan kuljettaja, joka oli jatkanut matkaa heti, kun Alina ja tyttö olivat nousseet kyydistä, oli ehtinyt osoittaa aseman suuntaan, kun Alina oli kysynyt "telefonea". Toive siitä, että asemalla oli joku, joka olisi auttanut häntä soittamaan Phongille, karsiutui nopeasti, kun asema paljastui täysin suljetuksi. Odotustilan nurkassa nökötti silti laiha toive. Puoliksi ruostunut yleisöpuhelin.

Askeleet kaikuivat tyhjille rapistuneille seinille ja lattiaan pultatuille muovituolirivistöille, kun hän käveli puhelimen luokse. Hän kaivoi lompakostaan Phongin antaman numeron ja muutaman rypistyneen setelin ja otti luurin käteensä, kun hän kuuli jotain vaimeaa hallin toisesta suunnasta. Yksi muovituoleista narahti. Hän näki mytyn hämärässä aulanurkassa tuolirivistön perällä. Mytty liikahti. Liike paljasti silmät mytyn alta. Alina huoahti. Helpotuksesta, ilosta. Puhelin jäi roikkumaan ilmaan johdostaan. Lempeät silmät katsoivat häntä nyt unesta pois pyrkien, ja mytty ponkaisi seisoville jaloille yhdessä silmänräpäyksessä.

Tältä se siis tuntui. Oli elävä keho, elävä kehosta tuleva ääni. Hän tunsi Phongin käsien lämmön omissaan. Tunnusteli varovaisesti tämän hieman karkeita sormenpäitä, syviä elämänviivoja. Tämän kuuma hengitys tuoksui makealta.

Phong oli odottanut Alinaa asemalla ja seisoi nyt siinä, kuin Alinan unesta todeksi heränneenä, kenties sateesta tai ehkä vain hiestä märkää hohkaavana, hehkuvana, Alinan lähellä. Toinen suupieli isompaan hymyyn karanneena.

Karanneena, kyllä, Alina henkäisi, tuntui tässä hetkessä niin hyvältä olla.

Alina ja Phong astuivat ulos aseman eteen sormenpäät toisiinsa hennosti lomitettuina. He katsoivat ympärilleen. Paikalla nökötti vain yksin Alinan matkalaukku.

*

Phongin puhe katkesi, kun tuuletin napsahti sammuksiin. He nousivat kummatkin pieniltä jakkaroiltaan pöydän äärestä tutkimaan sitä, vaihtoivat eri pistokkeisiin ja kokeilivat säätömahdollisuuksia moneen otteeseen. Rikki se oli.

Sitten kaikki tapahtui yhdessä sekunnissa. Kova tuulenpuuska tarttui heistä kuin aalto ja vetäisi heitä vastakkaiseen suuntaan pöydästä, jonka ääressä he olivat kahvilassa juuri istuneet, niin että melkein kaatuivat. Sitten räsähti ja kovaa. He painuivat vaistomaisesti kumaraan ja kurkistivat kohta pöytänsä suuntaan. Pöydän päälle oli pudonnut kolmimetrinen palmunlehti. Sen terävät suikalemaiset lehdet punoutuivat kaatuneiden jakkaroiden lomaan kuin kymmenet pitkäkyntiset sormet, joiden pito veteli viimeisiään.

Monsuunikausi yllätti. Niin heille selvisi pian, uutisista, korvakuulolta, ympäristöä tarkkailemalla. Painava pilvimassa lähestyi kiihkeää vauhtia. Näin aikaista monsuunia Alina ei muistanut kokeneensa maassa yli kymmeneen vuoteen, sen jälkeen kun hän nuorena naisena, lähes tyttönä, oli ensimmäistä kertaa tullut tänne reppureissullaan ja tavannut paikallisen tytön kanssa ystävystyttyään tämän serkun Phongin.

Pilvet kiitivät heitä kohti kuin maratoonarit, olisi parempi palata kotiin. Mopon kyytiin istuessaan Alina katsahti vielä ympärilleen samalla, kun veti kypärää päähänsä. Tien reunalla taas istuva hedelmämyyjä, jolla oli läjä appelsiineja myynnissä ja paksu tukka aina löysällä nutturalla, laittoi radiota kovemmalle. Sieltä kantautui tietoja säästä, Alina ymmärsi lauseita sieltä täältä. Naisella ei tuntunut olevan kiire minnekään, ikinä, ei nytkään. Kärpänen laskeutui naisen olkapäälle, jota koristi sydämenmuotoinen syntymämerkki. Hän kääntyi katsomaan Alinaa ja hymyili tälle lempeästi. Katse painui kuitenkin pidemmälle Alinan kasvoista, jonnekin läpi, kaukaisuuteen. Kuin Alina ei edes olisi ollut paikalla.

"Maailma muuttuu nopeasti, ihminen ei", Alina oli erottavinaan radiosta.

Mutta ehkä sanat tarkoittivatkin jotain aivan muuta.

ANNA

Kaikki oli peruttu. Yksi toisensa jälkeen, kaupunki kaupungilta, rivi riviltä, kirkui peruuttamattoman punaista. Kyltit, jotka olivat ennen osoittaneet helpon suunnan, toistivat nyt auttamatta tyhjiä toiveita, paikoilleen poljettuja pakopaikkoja. Pitkäksi toviksi salin nurkkiin ja käytävien tukkeeksi unohtunut massa alkoi rakoilla, tilassa kimpoilivat kohonneet äänenvoimakkuudet ja hätääntyneiden askelten ontto kaiku.

No niin, olisihan tämä pitänyt arvata. Koko matka tuntui alun perinkin täysin turhalta.

Anna tarttui laukkuun vastahakoisesti ja kuten kaikki muut, alkoi vetää sitä perässään suuntaan, josta kellään ei ollut kummempaa tietoa. Kuhina sai pettyneet matkaajat törmäilemään toisiinsa ja perässä vedettävät matkalaukut kopsahtamaan kantapäille, varpaille. Yhteydet oli katkaistu, eikä Annalla ollut aavistustakaan, miten hän voisi olla enää ajoissa missään.

Infopiste oli niin monien järkähtämättömien takaraivojen ja selkien ruuhkauttama, ettei sitä nähnytkään. Autovuokraamo olisi myös turha ottaen huomioon vuosi vuodelta lykätyn inssiajon. Kukaan ympärillä olevista ei joko puhunut englantia tai ollut kiinnostunut puhumaan sitä. Vaikkakin kielitaito oli ollut juuri se syy, miksi Anna oli saanut tehtäväkseen lähteä matkalle, huolimatta siitä että oli pienen toimistonsa nuorin tulokas ja ollut työsuhteessa vasta kaksi kuukautta. Harjoittelijan nimikkeellä vieläpä. Eläkeikää lähestyvillä kollegoilla kun oli jäänyt englannin opinnot kansakoulussa olemattomiksi.

Anna oli purrut huultansa, kuten nytkin, varannut välilaskullisen lentonsa ja hyväksynyt harmaan loskaisen tehdasvierailunsa. Mitä hän edes tiesi tehtaista. Työhakemuksessaan hän oli ollut erityisen kiinnostunut jälleenmyynnin tarjoamista kasvumahdollisuuksista, todellisuudessa ansioluettelosta oli pudotettu taideopinnot pois ja hieman suoristettu mutkia lyhyehköiksi jääneiden liiketalouden opintojen suhteen. Netistä oli löytynyt läjäpäin artikkeleita, joissa listattiin työnantajien arvostamat ominaisuudet. Samat tuntuivat päteneen tähän työnantajaan. Anna oli siis painetta hyvin sietävä moniosaaja, jolla oli loistavat tietotekniset valmiudet, erinomaiset esiintymistaidot ja periksiantamaton myynnillinen markkinointiote. Pelkkää sanahelinää, kuten tällaiset aina olivat. Kaikki oli tulkinnanvaraista, ja harvoin mikään tai kukaan oli kuitenkaan sitä, mitä väitti olevansa, Anna päätti, kun hän oli avannut ensimmäistä kertaa uuden työpaikkansa ulko-oven.

Hätäisesti nytkähtelevä ihmisvyörymä ulottui oviaukosta pitkälle terminaalin pihalle asti. Paikalle rynni mustanpuhuvia pilvikerrostumia, jotka kehottivat kiirehtimään. Hotelliyö tässä kaupungissa olisi täysi mahdottomuus, sovittuihin tapaamisiin olisi ehdittävä. Olihan Anna yhä väärässä maassakin, vaikkakin lähellä kohdemaan rajaa. Kaiken lisäksi hänen oli ollut tarkoitus perehtyä tapaamisten asialistaan toisen lennon aikana. Ruosteen ja graffitien peittämien pitkänlinjan bussien kyljissä luki VIP:iä ja luksusta. Jono lähenteli sataa metriä, kun Anna asettui sen jatkoksi. Samantien jonon alkupäässä kuohahti. Kaikki päivän yhteydet oli myyty täyteen. Ihmiset hajaantuivat eri suuntiin kuin keskeltä katkennut muurahaisjono.

No niin. Ei tilanne ollut niin paha. Lapsuuden kesken jääneestä partioleiristä oli sittenkin jäänyt jotain käteen. Anna oli löytänyt tiensä kaupungin laitamilta löytyneelle juna-asemalle. Ei suinkaan pääasemalle, sen verran hän oli osannut laskelmoida ihmismäärän suuruutta, vaan harvojen käyttämälle syrjäasemalle, josta kuitenkin olisi hyvät liikenneyhteydet eteenpäin. Tai ainakin näin paikallinen vanha ukko oli neuvonut. Ukolla oli ollut kasvoille kenties moneksi kymmeneksi vuodeksi unohtuneet viikset ja silmien ympärillä seittimäisesti leviävät naururypyt sekä sellainen virne suussa, joka ei ihan helposti nykymaailmankaan menossa pois kuluisi. Tämä oli tarjonnut huppua päähän kiskovalle ja ryppyisen kartan kanssa kamppailevalle Annalle kyytiä asemalle. Ukon vanhassa natisevassa autonkotterossa oli sellaista tunnelmaa, jonkalaista voisi olla matkalla mummolaan, kun pappa tulee hakemaan juna-asemalta ja mummo odottaa vastapaistettujen lettujen kanssa perillä. Ei sillä, että sellaisesta olisi hänellä mitään kokemusta. Mökkielämykset olivat jääneet kaupunkielämässä vähiin, ja mielikuvat isovanhemmista elivät vain kellastuneissa mustavalkokuvissa ja nimessä, joka oli peruja hänen isoäidiltään.

Pienikokoinen ukko oli yllättävän ripeä ja notkea liikkeissään, jopa nopeampi kuin hän itse. Ja hyvä niin, koska muuten Anna olisi jäänyt jälkeen jatkoyhteydestään. Hiljaiselle asemalle saapui vinkuva juna, sellainen vanhanaikainen ja ruostunut, jollainen moderneista nykyajan kaupungeista olisi poistettu käytöstä jo vuosikaudet sitten. Harmaahapsisen ukon lyhyissä raajoissa oli voimaa kuin nuorukaisella ikään, ja niillä nostettiin Anna matkalaukkuineen ja rypistyneine karttoineen junavaunuun kertaheitolla. Hän tunsi jo junan nytkähtävän liikkeelle, kun vielä vilkutti hätäisiä kiitoksia. Tweed-takkinen ukko hymyili maireasti ja iski silmää, eikä seittiryppyjä enää erottanut miehen silmäkulmista.

Vaunu kolahteli ja kirskui puolelta toiselle, kun Anna kampesi laukkunsa kanssa käytävää pitkin. Puiset, kulunein plyysipehmikkein päällystetyt penkkirivistöt ammottivat tyhjyyttä. Jossain takana näkyi pari päälakea. Vaunussa leijui pinttynyt tupakanhaju.

No niin. Kyllä tämä tästä. Lipun saisi junasta, konduktööri osaisi neuvoa sujuvan jatkoyhteyden, ja matka jatkuisi oikeaan suuntaan. Hän ei tulisi olemaan ajoissa, muttei toivottavasti kriittisen myöhässäkään. Kai nyt liiketapaamisia siirrettiin vähän väliä. Koko termi puistatti. Ajatus asiakkaista, sidosryhmistä ja yhteistyökumppaneista. Anna oli huomaamattaan hypännyt maailmaan, jonka perustermejä oli vielä selvitellyt pari päivää ennen työsuhteen alkamista. Taas kerran. Hän huomasi ajautuvansa elämässä aina sivuraiteille. Hän olisi halunnut kertoa olevansa ammatiltaan kulttuurituottaja, graafikko tai kenties visuaalinen suunnittelija. Mutta todellisuudessa oli rämpinyt kouluavustajana, asiakaspalvelijana, postittajana ja nyt – mitään tarkoittamattomana moniosaavana projektityöntekijänä, harjoittelijana kaiken lisäksi. Vasta viikko sitten hän oli havahtunut siihen, että oli huomaamattaan seurannut äitinsä uravalintaa konttoristiksi, tämän vanhoillista ilmaisua käyttäen. Vesijumppaa hän ei sentään vielä harrastanut. Hmm, toisaalta kulttuurituotantokin saattoi olla vain PR-suhteiden hoitamista ja numeroiden pyörittelyä, ja graafikon työstä valtaosa itsensä promoamista. Ehkäpä pitäisi sittenkin opiskella lisää. Asian ajattelu sai vatsan kivistämään. Ja ehkä myös se kylmenneenä tarjoiltu lentokoneruokakin.

Konduktööri, jolla oli moitteettomaksi silitetty harmaa univormu, katsoi kauhistunutta Annaa pitkään, mutta naurahti lopulta ja ojensi lipun. Anna jäi tuijottamaan euroja lompakossaan ja yritti tarjota konnarille sellaisia, mutta mies heilutteli kättään ja siirtyi jo takarivin matkustajia kohti. Eihän hänellä tietenkään ollut paikallista valuuttaa, ei hänen ollut tarkoitus viettää aikaa kyseisessä maassa kuin parin tunnin kestoisen välilaskun verran. Ehkä konduktööri kirjoittaisi hänelle laskun, joka maksettiin jälkikäteen. Samalla takarivistöltä kajahti hersyvät naurunröhähdykset, ja hän erotti sanan euro. Äh, kukaan ei kirjoittaisi mitään laskua, koko tapahtuma kuitattiin hauskana vitsinä, joka kiertäisi vaunusta toiseen.

Anna katseli ikkunalasia, jota täplitti muutama tihkusateesta paennut pieni pisara. Maisemat toistivat kohmeen jäykistämiä peltoja, kevääseen jo kärsimättömän oloisesti kurottavia puuluurankoja. Hän koetti käydä läpi tulevan tapaamisen asialistoja, miettiä valmiita vastauksia valmiiksi oletettuihin kysymyksiin. Junan säännöllinen liike heilautti vasemmalta oikealle kuin vaunussa keinuttaen, ja rämisevä kolina yhdistettynä voimakkaaseen huminaan pudotti vaivalla kaivettuja työajatuksia yksi kerrallaan pois. Heilahdus, puuskahdus, kolahdus, kirskunta. Kerta toisensa jälkeen. Vaunun ilma oli tunkkaista ja sumuisemmaksi muuttuva maisema ei tarjonnut kovinkaan montaa kiintopistettä katseelle. Vaunu tuuditti koko ajan syvemmälle plyysipenkin syliin. Asialista alkoi näyttää pelkiltä kirjaimilta ja numeroilta, puuduttavalta paatokselta.

Hän oli vihdoinkin matkalla, mutta aivan vääränlaisella. Matkustelu oli ollut kulttuuriuran ohella yksi hänen tavoitteistaan, mutta aina kun hän oli ajatellut lähteä, tuli esteitä. Milloin raha oli vähissä, milloin jostain sesonkityöstä soitettiin hänet kiireavuksi, milloin matkaseura teki oharit. Mihinkään ei ollut ikinä aikaa. Useampaan otteeseen hän oli ollut jo varaamassa epätoivon aamutunteina edes jotain lentoa itselleen, jännitystä, elämystä, muttei lopulta osannut päättää, minne oikeastaan haluaisi mennä. Vaihtoehtoja oli liikaa.

Ja nyt, tomuisesta työpaikasta työnnetty monistepinkka kädessään hän istui vielä tomuisemmassa liian pitkäksi ajaksi toimintaan jääneessä junassa, matkalla jonnekin, josta olisi vielä siirryttävä seuraavalle yhteydelle. Anna laski monisteet, kuka sellaisia edes nykyään käytti, viereiselle penkille vaikeaselkoisen kartan päälle ja veti itsensä sykkyräasentoon kiskoen huppua tiukemmin päähänsä. Junassa veti, ja hänellä oli liian vähän vaatteita mukanaan. Nekin olivat vääränlaisia. Tiukkoja, muodollisia, valmiiksi silitettyjä. Ne edustivat kaikkea sitä, mitä hän ei kokenut olevansa.

Anna havahtui syvään kirskuntaan. Joku veti häntä hihasta. Ylös, laukku mukaan, oli jo kiire. Harmaapukuinen konduktööri auttoi hänet pois oikealla pysäkillä ja huusi perään seuraavan paikan nimeä, jossa oli aivan liian monta suhisevaa konsonanttia peräkkäin. Juna nytkähti saman tien liikkeelle, ja Anna jäi seisomaan asemalle. Hän ei erottanut ympäristöstä muuta kuin junan kaikkoavat perävalot. Kaikki oli painunut sankan sumun alle.

Hän pyöri paikoillaan hetken, etsi muita asemalla jääneitä, tai ehkä seuraavaa yhteyttä odottavia. Ketään ei näkynyt missään, ja itse asemakin oli pikkuruinen. Ja suljettu. Anna jätti hetkeksi matkalaukkunsa oman onnensa nojaan ja kiersi puista asemarakennusta ympäri. Mikään ovista ei auennut, ja ikkunoista näkyi vain pimeää.

No niin. Tässä sitä nyt oltiin. Ilman rahaa, ilman paikalliskielen osaamista, eikä seuraavasta kohteesta muuta tietoa kuin että siinä oli ehkä r, t ja s – tai ehkä z – peräkkäin. Alkukirjain saattoi olla a tai o tai jotain ihan muuta. Olihan pahemmastakin selvitty. Hän katseli hetken suoria vaaleansinisiä housujaan. Niillä ehkä pääsisi kapuamaan aseman ikkunasta sisään ilman että ne repeytyisivät, mutta ennen kuin hän ehti yrittää, kuului läheltä ääni. Tarkemmin ottaen, haukunta. Hän siristeli silmiään sumun läpi, mutta näki vain muutaman metrin eteensä. Jokin sai hänet huutamaan "haloo", ja se auttoi. Haukunta kuului uudestaan.

Loistavaa. Paikalla oli siis koiranulkoiluttaja.

– Haloo!

Haukahdus, toinen.

Anna alkoi kiertää rakennuksen vierustaa takaisin laiturille. Ja siellä, hänen matkalaukkunsa vieressä, heilui häntä. Märkä kuononpää haisteli hänen laukkuaan.

– Hei kaveri, missä omistajasi on?

Kaveri innostui laukun ihmisjatkeen löytämisestä huikean vainunsa ansiosta ja kiirehti nuuskimaan uuden tuttavuutensa. Koirassa oli monenväristä karvaa, kermaa ja kinuskia, suklaanruskeaa täplää, ja se oli ehkä alle vuoden ikäinen. Annalla ei ollut ikinä ollut lemmikkiä, se olisi vaatinut liikaa sitoutumista, mutta hän oli joskus hoitanut ystävänsä koiraa pienissä usein vaihtuvissa yksiöissään.

– Kaveri, missä emäntä?

Kaveri katsoi lähes sinisillä silmillään Annaa ja käänteli päätään voimakkaasti läähättäen. Toinen korva lerppui vielä, toinen heilahteli äänen suunnan mukaisesti.

– Tai isäntä? Missä isäntä, missä? Näytä!

Kaveri nuolaisi Annan kättä.

Jaahas. Hän alkoi tutkia koiran kaulaa, ja karvan alta löytyi ohut kaulapanta. Siinä ei lukenut mitään.

– Karkumatkallako olet? Vai pääsetkö jo yksin kävelylle? Oletko niin iso poika?

Kaveri vinkaisi, otti askeleen poispäin asemasta ja pysähtyi katsomaan häntä. Vinkaisu, haukahdus. Anna tajusi tilanteen järjettömyyden. Hänen piti olla muutaman tunnin päästä työtapaamisessa jonkin kolkon tehtaan ahtaassa perähuoneessa, mutta sen sijaan hän ei ollut vielä edes saavuttanut oikeaa maata, vaan nökötti vieraan naapurimaan vielä vieraamman kaupungin tyhjällä asemalla. Pentukoira kaverinaan. No ainakaan hän ei ollut yksin.

– No niin, kaveri. Näytä isäntä, kaveri! Näytä! Missä isäntä!

Kaveri haukahti ja hypähti liikkeelle lurppakorva puolelta toiselle heilahdellen.

Matkalaukku liikkui huonosti hiekkatietä pitkin. Vartin sumussa matkaamisen jälkeen alkoi selvitä, että kaupunki määritteenä ei oikein sopinut kuvaamaan ympäristöä. Missään ei näkynyt liikennevaloja, autoja tai edes asfaltoituja teitä. Sen sijaan tilalla oli talviunilta hiljalleen heräävää kituisaa kasvustoa, ojaa, paljaita oksia. Yksittäinen tien vieressä nököttävä ränsistynyt hylätty mökki, toinenkin, kuin kiireessä oman onnensa nojaan jätetty. Hiekka kahisi jalkojen alla kohmeisena, ja kylmänkostea sai puristamaan kevättakin kiristysnauhoja tiukemmalle. Kaveri hänen edessään kulki innokkain askelin, pysähtyi joskus nuuhkaisemaan kenties tuttua pissapusikkoa tai maassa lojuvaa keppiä, tarkistaen välillä, että uusi ihmiskaveri yhä seurasi häntä.

– Kaveri, tiedäthän nyt hyvän reitin?

Hän koetti muistella kulkemaansa reittiä, mikäli koirakaveri pinkaisisi omille teilleen. He olivat jatkaneet asemarakennuksen takaa, kääntyneet vasemmalle, mutkaista tietä pitkin oikealle, suoraan, sitten...

– Kaveri! Kaveri, odota! Minne kiire, hidasta vähän..

Kaveri haukahti, ja lurppakorva heilui rytmikkäästi. Koira oli kaartanut yhtäkkisesti pienelle polulle ja lähti kirmaamaan sitä pitkin kieli ulkona läähättäen. Se haukahti hänen sanoilleen.

Polku epäilytti. Kenties sen päässä odotti toinen koira, johon Kaveri oli mieltynyt. Tai ehkä vain kiva jäniksenkolo, jota piti päästä kaivamaan. Polku ei näyttänyt johtavan mihinkään järkevään.

Äh, tässäkö tämä nyt sitten oli. Ainoa elävä olento ja sekin meni menojaan.

Anna näki vain muutaman metrin eteensä, mutta päätti jatkaa yksin soratietä eteenpäin. Reitti sentään oli tieksi luokiteltava, vaikkakin kapea ja kuoppainen. Kerran vielä Kaveria turhaan huhuiltaan, hän jatkoi eteenpäin, pikkukivien jumittamaa matkalaukkua perässään vetäen. Montaa minuuttia hän ei kuitenkaan ehtinyt edetä, kun tie loppui. Siltaan. Anna kurkisti alas ja näki kapean joen, tuskin kovin syvänkään, jonka yli silta kulki. Joki virtasi jo vapaasti talven jään sulettua, ja sen liplattava sointi helisi sankan sumun peittämän äänimaailman alta. Anna otti askeleen kuluneelle puusillalle, joka narskahti epäilyttävästi. Toinen varovainen. Syvä natina. Ja eteneminen loppui siihen. Sumun takaa paljastui sillan todellinen kunto. Se oli poikki. Keskeltä kahtia jakautunut, kaiteineen päivineen. Puulankut roikkuivat riekaleisina, kuin jonkun repiminä, ehkä salaman iskeminä, joen ylle painuneina.

No niin. Hienoa. Eli tästä tuskin kulkisi reittiä keskustaan.

Anna pälyili takaisin menosuuntaan. Olisi varmasti parempi kääntyä takaisin asemalle ja tutkia karttaa hetki, ehkä asemakin avattaisiin pian... Kartta. Lippu. Työsalkku. Anna katseli käsiään. Mukana oli vain kirkkaan pinkki matkalaukku ja lompakko taskussa. Puhelin, kaikki oli jäänyt junaan viereiselle penkille.

Ei ollut totta. Toivoton kuiva naurahdus haihtui jonnekin kostean sumuhöyryn sekaan, kun Anna hieroi kasvojaan epätoivoisia sananpuolikkaita kiroten. Sormiensa lomasta hän erotti tutun hennosti liikahtelevan kuononpään, joka ilmaantui sumusta. Kaveri erotti Annan ja haukahti tervehdyksen.

– Kaveri, minne sinä menit?

Kaveri tuli nuolaisemaan kättä ja lähti takaisin suuntaan, josta oli tullut, vilkaisten ensin ihmiskaveriaan anovalla katseella. Kai se sitten oli uskottava.

Maa lätsähteli märkänä ballerinamallisten ohuiden kenkien läpi, ja märät lehdet kahisuttivat korvia. Polku oli pieni, joiltain osin lähes olematon, mutta Kaveri tuntui olevan perillä kaikesta. Tuntui, että se aisti jokaisen kivenmurikan ja juurakon ennen kuin ne edes piirtyivät esiin sumun takaa. Anna oli unohtanut, kuinka voimakkaalta luonto tuoksui kevään alkupäivinä. Maan tuoksu oli erityisen pisteliäs, ja kaikki jo kiihkeästi heräilemään haluava, talven mukana maahan painunut, taisteli tilastaan hajujen keitoksessa. Anna ei kyennyt palauttamaan mieleensä, milloin oli viimeksi kävellyt metsässä. Sumusta johtuen jokainen pienikin ääni, rasahdus, yksittäinen sirkutus, kiinnitti huomion. Oli vaikea aistia kokonaisuutta ympärillä, pikemminkin huomasi yhden sadasta aistimuksesta ja joutui keskittymään enemmän siihen, etteivät ballerinat mutaantuisi enempää. Kaveri sentään tuntui elävän luontoa jokaisella sisäänhenkäyksellä, jokaisella pienellä tassun tunnustelulla. Kaikki viestit olivat selvitettävissä kuononpään, kielen tai valppaamman korvan kautta. Ja tarina eli joka askelmalla, muuttui aina seuraavan mutkan takaa. Tuossa märässä kuononpäässä oli jotain niin alkukantaista ja liikuttavaa. Kuinka se havaitsi paljon enemmän kuin hän, mutta eli silti täysin järkipuheen ulottumattomissa.

Polku jyrkkeni jyrkkenemistään, ja juuri kun Anna ajatteli käsivoimiensa pettävän ja kirosi neljää vaihtokenkäparia, jotka oli raahannut mukaansa kolmen päivän työmatkaa varten, he saapuivat jonnekin. Kukkulalle. Mitä ylemmäksi he olivat kavunneet, sitä enemmän sumu oli alkanut tehdä tilaa askelille. Se oli yhä sankka, mutta nyt hän pystyi erottamaan jo muutakin kuin Kaverin heiluvan hännän. Hän erotti vaimean äänen. Kaverin korva herkistyi, tämä haukahti ja pinkaisi juoksuun.

– Kaveri, hei!

Anna meinasi juosta perässä, kunnes tajusi. Ääni oli kuulunut ihmisestä. Ja niin – muutama haparoiva askel sumua ja siinä se näkyi. Ihka oikea talo. Tai jos tarkkoja oltiin, mökki. Mutta yhtä lailla asumus, jossa varmasti eleli joku ihmisen kieleen reagoiva.

Mökki oli vaatimaton pieni harmaanvalkoinen kivitalo, jonka ovi oli raollaan ja jonka kapeiden ikkunoiden takaa hehkui lämmintä valoa. Talon edustalla oli koruton puutarha, ja oven vieressä kieritettynä pitkä puutarhaletku. Anna laski laukkunsa ovenpieleen heilutellen kolottavaa kättään. Hän huhuili sisään avoimesta ovesta. Sisältä kuului kattilan kolinaa, mutta ei vastausta. Hän pyyhkäisi mutaisia ballerinojaan paksuun ovimattoon ja heilautti kengät pois jalastaan. Talossa leijaili kiviaineksen, kellarin tuoksu. Hän astui paljailla jaloillaan eteisen kylmälle kivilattialle. Se oli lähes jäätävä. Eteinen oli pikemminkin tupa puisine jakkaroineen ja mataline kattoineen. Seinää koristi vanha hääkuva, joka oli otettu kyseisen talon edustalla. Sellainen, jossa oli varmasti pitänyt seistä pitkään hievahtamatta, jähmettynyt ilme kasvoilla pitkän valotusajan vuoksi. Kuvan hääpari oli kellastunut lähes tunnistamattomaksi, kaukaiseksi muistoksi. Tuvan kirstun päällä oli eläinaiheisia posliiniesineitä aseteltuina kukkakuvioisen liinan päälle ja piippu, jonka ympärillä oli jo rutikuivaksi kuivunutta tuhkaa. Nurkan takaa kuului astioiden kolahduksia. Anna eteni kolinan suuntaan.

Keittiönurkkauksessa seisoi huivipäinen, ruudullista essua käyttävä muori, jonka jaloissa olevasta vesiastiasta Kaveri hörppi ahnaasti kurkunkostuketta läikyttäen osan muorin tohveleiden päälle.

– Anteeksi, madam, seurasin koiraa...

Muori pyyhkäisi käsiään essuunsa ja katsoi Annaa.

– Aaa! muori huudahti tajutessaan vieraan läsnäolon, katsoi koiraa ja taputti tämän päälakea naurahtaen makeasti. Muorilla näytti olevan vielä jokunen hammas tallella. Käheänkatkuista naurua seurasi litania lauseita, joista Anna ei ymmärtänyt sanaakaan. Hän hymyili vaivaantuneena muorin käsittämättömille lauseenpätkille, kunnes huomasi jotain tämän takana. Muorin isossa padassa kiehuvan sopan tuoksumaailma tavoitti nenän ja sai välittömästi veden herahtamaan kielelle. Tuoksu oli järjettömän herkullinen, ja Anna tajusi, ettei ollut syönyt mitään tuntikausiin. Kaveri nosti katseensa pataan ja tuli sitten nuolaisemaan Annan jalkoja, joita muori osoitti naureskellen. Tämä elehti Annaa tarttumaan kauhanvarteen ja tallusteli itse huoneesta jonnekin talon perälle. Kaveri kurkotteli padan suuntaan ja lipaisi kielellä kuonoaan. Keittokomerossa oli hirveä määrä purkkeja ja purnukoita, kauhoja ja rättejä, jokaisella mahdollisella ja mahdottomalla tasolla aina ikkunalautoja ja kaappien päällisiä myöten. Nurkassa nökötti radio, josta sojotti vino antenni. Koko keittiö tuntui hukkuvan sinne unohdettujen tavaroiden alle.

Muori palasi isojen tohveleiden kanssa, kenties miesten mallia olevien, ja komensi Annaa laittamaan ne jalkaansa. Sitten annettiin uusi tehtävä. Muori osoitti kaappia ja pöytää. Kaapista löytyi lautasia ja lusikoita, ja Anna tajusi roolinsa vaihtuneen sopan hämmentäjästä pöydän kattajaksi. Vatsan murina yltyi padan porinan tasolle, joten hän teki työtä käskettyä.

Hän kattoi harvoin pöytää, yksin kun asui. Kattamisesta tuli aina juhlallinen olo. Sellainen, että koko perheen oli aika kokoontua yhteen ja pysähtyä tarinoimaan lämminhenkisesti viikon tapahtumista. Anna kattoi kolmannenkin lautasen siltä varalta, että mukaan liittyisi ehkä pappakin tai kenties aikuinen lapsi. Talo vaikutti kyllä kovin pieneltä, ja hän oli nähnyt tuvasta käsin vain kapean sängyn syrjemmällä.

Mitenköhän tilannetta olisi parasta lähteä purkamaan. Puhelin. Sellainen voisi löytyä muorin luota! Mutta mihin hän soittaisi. Ehkä muori voisi soittaa asemalle ja tiedustella aikatauluja. Hän katseli ympärilleen, kävi yhdistetyn olo-makuuhuoneen puolella, mutta näki pitsiliinoilla peitettyjen pöytätasojen päällä vain unohdettuja kuppeja, suurennuslasin, lankakerän virkkuukoukkuineen ja muuta hyödytöntä. Anna meni elehtimään naiselle puhelinta ja toisteli junan etenemisääniä mahdollisimman selkeästi. Muori nauraa kähähti, ja Kaveri käänteli päätään kieli ulkona roikkuen. Nainen sanoi jotain paikalliskielellä ja heilautti kättään kieltäytymisen merkiksi. Anna ymmärsi juna-sanan. Ja kieltomerkin, taivaalle osoittelun. Tänään juna ei kulkisi. Huomenna, ehkä.

Bussia? Taksia? Anna kokeili kaikkia vaihtoehtoja, vaikka tiesi jo vastauksen. Sumu ei mahdollistanut minkään liikkumista tänään. Tai ehkä bussi ei liikkunut ikinä kylän poikki. Takseja tuskin seuduilla oli ikinä nähtykään. Puhelinta voisi etsiä uudemman kerran asemalta, jonne oli tosin lähes tunnin kävelymatka, ja päivä alkoi jo hämärtää. Kai se oli uskottava muoria.

Anna alkoi jo miettiä uskottavia selityksiä: "Salkkuni varastettiin" tai "Lentoyhtiö kadotti kaikki tavarani puhelinta myöten". Ehkäpä. "Nukahdin junaan ja hyppäsin pois väärällä asemalla ilman työsalkkuani" ei tulisi sisältymään hänen kertomukseensa.

Muori kaatoi punertavanoranssia soppaa kolmelle lautaselle ja laski yhden niistä lattialle Kaverin eteen. Keittiöön tulvahti niin voimallinen tuttujen aromien tuoksu, että se ravisteli kodin, ehkä lapsuudenkin muistot jostain takaraivon peräkamarista suoraan tämän pöydän ääreen.

– Suu-pe! muori komensi Annaa istumaan jakkaralle pöydän ääreen ja naurahti käheän makeasti.

Anna oli hyväksynyt tämän illan kohtalonsa. Matkalaukku oli nostettu sisälle. Matalalta parvelta tai ehkä ennemminkin korokkeelta, jossa oli koirankarvojen peitossa oleva vilttikasa, oli pedattu Annalle makuusija. Pimenevän illan kylmenevä viima oli suljettu oven ulkopuolelle, nyt kun Kaverikin oli palannut kotiin päiväkävelyltään. Takkaan oli sytytetty tuli. Muori oli istahtanut talon perällä olevalle kuistille ison vadin ja tiskien kanssa, jostain kuului kanojen yksittäisiä kaakatuksia. Annan raajat nytkähtelivät väsyneinä, kun hän istui puisessa keinutuolissa ja heilutteli tohveleitaan ritisevän takan edessä. Kaveri makoili rispaantuneen räsymaton päällä hiljaa tuhisten.

Olisi ollut tuskaista lähteä etsimään hotellia tällä kelillä. Katkenneesta sillasta johtuen olisi pitänyt etsiä vaihtoehtoinen reitti kylään. Eikä vaivoin liikkuvasta vanhasta muorista olisi oppaaksi. Kai se yö kuluisi näinkin, Anna nojautui kerämäisempään asentoon tuolin keinuessa. Mihin tahansa hän käänsi katseensa, hän näki ympärillä vain vanhaa ja unohtunutta. Sanomalehdet, joita revittiin halkojen sekaan. Valokuvat joskus nuorena olleista. Pitsiliinoille kauan sitten karanneet kahvitahrat. Värinsä jo menettäneet hailakat verhot. Kaikki tuntui vanhentuneen, ehkä muorin mukana, ja joskus aikoinaan elänyt oli pysähtynyt paikoilleen. Kuin aika olisi jo ollutta ja mennyttä. Pöydällä oleva virkkuutyö sai muistamaan pari ommelta kouluajoilta, mutta silloin ei ollut malttia opetella enempää. Sellainen olisi vaatinut aivan toisenlaista mielenlaatua. Mitä järkeä oli pysähtyä paikoilleen nysväämään lankoja yhteen, kun ulkona odotti kokonainen maailma.

Ovi kirskahti, kun muori astui takaisin sisälle. Askeleet etenivät raskaasti ja verkkaisesti keittonurkkaukseen, jossa tämä sytytti kaasulieden päälle ja laski vettä teepannuun. Kaikki tapahtui kuin hidastetussa elokuvakohtauksessa. Pannu varovaisesti liedelle, käsien pyyhintää sormi kerrallaan, oikeanlaisten teekuppien etsintää. Niiden kääntelyä ja pyyhkimistä niiden löydyttyä. Huolellista asettelua pöydälle. Ja sitten kuppien palautus takaisin kaappiin ja parempien kuppien etsintää. Samalla seurattiin veden täydellistä kiehumispistettä kellosta ja pannusta. Tuntui, että muori oli toistanut tämän saman rituaalin harva se päivä, ellei jopa joka ilta. Anna ei voinut käsittää vanhojen ihmisten kärsivällisyyttä. Kuinka kauan ne jaksoivatkaan kiinnittää huomiota yksityiskohtiin. Niin pieniin, ettei niillä ollut edes mitään merkitystä. Kuppi kuin kuppi, mitä väliä sillä oli. Yleensä hän käytti kotonaan samoja astioita viikon pari, ehkä joskus huljautti niistä pahimmat sakat pois. Ja sitten siirtyi valmisruokiin, kunnes lopulta otti itseään niskasta kiinni ja tiskasi kaaoksen pois.

Muori kutsui kupposelle, ja Anna heitti päällänsä olevan paksun villaviltin sivuun. Liian isot tohvelit lonksuivat jaloissa, kun hän kiirehti muorin määräämälle jakkaralle. Juo, juo, muori viittoili ja lisäsi jotain vielä perään, joka sai tämän naurahtamaan niin että nauru juuttui kurkkuun ja pisti yskittämään. Muori nousi, sanoi taas jotain ja tallusteli olohuoneen puolelle. Anna puhalsi teehen ja ryysti siitä varovaisen hörpyn. Se oli juuri sopivan lämmintä.

Muori kolisteli ja mutisi aikansa ja palasi keittiön pöydän ääreen. Anna otti käsiinsä hänelle tarjotun vanhan valokuvan. Kuvassa näkyi muori joitakin vuosia nuorempana ja jaloissa seisoi tuttu hahmo, koira. Aivan samannäköinen kuin Kaveri. Mutta vanhempi, harmaantunut jo. Anna hymähti, osoitti Kaveria ja kuvan koiraa. Kaveri heristi korvaansa, muori sanoi jotain omalla kielellään ja huokasi lopuksi hellästi. Muorin kasvoilla kävi sellainen kaipaus, joka usein käy vanhojen ihmisten kasvoilla, kun he muistelevat menneitä. Anna vilkaisi kaappien päällä näkyviä kehystettyjä vanhoja kuvia, naulakkoon jäänyttä miesten tweed-takkia, lakkia. Tämäkin muori, monien muiden ohella, eli yksin keskellä muistojaan, päivästä toiseen, verkkaisesti liikkuen, samalla kun koko muu maailma kuhisi ja eli jatkuvassa muutoksessa ja murroksessa tämän kylän, ja mökin, ulottumattomissa.

Takka kyti hiljalleen raksahdellen. Anna makasi kyljellään matalalla parvella, kolmen vilttikerroksen alla, seurasi väsynein silmin oranssin ja keltaisen hypnoottista liikettä, joka sai hänet lähes nukahtamaan silmät auki. Muori kuorsasi pienesti huoneen nurkassa. Kaveri huokaisi syvään Annan jalkopäässä, jonne se oli hypännyt muina poikina hänen mukanaan. Aivan kuin odottaen, että Annakin nukahtaisi. Talossa oli käsittämättömän hiljaista. Aivan niin hiljaista, että pienikin tulen poksahdus otti oman tilansa. Ikkunaa natisuttava tuulenvire. Kaverin huokaisut. Kaikki varasti huomiota omista ajatuksista. Hän koetti miettiä huomista, kuinka järjestäisi jatkoyhteyden, selittäisi myöhästymisensä tehtaalla ja työpaikallaan. Varmasti sana perutuista yhteyksistä oli jo kiirinyt monien korviin, ja häntä ei oltu odotettu ajoissa paikalle. Mutta työvierailu asialistoineen tuntui tässä, näiden lapsuudesta tutulta tuoksuvien vilttien alla, koiran tuhistessa jalkoja vasten, takkatulen loimutessa aivan omalla tahdillaan, täysin vieraalta maailmalta. Suorastaan eri planeetalta. Eri aikakaudelta, eri tahdissa elettävältä. Raukeus, jonkalaista hän ei ollut tuntenut aikoihin, alkoi levitä raajoihin, ensin varvas varpaalta, laskien tuudittavan tunteen koko kehon päälle. Lämpö levisi hellivänä läikehdintänä hänen rinnalleen. Ja lopulta raukeuden paino pakotti hänen silmänsä kiinni.

Aamu oli aikaisempi kuin koskaan ennen. Ja sen äänettömyyden läpi puski kanojen kimeä vaatimus aamupalasta. Anna kurkisti heti ulos ikkunasta. Hän erotti jotain orastavaksi päivänvaloksi luokiteltavaa nopeasti liikkuvan usvaverhon joukossa. Tuuli kieputti utua ympäriinsä kuin ristiaallokkoa.

Hän ehti juuri laskea villasukin peitetyt jalkansa lattialle, kun muori otti häntä käsivarresta kiinni. Eleestä ei pystynyt päätellä halusiko muori tukea seisomiseen vai tarvitsiko tämä apua jossain, ja Anna näki parhaaksi seurata muoria takaovelle. Viileän viimainen ilma pyyhkäisi kasvoja. Muori selitti jotain, toisteli yksittäisiä sanoja kuin lapselle, jolle opetetaan arjen asioita yksinkertaistaen, ja osoitti katoksen alla olevaa säkkiä. Anna kurkkasi säkkiin ja säkin rapsahdus sai muutaman metrin päässä olevat kanat juttutuulelle. Muori näytti vapisevin käden liikkein, kuinka monta kourallista kanoille annettaisiin jyviä. Hän nosti käsiään, varmaankin nousevan aamun merkiksi, näytti kahta kouraa, sitten kädet näyttivät laskevaa aurinkoa, yksi kourallinen. Sitten jalkaan puettiin pitkävartiset monta numeroa liian isot saappaat. Vesihana löytyi talon sivuseinältä, siitä kaadettiin janojuomaa isoon vatiin. Anna kauhaisi vettä myös kasvojensa herätykseksi, ja kylmä vesi sai huoahtamaan kovaäänisesti. Kanat säikähtivät, ja muori naurahti äänekkäästi ja taputteli Annaa päälaelle, kuten tällä oli tapana taputella koiraakin. Anna pyyhki yhä unen jäämiä silmäkulmistaan ja nyökytteli toistuvasti muorin monille ohjeille kohteliaisuuttaan. Henkisesti hän makasi yhä vilttivuoren syleilyssä, koirakaverin unesta nykivät tassut jalkojaan vasten painettuina. Muorin ryppyinen, lähes läpikuultavan hauras käsi nappasi kiinni päättäväisesti hänen ranteesta ja näytti seuraavan tärkeän seikan. He lähtivät kiertämään kana-aitausta sen takaosaan. Mutainen maa oli saanut yön aikana huurteisen kuorrutteen, ja saappaat liukastelivat epätasaisella alustalla. Muori laskeutui vaivoin polviensa varaan ja osoitti pieniä kanojen koppeja. Heinän alta löytyi jotain käsiä lämmittävää.

Vaaleanruskeat kuoret rikkoontuivat vanhasta tottumuksesta, vaikka muorin käsien liike oli haparoiva. Muori yritti näyttää oikeaa tapaa rikkoa muna, mutta kun Anna yritti samaa, murskautui keltuainen pitkin hänen sormiaan.

Kaveri vielä venytteli raajojaan Annan peittokasan alla ja piti keittiön toimintaa tarkalla silmällä. Anna pyyhki sormiaan keittiörättiin ja katseli reunoista käpristynyttä seinäkalenteria, joka oli viiden vuoden takaa.

Tänään hän kävisi selvittämässä jatkojunayhteyden heti, kun sumu vähän väistyisi. Parhaassa tapauksessa hän olisi päässyt rajan yli jo iltapäivään mennessä ja tehdaskaupunkiin rajalta parissa tunnissa. Kunpa hänen hotellivarauksensa olisi pysynyt voimassa.

Muori kattoi pöytään kimpaleen voita, paistetut kananmunat ja keittiöliinalla peitetyn itseleivotun pyöreän leivän. Ennen kuin he iskivät kiinni, muori halusi vielä näyttää, mistä leivän leipomiseen tarvittavat ainekset löytyisivät. Kyllä, hiivaa, jauhoja, vettä, suolaa, Anna nyökytteli desimäärille ja istui lopulta levittämään voita leipänsä päälle. Muoria nauratti, tämä tarrasi kiinni Annan leipäpalaan ja lisäsi siihen toisen voinokareen. Syö syö, muori selosti ja elehti käsillään pienikokoista osoittaen Annaa. Leipä oli kieltämättä herkullista ison suolaisen voinokareen kera. Kevyesti keitetty keltuainen valahti lautaselle lammikoksi ja vuoltiin leivänpalalla suuhun. Kaveri ei kananmunasta välittänyt, vaan sille löytyi omat eväät, joiden sijainnin muori selosti Annalle yksityiskohtaisesti. Aamulla tästä pussista, iltaisin suu-pe! Soppaa. Niinpä niin, Anna nyökytteli ja arveli mielessään pärjäävänsä ronskilla aamupalalla pitkän junamatkan yli.

Sormia palelsi jo nyt. Muori katsoi ovensuussa, ja huoli siristi tämän silmät painavien luomien alle. Anna puristi tiukemmin laukkuaan. Kaveri katsoi vuoroin taakse jäävää muoria, vuoroin häntä.

Hän oli esittänyt kiitoksensa, jättänyt tohvelit tupaan ja päättänyt pärjätä. Sumu ehkä rajoittaisi liikennettä, mutta tuskin estäisi kaikkia yhteyksiä. Rajan yli maitse matkustaminen oli täälläpäin yleistä. Anna liukasteli ohuilla ballerinoillaan kukkulaa alaspäin Kaverin edetessä ongelmitta. Kaveri oli halunnut lähteä mukaan, tai ehkä muori oli onnistunut patistamaan se. Yhtä kaikki, se oli tavalliseen tapaansa vilkas ja innostunut, mutta jokin sai sen välillä pysähtymään. Sen tassu jäi koholle, kun liike pysähtyi, ja se haisteli ilmaa. Annakin yritti, mutta ei haistanut mitään. Eikä pahemmin nähnytkään. Hän iski varpaansa maasta huomaamattomasti törröttävään juurakkoon ja laski laukkuansa välillä maahan.

– Käsi väsyy, levätäänkö, Kaveri?
Kaveri tuli nuolaisemaan. Katseli kodin suuntaan.
– Varmasti soppa odottaa, kun palaat kotiin.

Kaveri nautti rapsutuksesta korvan taa, muttei malttanut istua paikoillaan pidempään. Ikään kuin olisi kiire. Näin koleaa kevätpäivää Anna ei muistanut aikuisiältään. Tuntui, että kaikki kasvamaan pyrkivä, ulos ja ylöspäin kurottava, pikemminkin vetäytyi takaisin, puristui piiloonsa. Kuin luonto olisi julistanut hätätilan, paetkaa! Paetkaa takaisin sinne mistä tulittekin!

Hän ei olisi muistanut reittiä. Liian monta vasenta, oikeaa ja haarautuvaa epäpolkua. Sumuvaipan alle jähmettyneet kitukasvuiset oksat alkoivat saada huurteista peitettä, ja jo valmiiksi harmaa maisema alkoi näyttää vielä värittömämmältä. Missään ei ollut mitään kiintopistettä. Mitään tuttua. Oli vain seurattava koirakaverin näyttämää tietä. Tämän nenänpää pysähtyi haistelemaan ilmaa tämän tästä, mutta löysi silti tutut paikat kohmeenkin alta.

Palelsi, mutta onneksi muori oli huolestuneena kietonut paksun kaulaliinan hänen kaulaansa, varmasti itse kutomansa. Samalla muori oli näyttänyt, mistä muut talvivaatteet ja paltot löytyisivät. Vilttiä, haalaria, essua, pressua. Tietoisku oli venyä liian pitkäksi, joten Annan oli pitänyt lopulta unohtaa kohteliaisuussäännöt ja lähteä mökistä lähes väkisin. Muori ei ollut sanonut enää mitään, kun Anna vilkutti hyvästiksi. Katsoi vain pitkään ovensuussa.

Anna tunsi jotain märkää kädellänsä, otsallansa. Hän nosti katseensa ja erotti sumun seasta valkoista. Valkoista hiutuvaa. Sitä laskeutui hiuksille, olkapäille, tarrautui silmäripsiin. Koirakaveri koetti väistellä sitä.

– Kaveri! Se on lunta!

Kaveri ei ollut ensinkään innostunut kyseisestä sääilmiöstä vaan jatkoi hiutaleiden turhaa väistelyä. Sumulunta. Heräävässä huhtikuussa. Tämä tästä vielä puuttui, Anna totesi kenties ääneen ja jäi tuijottamaan taivaalle, painoi silmät kiinni. Hiutaleet laskeutuivat kylminä pisteinä kasvoille, täydellinen hiljaisuus painui metsäpolun ylle. Ei pienintäkään rasahdusta, ei tuulen huminaa. Ei mitään ihmisen luomaa, ei edes toista ihmistä. Liikkuikohan maailmassa enää mikään. Ehkäpä kaikki oli pysähtynyttä, joka maailman kolkassa, juuri tällä hetkellä. Kaikki painoivat silmiään kiinni, tunsivat kylmän, jotkut kuuman, ja seisoivat yksin äänettömyydessä. Ehkä he kaikki näkivät kollektiivista valveunta. Vavisuttavaa, pysähdyttävää, paikoilleen pakottavaa valveunta, jossa mikään ei ollut enää liikkeessä. Kaikki sai vain olla paikoillaan. Kellään ei olisi hätä, ei kiire mihinkään. Ketään ei kaivattaisi missään. Olisi vain tämä hetki, äänettömänä, ajan kadottamana. Anna työnsi kielensä ulos kuten talvisin lapsena, levitti kätensä. Hiutaleet tavoittivat suun, sormenvälit, täyttivät auki olevaa huppua. Ja hetkeen hän ei ajatellut yhtään mitään.

Kaverin haukahdus oli palauttanut ajatukset takaisin käsillä olevaan tilanteeseen, ja Anna oli kiirehtinyt koiran perään. Kaveri ei ollut lainkaan mielissään vaihtuneesta säätilasta, ja perässä pysyminen ohuilla kesäkengillä oli vaikeaa. Levenevä hiekkatie oli täyttynyt lumesta äkkinopeasti, ja Kaverin tassuja ehkä palelsi. Annankin, ja hän koetti kipristellä varpaisiinsa verenkiertoa. Onneksi kaulaliina piti korvat lämpiminä.

Vihdoin jotain tuttua alkoi erottua tunnistamattomien puiden ja peltojen jälkeen. Hylätty mökinröttelö kuihtuneine kukkaruukkuineen. Kohta toinenkin. Ja tuolla, tuolla näkyi asema. Anna laski laukkunsa ja kiirehti asemarakennuksen luo, kiersi sen seinustoja. Nyt hän vaikka kampeaisi itsensä sisään, jos mikään ei ollut auki.

Pääovi. Kiinni. Tällä kertaa jopa riippulukolla. Entäs sivuseinä, ikkuna! Anna juoksi ikkunan luo ja katsoi sitä tyrmistyneenä. Se ei ollut enää auki. Ei totta tosiaan. Päinvastoin. Se oli hakattu kiinni laudoilla. Täysin kiinni, lyöty umpeen.

– Kaveri, mitä hemmettiä täällä oikein tapah...

Katoksen alle sakenevasta lumisateesta suojaan sujahtaneelle koiralle esitetty kysymys katkesi, kun hän kuuli kolahduksen. Se tuli jostain takaa. Hän kiersi rakennuksen taakse ja näki harmaan koppalakin. Mutta kaikki tapahtui liian nopeasti. Univormuinen mies oli edennyt jo liian kauas, ehtinyt nousta pieneen autoonsa ja painanut kaasua. Anna juoksi perään, mutta mies kaasutti vauhdilla pois. Lumi laski alleen kaikkoavan moottorin äänen ja Annan huudon.

Mies oli lähtenyt vastakkaiseen suuntaan kylästä. Anna meni vielä kerran tiekylttien luokse. Lumisade alkoi olla jo niin sankka, että kylttejä piti pyyhkäistä kädellä. Kyltti näytti miehen suuntaan umpikujaa. Kaveri oli ilmestynyt katoksen alta ehkä etsimään Annaa ja haukahti. Toisenkin kerran, kun Anna ei ensin reagoinut. Sitten se lähti liikkeelle. Takaisin kohti kotia. Sen turkki alkoi taas täyttyä valkoisesta lumipeitteestä, yhä nopeammin. Kaverin ei tarvinnut ottaa kuin muutama kiirehtivä askel, ja se oli kadota valkoiseen utumaailmaan.

Anna ei löytäisi täältä yksin mitään.

Muori oli jo valmiiksi ovella. Huhuili tulijoita, takka sytytettynä täydelle tulelle. Molemmat astuivat tupaan kylmän kangistamina ja lumen lannistamina. Muorilla oli kaikki valmiina. Märät vaatteet laitettiin kuivu-

maan, tilalle saatiin paksu kerros lämmintä. Villasuk-
kaa, nuttua, palttoota. Soppa oli hautumassa, kolme
lautasta odottamassa. Vaikka muorin liikkeet olivat
yhtä hitaita kuin aiemminkin, ne tuntuivat silti tietävän
tasan tarkkaan mitä tehdä, joten kaikki sujui yhdessä
silmänräpäyksessä. Anna ehti vasta ajatella jotain huo-
miseen liittyvää, jäsennellä palasia mielessään, kun
muori oli jo hoitanut hänelle ruokaa lautaselle, teetä
kuppiin. Anna hörppi pitkin ryystöin soppaa ja teetä, ja
kylmyys alkoi väistyä yllättävän nopeasti. Hän oli rät-
tiväsynyt. Hän ei olisi jaksanut enää yhtään ajatusta,
yhtään suunnittelua, yhtään hosumista. Yhtään kiirehti-
vää askelta.

Soppa maistui taivaalliselta, ja siinä erottui jokainen
oma makunsa, mausteensa, joista hän kuitenkin osasi
harvaa nimetä. Mutta ne maistuivat täydelliseltä yhdes-
sä. Kaveri oli hotkaissut soppansa ja kietoutunut keräl-
le Annan tohveleiden päälle keittiön pöydän alle. Huo-
kaili, tuhahteli. Anteeksi Kaveri, Anna rapsutti koiraa
korvan takaa. En arvannut että talvi yllättäisi.

He petasivat muorin kanssa yhdessä Annan aiemmin
purkaman pedin takaisin parvelle. Muori penkoi mökin
perävarastoa. Täältä löytyisi lisälakanoita ja tyynyjä,
muori osoitteli kuin Anna ei olisi koskaan lähtenyt-
kään. Anna vilkuili hajamielisenä muorin ohjeiden
suuntaan, petivaatteita, täkkiä, muinoin poispurettua,
varastoitua sänkyä. Muori puuhasteli erityisen kiireise-
nä iltaan asti, ja juuri kun Anna sai hampaansa pestyä
ja oli laskemassa tohveleitaan petinsä vierelle, tarttui
muori vielä käsivarresta puristavalla otteella. Tärkeää,
tärkeää, Anna oli tajuavinaan muorin puheesta ja seu-
rasi tätä mökin perälle. He astuivat ulos takakatoksen
alle, ja muori avasi vajan oven. Hän siirteli pari tavaraa

ja näytti vajan perällä olevia kangassäkkejä. Anna työnsi kätensä säkkiin ja piteli käsissään viileitä multaisia perunoita.

– Suu-pe! Muori huudahti.

Soppaa varten. Pottuja oli monta säkillistä, pitkän talven varalta.

Ennen kuin he palasivat sisälle, muori vielä pinosi Annan käsivarsien päälle pressun alta löytyviä lisähalkoja. Selosti niihin liittyviä asioita monen vieraan lauseen verran.

Muori painui omille iltapuuhilleen, kun Anna laski halot kädestään takan vierustaan. Takankulmaa vasten nojasi kävelykeppi, jota hän ei ollut ikinä nähnyt muorin käyttävän. Kenties papalta peräänsä jäänyt. Hän tunnusteli keppiä kädessään, sen kädensija oli jo hioutunut pehmeän kuluneeksi. Keppi oli tukeva, vahva. Kantanut varmasti askeleita monen vuoden verran.

Anna katsoi vielä parven viereisen hyllyn päällä olevia kuvia. Vain yhdessä niistä näkyi mieshenkilö, nuori vielä, viiksinensä, kasvot varjoihin, kohti nuoren muorin hymyileviä kasvoja vasten kääntyneinä. Oli ollut kesä. Mökin edustalla oli kasvanut paljon kukkaa. Mökki oli osin pitkien heinien peittämä. Hän oli ehkä nähnyt miehen hääkuvassa, muttei nähnyt hääpotrettia enää missään.

Takassa poksahti, ja Annan päähän hiipi pieni jomotus. Muori oli jo nukahtanut. Vanhoilta ihmisiltä löytyi aina aspiriinia jostain. Anna vilkuili pöydille, kurkisti keittiökaappiin. Hän palasi parvensa viereen ja veti hyllyn kaapin auki. Se oli täynnä erilaista pikkutavaraa, vuosien varrella kertynyttä. Kolikkoja, tyhjiä tulitikkurasioita, peltipurkkeja. Arvasinhan, hän tarttui lääkepakettiin, joka makasi kehystetyn valokuvan päällä. Kuvassa oli taas muori ja viiksekäs miehensä, talonsa edustalla. Kuva oli kuitenkin uudempi, ehkä alle kymmenen vuotta vanha. Hän vilkaisi kuvaa. Vanhuksilla oli aina sama tyyli, ja näyttivät keskenään samalta, Anna mietti miehen tuttuja piirteitä hetken katseltuaan.

Kaveri oli jo valmiina jalkopäässä, kun hän vetäytyi peittokasan alle. Huomenna olisi uusi päivä. Sitä ennen hän kuitenkin tarvitsisi paljon unta ja monta kerrosta lämpöä.

Jokin oli erilaista. Anna venytteli käsiään peiton alla, heilutteli puutunutta jalkaansa. Oli vielä hämärää, vasta aamuyö. Kaveri nukkui sikeästi hänen jaloissaan, mutta jokin oli muuttunut. Anna kohottautui hieman istumaan, siristeli silmiään hämärässä. Hän katseli ympärilleen, keittonurkkaa, tupaa, loppuun palanutta takkaa, olohuonetta. Kaikki oli paikallaan. Mutta muorin sänky oli tyhjä.

*

Hän kampesi itsensä ylös pedistä. Raajat tuntuivat normaalia raskaammilta, lonkkaa kolotti. Kaveri ojenteli jäseniään lattialla, nousi hitaasti istumaan. Hän avasi verhoa, katseli hetken ulos. Aamu oli hitaasti heräävä, varovasti sarastava.

Uurre oli syventynyt, hän katsoi peilistä. Ja siinä, hänen kasvojensa ympärillä, erottui taas yksi joukkoon kuulumaton. Hän nappasi kiinni hiuksesta ja nyppäsi sen pois. Se oli selkeästi harmaaseen vivahtava.

Askeleet ottivat tänään aikansa, joten hän pysähtyi keinutuolille levähtämään. Pöydällä oleva virkkuutyö oli edistynyt vähäsen. Seuraava vaihe vaatisi jo hieman enemmän muistelua. Hän tarttui vielä virkkuutyöhön, jonka vieressä oli kuva pariskunnasta, jo vanhaan ikään ehtineestä, joka hymyili talonsa edustalla, muori kukkahuivi päässä, pappa tweed-takissaan paksujen viiksiensä ja syvien seittimäisten silmäryppyjensä takaa virnuillen, keppiin nojaten.

Linnuilla oli hirveästi kerrottavaa, toisilleen tietenkin, mutta ei ihmisten tarvinnut niitä tarinoita ymmärtää. Kaveri seurasi omia aikojaan, pysähtyi joskus pidemmäksikin toviksi. Olisi turha kiirehtiä tällaisena päivänä. Aikaa kyllä olisi. Polku otti aina oman tovinsa, mutta askeleet veivät eteenpäin, se riitti.

Aikaa hän ei laskenut, mutta osasi arvioida sitä auringon liikkeestä jo melko hyvin. Kun he lähestyivät paikkaa, hän erotti jo raiteiden kolinaa. Jokusen tovin jälkeen hän seisoi tutun kyltin edessä. Sen juureen oli kerääntynyt kasa kuivuneita lehtiä. Kaveri lönkytteli hitaasti paikalle istahtaen hetkeksi lepäämään. Hän silitteli sen karheaa turkkia, taputteli päälakea. Sitten hän käänteli käsissään puolelta toiselle heiluvia tiekylttejä. Toinen osoitti kylään, toinen umpikujaan. Hän kääntyi aseman puoleen, kuulosteli ja jäi odottamaan. Asemalta kuului jo nuorta huhuilua.

AURORA

Vapaudu stressistä. Päästä irti menneestä. Löydä oma sisäinen äänesi.

Näillä sanoilla Natali oli paikkaa mainostanut. Ei niinkään mainostanut, vaan maininnut, ohihuomautuksena, olankohautuksena. Rentouttavaa linnunlaulua järven rannalla aikaisen kevään lempeässä syleilyssä, kuulemma.

Kuusi kuukautta sitten sammunut valo oli tunkenut pimeyden Auroran jokaiseen varpaan väliin, korvan taakse, keittiön nurkkaan. Jokaiseen askeleeseen. Aurinko, heräilevä kevät, palaavat pääskyset. Kyllä, niitä hän kaipasi. Tätä valottomuutta hän oli sietänyt jo liian aikaa.

Aurora oli pitkään toivonut vierailevansa Natalin luona, siitä oli puhuttu jo vuosia. Oli puhuttu mukulakivikaduista, tomusokerileivoksista, vanhojen kirkkojen valtavista kellotorneista. Puoleen yöhön jatkuvista illallisista. Sitten eräänä harmaana maanantai-iltapäivänä hän yhdisti mielessään pitämättömät lomapäivät, äkkilähdön ja joulukuussa tilille tipahtaneet veronpalautukset. Natali toivotteli puhelimessa enemmän kuin tervetulleeksi.

Lentokoneessa lentoemäntä hymyili Auroralle täydellisen täyteläisiksi maalatuilla punaisilla huulillaan ja ojensi pikavauhtia päähän kohahtavan kuohuviinin.

Pilvet pusersivat ikkunasta huojuvaa hattaraa, toisiinsa törmäileviä tornadoja ja valtavia vastavirtaan valuvia vaahtopäitä. Paennutta pumpulia. Punahuulinen lentoemäntä pääsi matkaamaan noiden pilvien mukana maailman moniin mutkiin ja kaukaisiin kolkkiin harva se päivä. Aurora vasta ensimmäistä kertaa.

Aurora tykästyi kieleen heti, sen ärrät olivat anteeksi pyytelemättömiä ja vokaalit venyviä. Lentokenttä oli hyvin järjestetty, moitteettoman siisti jokaista hallia myöten, ja taksi tiesi minne mennä. Auroran ei tarvinnut monesta päättää, hän oli vapauden liukuhihnalla, muiden ohjastamana. Hänen tarvitsi vain nauttia näkemästään.

Aurora tunnusteli liukasta mukulakiveä kultaisen remmisandaalinsa alla. Hän oli sovitussa kadunkulmassa, vierain aksentein koristellut tiekyltit tiesivät kertoa. Taksikuski oli nostanut hänen laukkunsa, vaikkakin hyvin pienen ja vaatimattoman, kaksin käsin hänen jalkojensa juureen kuin arvoesineen. Siellä oli vain muutama kesävaate, muuta hän ei näin lyhyeksi aikaa tarvitsisi. Natalilta löytyisi kuulemma kaikki elämiseen tarvittava.

Liehahtavat hameenhelmat, aurinkolasein suojellut silmät ja voimakkaat hajuvedet ohittivat häntä kuin ne ohikiitävät pilvet, ja askeleet kopisivat, kaikuivat ja kimpoilivat kiviseinien kautta kapealta kujalta toiselle. Ohikulkijoiden korkeista äänteistä kantautui esiin into. Into kurkistaa seuraavan kulman taakse, kertoa seuraava tarina. Aurora hengitti vierasta ilmaa, sen lupailemaa uutta ja jännittävää. Hetkenjanoa.

Sitten Natali ilmestyi nurkan takaa. Hän oli näyttävä kuten aina. Kävely keinui kuin hän olisi tanssinut joka askeleella, ja päähän osittain sidotun silkkihuivin alla heiluivat suuret kierrekorvarenkaat. Natalin kookokselta tuoksuva syli oli hehkuva ja lämmin, kun tämä koko kehonsa voimalla halasi Auroraa kuin ei olisi voinut olla iloisempi tämän tulosta. Natalin olalla roikkui olkalaukku. Se oli melkoisen iso käsilaukuksi.

– Joko mennään! Natali kysyi vastaten itse kysymykseensä innostuneena ja tarttui Auroran laukkuun. Natalin englanti oli vaivatonta, ja siihen toi oman lisänsä vahvasti pörisevä r-kirjain.

– Asutko lähellä, pääsemmekö kävellen?

Aurora alkoi kaivaa taskustaan aurinkorasvaa, vaikka lämpötila vasta lähenteli lämmintä. Aurinko saattaisi silti yllättää armottomuudellaan.

– Itse asiassa kyyti lähtee jo nyt! Meidän pitää kiirehtiä.

Kyyti. Aurora huomasi pysähtyvänsä. Heidän oli ollut tarkoitus majoittua Natalin asunnossa, täällä, vanhan kaupungin sydämessä. Lähellä tätä sovittua kadunkulmaa, korkeaa kellotornia ja liian kapeille kujille unohdettuja ikiaikaisia kahviloiden katoksia. Näin oli sovittu, kun Aurora oli varannut lentoliput.

Päivää ennen lentoa Natali oli kuitenkin esitellyt lisäidean, tai oikeammin esittänyt. He voisivat vierailla viidenkymmenen kilometrin päässä, luonnon keskellä sijaitsevassa ihastuttavassa maalaismaisessa majatalossa, jossa oli aina kevät. Tai oikeammin, he tulisivat vierailemaan. Aurora ei vastustellut, vaan suostui ystävänsä hänelle varmasti vieraanvaraisuuttaan järjestämään päiväretkeen. Kyllä, pimeys oli kiskonut hänestä linnunlorut viimeistäkin rauhoittavaa sävelmää myöten. Hetki luonnossa tekisi varmasti hyvää.

Mutta nyt olikin kiire. Päiväretki heti lentomatkan päälle, hieman nihkein kainaloin ja ilmanpaineesta turvonneella vatsalla ei ollut ehkä paras mahdollinen ajankohta.

– Ehkä retkeä voisi hieman myöhäistää? Mahtaisiko sinne ehtiä vaikka viikonloppuna?

Aurora juoksi kiinni luonnostaan vilkkain askelein kiilakoroilla etenevän ystävänsä, samalla itse pienten kivien päällä lipsuen. Hänen katseensa eksyi pikkuruisista kupeista hidastetuin liikkein kahvejaan siemaileviin unohdettuihin kahvila-asiakkaisiin, ja ehti hetken kadehtia heidän kiireettömyyttään. Läheisen kahvilan kulmapöydän äärellä istui hersyvän iloinen vanha pariskunta, herra, jolla oli paksut viikset, syvän seittimäiset naururypyt silmäkulmissa ja tweedtakki, ja muori, jolla oli päähän vanhanaikaisesti sidottu kukkahuivi ja vielä jokunen hammas suussa tallella. He olivat kenties kahdeksankymmenen, ellei enemmän, mutta suorastaan säteilivät nuorekkuutta. Heidän kurkun pohjalta kajahteleva rouhea kikatuksensa kaikui kujaa pitkin. Kuin nuorten rakastavaisten, kielletylle karkumatkalle livahtaneiden.

Natalin selkä loittoni koko ajan nopeammin laukut harteilla keinuen, ja hän huiskautti kiireisesti kättään ehtimättä katsoa taakseen.

– Ei ei, nyt on kiirehdittävä!

Äänessä oli Natalin joka tilanteessa pitävä hymyilevä toteamus, tämä ei tuntunut ikinä olevan huolissaan tai ärsyyntynyt. Sillä aikaa, kun Aurora ehti vasta miettiä, kuinka musiikki oli baarissa liian kovalla tai ulkona satoi vaakatasossa vettä naamalle, oli Natali jo hoitanut asian ja hymyillyt vielä päälle. Musiikki oli hiljentynyt, ja sateenvarjo noussut pään ylle tai katos löytynyt käden käänteessä. Natalin vaihto-opiskeluvuoden aikana Aurora oli saanut paljon irti tämän ystävyydestä. Vaikka Natali olikin Auroraa nuorempi, olihan Aurora ollut opintojen suhteen hieman myöhäisherännäinen, oli ystävyys ollut läheistä. Ja nyt vihdoin, monet vuodet myöhemmin, Aurora sai nähdä, millaista oli elämä Natalin kotikulmilla.

Tai niin oli sovittu, kunnes Aurora huomasi nousevansa ruostuneeseen autonrämään, joka hidasti heidän kohdallaan. Aurora ehti säikähtää mahdollista ryöstäjää, voisihan niihin törmätä keskellä päivääkin, mutta sitten Natali hyppäsi rotiskon takapenkille heittäen kassit vierelleen ja veti hänetkin mukanaan. Aurora ojensi puseroaan suoremmaksi ja vilkaisi nopeasti ikkunaheijastuksesta kuvajaistaan. Hän yritti kiskoa ylleen turvavyötä, josta puuttui kiinnitysosat molemmin puolin. Etuosassa istui kuljettajan lisäksi toinen mieshenkilö, joista molemmista näkyi vain vaimeasti nyökkäävät takaraivot Natalin esitellessä heidän vaikeat nimensä liian nopeasti. Auto nytkähteli ja meinasi sammua risteyksissä, mutta ehkä se oli vanhoille autoille ominaista, Aurora ei oikein ymmärtänyt niiden päälle.

Autonrotisko jaksoi yskien noin tunnin ajan, kunnes se nytkähti pellon laitaan. Jäi epäselväksi, oliko pysähtyminen suunniteltua vai ei, mutta kaikki nousivat kyydistä laukkuinensa. Etupenkin miehellä oli kulahtanut juuttikassi, joka muistutti merimiessäkkiä. Kuski sen sijaan ei tuntunut omistavan muuta kuin yrttimäiseltä tuoksuvan tupakan, joka roikkui tämän suupielessä laiskasti. Natali mainitsi toteavaan tapaansa loppumatkan sujuvan jalan, ilmakin oli niin hieno. Auto jätettiin hylättynä pellon laitaan, ja matka jatkui polutonta niittyä pitkin kohti jotain metsän näköistä. Luonto vasta heräili, kuivista oksista kurottavia nuppuja ja elottomaksi tallotusta maasta puskevia ruohonkorsia erotti jo siellä täällä. Kuinka paljon nuo pienet elonmerkit antoivatkaan toivoa Auroralle, erityisesti tänä vuonna. Hän oli jo pelännyt, että kevät ei saapuisi lainkaan. Talvi oli uhannut viedä hänet mennessään, kiskaista juurineen päivineen kaikki mukaansa.

Aurora ei ollut harrastanut ulkoilua koko pimeän talven aikana, ja liikuntakin oli rajoittunut bussikatoksen ja kodin välille, mutta askeleet etenivät yllättävän jouhevasti, vaikka maasto olikin talven jäljiltä muhkurainen, juurakkoinen ja piilolammikoin varusteltu. Välillä hän jäi jälkeen ripeästi etenevistä matkatovereistaan, mutta kiirehti sitten näiden kannoille. Aurora oli aina huomannut itsensä muita hitaammaksi, askeleissaan ja elämänvalinnoissaan.

Molempia laukkuja yhä kevyesti olallaan kantava Natali käänteli oksia Auroran edestä, kun metsäalue tihentyi. Natalin korvakorut heilahtelivat joka liikkeellä, ja tämä tuntui tietävän aina, mihin astua horjahtamatta näyttävillä kiilakoroillaan. Aurora hapuili joka toisen askelman kohdalla. Majatalolle täytyi olla järkevämpikin reitti, ihan oikea tie vierailijoille, mutta hän päätti olla kysymättä asiasta enempiä. Olihan autonromu todennäköisesti hajonnut. Olisi turha korostaa ikävää sattumusta sen enempää tai nolata turhaan ystävänsä vaikeanimisiä tuttuja. Olivathan he kohteliaisuuttaan tarjonneet heille kyydinkin. Varmasti joku auttaisi korjaamaan auton paluumatkaa varten.

Muutamaa kymmentä kompastusta, takaraivoon ja otsaan napsahtavaa oksaa ja askeleita väistelevää muurahaisjonoa myöhemmin Natali viittoili Auroralle innoissaan.

– Perillä! hän kuiskahti tällä kertaa, luonteelleen epätyypillisen hiljaisesti.

He kaivautuivat epämääräisestä pusikosta laajalle tontille. Alue ei näyttänyt normaalilta maatilalta. Aurora oli odottanut paria lehmää ja kenties kanoja, joita saisi syöttää. Ehkä vanhaa myllyä tai kaivoa, nätein pitsiverhoin koristeltuja ikkunoita. Mutta tila olikin jotain aika lailla muuta.

Iso rakennus muistutti vanhan ladon ja keskeneräisen, valtavan puumajan yhdistelmää. Sitä kannattelivat suuret puunrungoista kyhätyt pylväät ja ympäröivät laajat riisutun näköiset terassialueet. Itse rakennelma käsitti pari kerrosta, joista toinen oli hataraseinäinen parven ja kattoterassin yhdistelmä. Se näytti aikuisten puumajalta, joka oli kuitenkin puun sijaan rakennettu maahan. Päärakennuksen lisäksi syrjemmällä näkyi hylätyn näköinen pieni navetta ja pari varastotilaa muistuttavaa hökkeliä. Auroran katse oli eksynyt niin moneen eri horjahtamisvaarassa olevaan katokseen ja ruostuneeseen naulaan ja putkenpäähän, että heidän autokyytinsä kuski kavereineen oli jo ehtinyt kaikota jonnekin, kun Natali ohjasi heidät rakennuksen eteen. Oven edessä seisoi kokovalkeaan ohutkankaiseen housuasuun pukeutunut kalju mies, joka nyökkäsi Natalille, ei niinkään Auroran suuntaan. Kenties Natalin tuttuja hänkin. Natali alkoi avata solkia kengistään, joilla oli uskomattoman vaivattomasti rämpinyt metsän läpi, ja elehti Auroraa tekemään samoin. Kengät otettiin vastaan, laitettiin säkkiin ja vietiin pois syrjemmälle.

– Ne palautetaan vasta kun vieras lähtee, Natali kuiskasi, kun mies oli muualla kenkäkassin kanssa. Aurora ei aivan ymmärtänyt kuiskauksen ideaa, mutta jokin sai hänet vain nyökkäämään vastaukseksi. Sitten sandaalien kanssa poistunut kalju mies tuli takaisin ja lähti ohjaamaan heitä vähäeleisesti sisätiloihin.

Jos niitä sisätiloiksi olisi voinut kutsua. Alue näytti koostuvan erikokoisista katoksista, satunnaisista seinämistä ja hatarista puuportaista, jotka muistuttivat enemmän suurpiirteisesti naulattuja hiomattomia puulankkuja kuin portaikkoa. Talossa ei ollut juuri muutakaan kovin viimeisteltyä osaa. Ei maalia, tauluja tai edes pöytiä. Kauniista pitsiverhoista puhumattakaan. Oli repsahtanutta pressua, vinoa katosta, kitkerää hajua.

He lähtivät nousemaan portaiden virkaa toimittavia, jalkapohjaa karheasti pisteleviä lankkuja pitkin ylös seuraavaan kerrokseen, joka muistutti laakeaa parvea. Tilaan oli aseteltu ohuita mattoja muistuttavia patjoja sinne tänne. Ehkäpä kyseessä oli jumppasali. Niin, ehkä Natali olikin joskus maininnut harrastavansa joogaa tai vastaavaa liikuntamuotoa. Mies poistui, ja Natali laski Auroran laukun nurkan vieressä olevan patjan viereen ja kertoi tämän paikan olevan Auroran.

– Mutta vain tämän yön. Paikkaa vaihdetaan joka yö.

Auroran katse juuttui ystävänsä hiljaa ja huolettomasti lausumiin sanoihin. Joka yö. Hän oli ollut siinä käsityksessä, että he olivat tulleet päiväretkelle.

– Mutta...kuinka kauan olit ajatellut, että vierailemme täällä? Ehkä tämä paikka ei oik...

– Älä huoli, Natali melkein naurahti heilutellen taas eloisasti kättään ja katsellen vinoon kattoon väsätystä ikkuna-aukosta ulos. – Tulet ihastumaan tähän paikkaan, olen varma! Viivymme vain sen aikaa, kun sinua huvittaa. Pääsemme kummatkin rentoutumaan.

Aurora oli avaamassa suunsa jonkinlaiseen vastalauseeseen, kun Natali otti tätä käsistä ja katsoi suoraan silmiin sellaisella mutkattomuudella, joka ei ollut Auroralle tuttua hänen omassa kulttuurissaan.

– Usko pois, tämä tulee tekemään sinulle enemmän kuin hyvää.

Aurora katseli ohutta patjaa ja mietti selkänsä helposti ärtyvää välilevyä. Natali oli varmasti nähnyt paljon vaivaa erikoisen retken järjestämisessä. Ja sääkin vaikutti ihan lupaavalta. Ehkä jopa sellaiselta, että se sallisi pienen päivetyksen hankkimisen kalpeille käsivarsille.

Hän nyökkäsi pienen harkinnan jälkeen.

– Hyvä on, voisihan sitä kokeilla sitten.

Natali nyökkäsi myös, mutta ei Auroralle. Kalju ukko oli ilmestynyt taas äänettömästi oviaukolle. Ei sillä, että parvella varsinaista oviaukkoa olisi ollut, mutta ehkä portaiden yläpäätä voisi sellaiseksi kutsua. Ukko laski käsistään kaksi ruskeaa riepua lattialle heidän eteensä. Ylhäältä katon lasittomasta ikkuna-aukosta lankesi taivaallinen valo miehen kaljuun, ja tämän vitivalkea asunsa suorastaan hohti. Natali kumarsi ukolle, kun tämä poistui. Sitten Natali kiirehti antamaan toisen rievuista, eräänlaisen kaavun tai essun, Auroralle ja sanoi, että täällä olisi hyvä käyttää tällaisia. Aurora katseli kaunista puseroaan, puoliksi silkkiä, ja varta vasten reissuun hankkimaansa kukkahametta. Hän oli odottanut koko talven, että saisi pukea päälleen jotain kaunista.

– Kiitos, mutta enpä taida.

Natali hymähti, kenties hieman pettyneenä. – Ei se mitään, ehkä myöhemmin.

No ehkä, jos he vaikka auttaisivat maatilantöissä, Aurora myöntyi.

Muut olivat näemmä hyväksyneet kaapunsa. Aurora ja Natali olivat laskeutuneet parvelta takaisin maanpinnalle, jossa alkoi näkyä hitaita askelia ottavia ihmisiä siellä täällä, kaapuinensa. Vaikka maatila oli näyttänyt aluksi puolityhjältä, oli ihmisiä putkahdellut seinättömään saliin yllättävän paljon. Ulkomuodosta päätellen osallistujat olivat matkustaneet paikan päälle kuka mistäkin maasta. Kukaan ei varsinaisesti katsonut Auroraa, mutta hiljaista nyökkäilyä tapahtui paljon. Hän meinasi alkaa kysellä, mahtoiko farmilla olla vuohia tai ehkä vain kanoja, mutta Natali kuiskaili että he voisivat puhua yksityiskohdista myöhemmin, nyt alkaisi päiväistunto. Natali tuntui olevan silmin nähden tohkeissaan, mutta toisin kuin yleensä, käveli hitaammin ja puhui vähemmin sanoin, kuiskaten.

Kaikki asettuivat rinkiin lattialle. Aurora tunsi yhä jäykkyyden selässään lentomatkan jäljiltä. Pohkeitakin veti, ja jalat eivät ottaneet asettuakseen ristiasentoon. Valkokaapuinen kalju ukko, jonka ikää oli vaikea arvioida hiuksettomuuden ja kaavun peittämän vartalon muodon vuoksi, aloitti kokoontumisen toivottamalla uudet tulijat tervetulleiksi ja hyvästelemällä lähteneet. Käsiä kohoteltiin ja silmiäkin välillä suljettiin.

Aurora päästi raskaanpuoleisen tuhahduksen. Joogaa nyt ehkä voisi vielä kokeilla, mutta mikäli kyse oli nyt niin trendikkäästä meditaatiosta tai miksikä näitä milloinkin kutsuttiin, oli hän aivan liian väsynyt sellaiseen. Kerran heille oli järjestetty samanlainen työpaikan virkistyspäivänä, ja hän oli nukahtanut kesken harjoituksen. Kuorsauksesta vitsailtiin vielä kuukaudenkin päästä kahvitauoilla.

Mutta Natali oli ollut aina innokas kokeilemaan kaikkea uutta ja innovatiivista. Olihan hän vuosia sitten vaihto-opiskelijana uskaltautunut testaamaan kaikkea aina mämmistä avantouintiin. Kai nyt Aurora voisi puolestaan yhden rentoutumisharjoitteen kestää.

Valkokaapuinen ojensi kädessään olevan kivenmurikan tai vastaavan esineen vieressään istuvalle pitkät hopeanmustat hiukset omaavalle kaunisryppyiselle naiselle. Tämä katsoi ensin kiveä kuin kyseessä olisi salainen leikki ja painoi sitten yllättäen kiven otsaansa vasten ilme värähtämättä. Aurora huomasi, kuinka nainen vilkaisi silmäkulmastaan piiriläisiä. Aurora tajusi, että muiden katseet naista lukuun ottamatta olivat kiinnittyneitä lattiaan ja joillakin silmät olivat suljettuina, mikä antoi Auroralle hyvän tilaisuuden seurata piirileikkiä ja sen osallistujia estoitta. Hopeahiuksisesta naisesta tuli mieleen hevonen – ei suinkaan veistoksellisten kauniiden kasvojen osalta, jotka olivat valoa hehkuvat, mutkattomat jopa, vaan arvokkaan olemuksensa, joka paistoi jopa ruman ruskean kokoasun läpi. Nainen hehkui ehkäpä iän tuomaa viisautta, aina pitkiä sormiaan, suoraa ryhtiään ja iltapäiväauringon kultaamia hiuksiaan myöten. Kivi kimmelsi tämän sormien lomasta. Seuraavaksi kiven sai hieman ujon oloinen punasteleva poika, aikuisuuden kynnyksellä vasta. Tämä antoi pelästyneenä kiven hyvin pikaisesti tanakalle keski-iän ylittäneelle pyöreäposkiselle miehelle, jonka jalat näyttivät paljon notkeammilta ja ryhti suoremmalta kuin Auroralla, joka oli kuitenkin miestä nuorempi.

Mutta ikä oli aina ollut Auroralle vaikea paikka. Hän tunsi itsensä auttamatta muita vanhemmaksi, oli vertailukohde kuka vain. Mutta ei vanhemmaksi viisauden osalta, vaan pikemminkin hitauden. Hän oli hidas kaikilla elämän osa-alueilla, ihmissuhteissaan, askelissaan ja arkisissa toimissaan. Hän ei kerta kaikkiaan ollut vielä keksinyt, mihin hänellä voisi olla kiire. Päinvastoin, hän olisi halunnut pysäyttää ajan.

Kivi eteni joidenkin käsissä viipyilevämmin, joidenkin sormia se pääsi vain hipaisemaan, kunnes Natali liu'utti sen Auroralle. Kivi oli yllättävän kevyt, ehkei kiveä lainkaan, kenties jonkinlaista kristallijäljitelmää. Sen pinta tuntui viileältä. Aurora muisti, kuinka hopeahiuksinen tyylikäs nainen oli laittanut murikan otsaansa vasten, joten hän keksi tehdä saman. Liikettä seurasi syvä huokaus, kun jokainen piirissä istuja veti syvään henkeä ja päästi sen ulos suurieleisesti. Seurasi toinen syvä hengenveto, edellistä ahnaampi, äänekkäämpi. Kaikki huojahtelivat silmät suljettuina yhtenäisten hengenvetojen mukana. Joku päästi pörisevää ääntä huuliensa välistä. Aurora vilkaisi edestakaisin huojuvia piiriläisiä ja huomasi hopeahiuksisen olevan ainoa, joka ei keinunut muiden mukana. Sen sijaan tämä vinkkasi silmää Auroralle. Tai ehkä Aurora vain kuvitteli niin. Yhtä kaikki, oli parasta unohtaa improvisaatio ja antaa kivi eteenpäin. Hänen vierellään istuva lapsenkasvoinen vaaleahiuksinen tyttö, hädin tuskin täysiikäinen, otti kiven vastaan kuin lapsi lelun. Tämä hiveli sitä eri väristen punottujen rannekkeiden koristelemissa käsissään lähes hykerrellen. Aurora ei ymmärtänyt, oliko tyttö hermostunut vai kenties vain innoissaan. Lopuksi kivi palasi kaljun valkopukuisen miehen käsiin, joka nosti kiven kaksin käsin ylös ilmaan katsellen sitä kuin kristallipalloa ja lausui sanan, joka kääntyi Auroran korvissa siansaksana mutta joka sai kaikki osallistujat kyyristämään ylävartalonsa alas kasvot lattiaa vasten painautuen. Auroralla ei käynyt mielessä hetkeäkään, että hän olisi yrittänyt taivuttaa selkäänsä moiseen asentoon tai laskenut kasvonsa likaiselle lattialle. Hän katseli piiriä ja huomasi, ettei ollut ainoa, joka ei ollut muuttanut asentoa. Hopeahiuksinen nainen hohti kuin kuunvalo ja katsoi Auroraa suoraan silmiin, eikä ollut moksiskaan ympärillä tapahtuvista asioista.

Jumppaaminen ja rentouttavat mielikuvaharjoitukset olivat loistaneet poissaolollaan, eikä Aurora ollut ymmärtänyt lainkaan piirileikin ideaa, kun jossain kumahti rumpu ja he nousivat. Kukin tuntui lähtevän omaan suuntaansa. Ennen kuin hän ehti ojentaa itseään suoraksi, ilmoitti Natali kuiskaten, että oli sadonkorjuun aika illallista varten ja jokaiselle oli valmiiksi määrätty rooli.

Ulkona hämärsi jo, kun Natali kiirehti omiin askareihinsa ja Aurora suuntasi Natalin hänelle osoittamaan suuntaan. Tontin laitamilla, vajan ja varastorakennelman takana, oli pieni puutarha. Siellä istui jo hopeahiuksinen nainen lappeellaan olevan puunrungon päällä valtava metallinen vati pitkien jalkojensa välissä. Naisella oli sylissään kasa multaisia porkkanoita. Nainen nyökkäsi Auroralle, joka istui naisen viereen ja otti käsiinsä porkkanan ryhtyen kuorimaan sitä. Sadonkorjuu oli ehkä ilmaisuna toiminnalle liioitteleva, mutta Natalilla oli aina ollut eläväinen kieli.

– Melkoinen paikka tämä, Aurora aloitti, ja kuorimaveitsi lipsahti liukkaan porkkanan pinnalta sormen pieleen. Nainen hymyili puoliksi, ja tämän pitkä hiussuortuva, jossa oli vielä hopean joukossa hieman pikimustaa, heilui tuulen mukana Auroran poskea vasten.

– Tässä on varmasti ollut rakentamista. Hyvähän se on, että nykyäänkin ihmiset jaksavat tällä tavalla olla luonnon keskellä. Nuoremmatkin. Ja onhan se ihan rentouttavaa.

Nainen ei virkkonut mitään, vilkaisi vain majan suuntaan kuin nähden sen sadannen kerran, vaikka Aurora ei ollut nähnyt kenenkään osoittavan minkäänlaista tuttavallisuutta tai huomiota naista kohtaan. Aurora jatkoi hiljaisuuden täyttämistä pohdiskelemalla porkkanoiden kasvuaikaa, mutta ei päässyt yksinpuhelussaan pitkälle, kun paikalle juoksi lapsenkasvoinen tyttö monine nyöritettyine rannekoruineen. Tämän askeleet helisivät, koruja oli aina nilkkoja myöten. Tyttö puuskahti ja laskeutui maahan istumaan suurieleisesti kuin läkähtynyt lapsi.

– Mauritzio olikin määrännyt minut ihan väärään pisteeseen! Olin lähtenyt hakemaan vettä kaivolta, mutta vesi oli kuulemma haettu jo päivällä! Kävelin varmaan kilometrin metsässä, tyttö naurahti raapien hyttysenpistoja jaloissaan. – porkkanaa taas! Eikö vieläkään lanttua? Ehdotin Maurille, että hän voisi välillä viljellä muutakin. Kuulemma kurpitsakin kasvaisi ihan hyvin täällä!

Tyttö otti porkkanan käteensä, mutta unohti kuoria sitä, kun alkoi kertoa Auroralle "järjettömän hyvästä" kurpitsacurrysta, jota oli syönyt taannoin. Tyttö antoi tarkat ohjeet, mistä Aurora currya löytäisi, kun tämä palaisi kaupunkiin. Sitä oli kuulemma aivan pakko maistaa. Hopeahiuksinen nainen ei ottanut kantaa mielettömän hyvin maustettuun kurpitsacurryyn vaan hymyili sisäänpäin, porkkanoita ällistyttävää vauhtia samalla kuorien. Aurora ei tajunnut, miten nainen saattoi näyttää samaan aikaan niin seesteisen kiireettömältä ja kuoria viisi porkkanaa samassa ajassa kuin Aurora kipuili yhden kanssa.

Tytöllä riitti paljon asiaa, liikaakin. Joku oli nähnyt käärmeen vedenhakureissulla, toinen oli nukahtanut päiväunille sammalmättäälle ja herännyt siihen, että lukuisat sammakot hyppelehtivät hänen päällään. Nimiä ja kommelluksia vilisi, aivan kuin Aurora olisi perheenjäsen, jolle päivitettiin kuulumiset pitkän poissaolon päätteeksi. Sellaiset triviaalit, mutta hassunhauskat. Auroran takaraivoa hakkasi, ja väsymys alkoi ottaa kiinni.

Onneksi nainen oli nopea, ja pian vati täyttyi porkkanoista. Hopeahiuksinen ja lapsenkasvoinen lähtivät viemään porkkanavatia kohti keittiötä, ja Aurora lähti etsimään peseytymistilaa. Kynnenaluset olivat täynnä multaa, ja matkustushiki teki koko olemuksesta inhottavan. Hän kysyi pesutilojen sijainnista vastaan tulevalta pyöreäposkiselta mieheltä, joka vain toisteli "myöhemmin, myöhemmin" silmät lähes viirussa ja suu veikeässä ikihymyssä. Ehkä miehen kielitaito oli heikko, eikä asiasta kannattanut jankata pidempään.

Aurora etsi aikansa kadonnutta Natalia, tutki vajan, kurkkasi parvelle, huhuili salista. Hän erotti epäselviä ruskeakaapuisia hahmoja puikkelehtivan siellä täällä, hämärästä nurkasta toiseen, kenties omiin ilta-askareisiinsa määrättyinä, mutta huono pimeänäkö teki etsinnöistä vaikeaa. Hän oli unohtanut, kuinka pimeää saattoikaan olla kaupungin valojen ulottumattomissa, yöhön laskeutuvan metsän uumenissa.

Olisi kuitenkin hyvä löytää Natali pian, valmistautua aikaiselle iltapuulle.

Hän juoksi pihalla kiinni pienestä vajasta kuin varkain ilmestyvän menomatkansa autokuskin. Mutta tämä ei katsonut Auroraa päinkään, heilutti vain välinpitämättömästi kättään kuin hiljentäen jaloissa haukkuvaa koiraa ja sihahti hiljaisuuden merkiksi. Reaktio oli jokseenkin tyly, mutta Aurora jätti tyypin omaan tympeyteensä ja jatkoi tiluksen halki harppomista.

Hän oli edennyt pienen hiekkapolun päätyyn. Pikku-
kivet pistelivät jalkapohjia, kun hän avasi varovaisesti
tontin takana olevan pienen varastorakennuksen ovea.
Hämärässä tilassa oli käytöstä poistettuja esineitä, li-
kaisia saappaita, satulaton polkupyörä, tiilikasoja, puu-
tikkaat. Puutikkaita vasten nojasi paljasta hikistä sel-
kää, pullistelevia lihaksia ja ihoon painautuneita, val-
koisiksi pusertuneita rystysiä. Puulattia narahti jonkun
polvien alla, huoneessa kuului kurkusta karkaava ah-
das ähkäisy. Aurora ehti juuri sulkea oven nopeasti,
kun yhtäkkiä pihamaata pitkin kajahteli kilisevien kel-
lojen kutsu. Sisäpihaa kohti kiirehtivät monet hätäiset
askeleet. Ties mistä koloista esiin kaivautuneet. Hän
suuntasi itsekin nopeat askeleensa poispäin varastora-
kennuksesta. Sadonkorjuu oli kuulemma valmis.

Kaikki istuutuivat taas rinkiin, tällä kertaa lyhdyin va-
laistulle pihamaalle. Aurora alkoi ymmärtää ruskeiden
kaapujen idean, kukkahame likaantuisi hetkessä tällai-
sesta maassa istuskelusta. Piiri sulkeutui hänen ympä-
rillään, kun hän tajusi Natalin puuttuvan. Hän olisi ha-
lunnut kysyä ystävältään, kuinka hyvin tämä oikeasti
ymmärsi, mitä tilalla tapahtui. Tai ymmärsikö noin
yleensä kukaan. Halusiko hän itsekään ymmärtää. Au-
rora kääntyi kysymään lapsenkasvoiselta tytöltä, tiesi-
kö tämä mahdollisesti, mistä hän voisi etsiä ystäväänsä
illalliselle. Mutta tyttö vain kiirehti sanomaan, että Na-
tali oli varmasti lähtenyt pienelle retkelle ja palaisi
myöhemmin syömään.
   Kuului korkea kilahdus. Sen perään kaksi lisää.
Kaikki laskivat ylävartalonsa kiinni maahan kuin pii-
loutuen ylhäältä hyökkäävältä uhalta. Taas jotain leik-
kejä, Aurora ei olisi jaksanut minkään sortin tyhjän ku-
martelua nyt. Hän yritti vasta karistaa illan tapahtumia

mielestään ja taistella väsymystä vastaan. Lapsenkasvonsa muiden lailla maahan haudannut tyttö yritti kädellään vetää Auroraakin maahan, mutta Aurora irrotti kätensä tytöstä. Tyttö hapuili hänen kättään sokkona, mutta ei pystynyt kääntämään katsettaan maasta löytääkseen sitä.

– On pian aika luopua!

Matala ääni yritti olla enemmän kuin oli. Kalju valkopukuinen ukko, joka oli tuonut heille päivemmällä kaavut, ei ollut nyt paikalla, vaan toinen mies, lihaksiaan pullisteleva ja nuoren jäntevä astui ringin keskelle. Miehellä oli niskaan solmittu poninhäntä ja itseriittoinen kuoppa silmien välissä. Mies jännitti käsivarren lihaksiaan entisestään nostaessaan kätensä ylös kohti taivasta. Piiriläiset päästivät kollektiivisen ummm-äänen. Pullistelija laski kätensä voimalla alas ja löi sillä dramaattisesti isoa rumpua, jonka ääniaalto kumahti Auroran rintakehän läpi.

– Hyväksykää tuleva koko olemuksellanne. Olkaa valmiita luopumaan kuorestanne ja antamaan sisimpänne kaikkeuden virtaan! pullistelija ylikorosti englanninkielisiä sanoja yrittäen peitellen vahvaa aksenttiaan. Lyhdyistä heikosti kajastava valo piirsi syvät punanleiskuvat varjot pullistelijan kasvoille. Tytön yhä Auroran kättä hapuileva siro käsi näytti niin avuttomalta, että hän tarttui siihen lopulta. Joku yritti huomaamatta parantaa piirissä asentoaan, joku toinen hengitti syvään lähes läähättäen. Ujon nuorukaisen punaiset lattiaa vasten painautuneet posket olivat hikiset.

Mitä nämä ihmiset yrittivät saavuttaa? Oliko heidänkin talvensa ollut liian pitkä?

Pullistelija alkoi hakata rumpua niin kovaa, että Auroran väsyneet ajatukset hautautuivat jylinän alle hyväksi aikaa.

Aurora lusikoi linssisoppaansa ja mursi vuorollaan isosta leivästä palan itselleen. Rumpu oli vihdoin vaiennut, ja ruoka-aika alkanut. Leipä kiersi ringissä kuten kristallikivi oli kiertänyt, ja jokainen oli mumissut jotain siunauksen tapaista nyökäten kolmesti ottaessaan leivän vastaan kaksin käsin kuin herkästi rikkoutuvan arvoesineen. Ujo punasteleva poika, jonka ruskea kaapu oli sidottu niskaan hätäisesti väärinpäin, oli ojentanut leivän epävarmasti Auroralle uskaltamatta katsoa tätä päinkään.

Piirileikit muukalaisten kanssa alkoivat jo kyllästyttää entisestään, mutta Aurora oli nälkäisenä mielissään ruoasta, joten kesti piiriprotokollan. Pullisteleva poninhäntä istui piirin keskellä ja kiitti korostetun matalalla äänellä kaikkia panoksestaan piiriin ja yhteiseen hyvään. Aurora oli aina kammonnut täydellisten lihastensa kanssa pullistelevia myhäileviä parikymppisiä miehiä. Heidänlaisissaan oli jotain varsin luotaansatyöntävää. Lapsenkasvoinen tyttö innostui poninhäntäisen alkusanoista ja kehui ruokaa vuolaasti. Vaikka siinä olikin vain porkkanaa, Aurora lisäsi mielessään.

Kun linssikulhot oli vuoltu loppuun viimeisilläkin leivänmuruilla, kiersi piirissä jokaiselle oma kuppi, johon kaadettiin yhteisestä kannusta ruskeahkoa juomaa, teetä kenties. Juoma tuoksui rusinoiden ja yrttien sekoitukselta. Poninhäntämies pyysi kaikkia pysäyttämään itsensä tähän hetkeen ja juomaan kupin tyhjäksi yhteisymmärryksessä. Jotain taikasanoja kenties taas lausuttiin, lähinnä pullistelijan suusta, ja muut piiriläiset kumartelivat miehen epämääräiselle mutinalle, kuppejaan ilmaan kohotellen.

Aurora yritti löytää sanoista yhtymäkohtia työpaikkansa meditaatioharjoitukseen, mutta ei sattuneesta syystä muistanut silloisen ohjaajan sanoista yhtäkään. Hän vei muiden esimerkin mukaisesti kupin huulilleen ja otti siitä pitkän hitaan ryypyn. Juoma maistui lähinnä maalta, ja sen karvas jälkimaku jäi kipristelemään kielelle.

Piiriläiset näyttivät kuitenkin nauttivan juomasta katseet lattiaan langetettuina. Häntä vastapäätä istuva hopeahiuksinen nainen nosti hetkellisesti katseensa kupista Auroraan, laski kupin maahan ja katseli ympärilleen kuin yrittäen etsiä ympäristöstä jotain tuttua. Naisen hiukset hohtivat hämärässäkin valaisevana sädekehänä tämän kasvojen kehyksenä.

Hidas siemailu jatkui, ja heinäsirkat olivat aloittaneet yölliset kosiokutsunsa taustalla. Pyöreäposkinen englantia taitamaton mies istui taas notkeassa lootusasennossa äänekkäästi teetä ryystäen. Lapsenkasvoisen tytön nilkat kilisivät tämän vaihtaessa asentoaan levottomasti vähän väliä. Hän kuiskaili varsin äänekkäästi Auroralle, kuinka juoman reseptiä oli taas vaihdettu, kukaan ei kuulemma täysin tiennyt sen sisältöä. Aurora meinasi vitsailla, että heittikö juoman tekijäkin ainekset sinne sokkona. Hän kuitenkin nieli vastakommenttinsa juoman mukana ja hymähti tytölle hyväntahtoisesti. Vaikka juoma ei hurmannut maullaan, alkoi se levittää sopivasti lämpöä jo illan myötä viilentyneille jäsenille. Kesää vasta odottavasta maasta hohkasi kylmää varpaisiin ja takamukseen.

Lihaksikas pullistelija nousi piiristä ja otti sivummalta syliinsä tutun rummun. Hän alkoi läpsytellä käsillään ison rummun pintaa. Ensiksi hitaammin, sitten tahtia pikkuhiljaa lisäten. Osa piirissä istuvista alkoi hengitellä äänekkään syvään, kuin puskien pois keuhkoihinsa unohtunutta vanhaa ilmaa. Auroran verenkierto vilkastui jokaisella siemauksella, ja hän tunsi kuinka tytön käsi hohkasi jo kuumana, kun tämä tarttui Auroran käteen. Myös toisella puolella istuva pitkäpartainen mies tarttui häntä kädestä, ja kohta kaikki pitelivät toisiaan kiinni kädestä syvään hengittäen, päät yksi toisensa jälkeen alas kumartuen. Aurora katsoi jokaista vuorotellen, mutta koska kaikilla oli samat ruskeat kaavut päällänsä, oli vaikea hahmottaa, kuka oli kuka. Lyhdyistä läikehtivä punertava valo piirsi rummun valtavana varjona läheiseen seinämään. Aurorankin pää tuntui painavan yllättävän paljon, ja luomet olisivat halunneet painua kiinni. Soitin, jota lapsenkasvoinen tyttö oli kuiskutellut nimitettävän shamaanirummuksi, värähteli rintakehässä fyysisenä painona, joka teki hengityksestä raskaampaa, hitaampaa.

Poninhäntäinen pullistelija jatkoi puhettaan rummun iskujen välissä. Hän kehotti piirissä olijoita syvään tyyneyteen, ottamaan vastaan annettu. Kokemaan kiitollisuutta, hyväksymään tuleva. Sanat kumisivat tyhjinä kuin shamaanirummun sisin kiristäen väsyneitä ohimoita. Jostain kuului kimeä kilahdus. Piiriläiset sulkivat silmänsä.

– Tunnen energian yhä levottomana. Keskittäkää yhdessä kaikki energia, jotta joka ikinen luovuttaa itsensä täydellisesti kaikkeudelle.

Aurora haukotteli.

– Maan energia! poninhäntä karjahti ääni särähtäen.

Ehkä tämä karjahti Auroralle, ehkä maahisille, Aurora ei jaksanut jäädä arvuuttelemaan.

– Kutsukaa maan energiaa! Rukoilkaa sitä piiriimme!

Energiapuhe eteni Aurorasta jokseenkin epäloogisesti, mutta sanoihin oli turha tarttua. Poninhäntä kohotti kätensä ja laski ne sitten hidastetusti punaposkisen nuorukaisen pään yläpuolelle. Poika vaikutti säikähtäneeltä, eikä tuntunut tietävän, mitä tilanteessa kuului tehdä. Tämä sulki silmänsä nopeasti uudestaan ja painoi kasvonsa maahan. Muut alkoivat mumista yhtenäistä uummm-ääntä.

– Kuulenko? Kuulenko luopumisen äänen?

Aurora kuuli vain poninhäntäisen äänen. Sitten joku alkoi nyyhkyttää.

– Murtakaa, murtakaa muurit! Maan voima on läsnä!

Joku nousi hiljaa piiristä, poistui kumartaen. Sen jälkeen kaikki ottivat hörppäyksen juomastaan, ja kutsuttiin ties mitä energioita, nostettiin käsiä ja laskettiin katseita tai ylävartaloita maahan sekavassa järjestyksessä. Joku nyyhkytti yhä.

Kuppien tyhjentyessä, osallistujat nousivat piiristä yksi kerrallaan. Muut hyvästelivät poistujan syvästi nyökäten sekä ehdotonta hyväksyntää toivottaen ja tarttuivat heti kädestä poistujan vieressä istunutta, jotta piiri pysyi yhtenäisenä. Aurora pohti, olisiko tämä hetki hänellekin hyvä lähteä, mutta tyttö piti häntä harmillisen tiukasti kiinni kädestä.

– Luopukaa omista tunteistanne! Ne ovat vain harhaa! Kutsukaa maan energiaa. Hyväksykää se ehdoitta, poninhäntäinen toisti kuin virsiä veisaten.

Kului rummun isku jos toinenkin, ja piiri pienentyi yksi kerrallaan. Juoma oli kuivattanut kurkun käheäksi, ja koko suu maistui mullalta. Rummun synnyttämä ääniaalto oli edennyt takaraivon jomotuksesta jo lähes migreeniksi, ja moneen kymmeneen otteeseen toistetut sanat tykyttivät hermoja. Kun piirissä oli enää muutama jäljellä, irrottivat vierellä istuvat vihdoin otteensa

Aurorasta. Oli hänen vuoronsa lähteä. Hän sai lähtiessään vietäväksi loput kupit tiskausta varten.

Lamputon keittiökatos oli auttavasti koottu, vinosta hyllystä, vesialtaasta ja muutamista isoista sangoista. Säkkejä ja astioita oli maata myöten, ja Aurora epäili, että rotat löytäisivät sinne helposti. Hän huuhtoi väsyneenä kuppeja kauhomalla isosta vesisäiliöstä sadevettä niiden päälle ja silmäili samalla hämäriä nurkkia hajamielisesti, kumahtelevan rummun sointi yhä takaraivoon unohtuneena. Juuri kun hän oli asettamassa viimeistä kuppia riviin, tunsi hän kosketuksen olallaan. Hopeahiuksinen nainen seisoi hänen takanaan ja ojensi jotain. Pyyhettä.

Vihdoin, Aurora huoahti mielessään, tomuisena, multaisena ja hikisenä, ja seurasi naisen osoittamaan suuntaan. He kävelivät pimeän pihamaan poikki, kääntyivät pienelle mutaiselle kinttupolulle. Havupuiden takaa hämärästä, polun päästä paljastui pieni rakennus. Hän tunnisti tilan, kun pääsi sitä lähemmäksi. Kyseessä oli pieni puinen mökki, jonka katossa olevasta piipusta puski savua. Tämä kyllä kelpasi Auroralle. Hän ei ollut ikinä varsinaisesti ollut intohimoinen saunoja, mutta nyt, uupuneenlikaisena, pieni puhdistautuminen oli juuri sitä, mitä hän kaipasi eniten.

Aurora sulki oven heidän perässään ja laittoi säpin paikoilleen. Ennen saunaa oli pieni peseytymistila, sekin lyhdyllä valaistu kuten maatilan teemaan kuului. Hän napitti silkkipuseroaan varovaisesti auki ja viikkasi hieman tahriintuneen kukkahameensa puseron päälle. Hän avasi hiuksensa, kostutti niitä ämpärissä olevalla vedellä ja otti pyyhkeen mukaansa. Hopeahiuksiselta naiselta oli jäänyt peseytymistilaan vain ruskea asu, joka roikkui pienessä naulassa oven vieressä. Aurora raotti saunan ovea, ja kostea höyrypilvi puski häntä vasten koko painollaan.

Nainen oli jo löylyttänyt huoneen sopivan kuumaksi. Henki kulki hitaasti ulos, mutta jokaisella hengityksellä lämpimämpänä sisään. Lempeämpänä, armollisempana.

Oli vuosia siitä kun Aurora oli käynyt viimeksi saunassa. Silloin olivat vielä olleet mökkiviikonloput, sunnuntaibrunssit korvapuusteineen. Mutta nyt oli mikä oli, loskainen kylmänharmaa elämä, jota hän oli päässyt pakoon pitkäksi viikonlopuksi. Tähän tukahduttavan kuumaan pikkuruiseen puiseen huoneeseen, hikoilemaan vieraan naisen jalkojen juuressa. Saunan pieni ikkuna oli huurtunut sumeaksi ja päästi läpi yksittäisen huhuilijalinnun huilumaisen kutsun. Ylempänä istuvan naisen jalka lepäsi pienessä tilassa Auroran olkapäätä vasten. Se oli huiskean pitkä, jäntevä raaja, jolla oli varmasti kuljettu monet maastot ja mutkat.

Aurorallahan oli vielä paljon edessäpäin, hänelle oli sanottu, mutta tiesi sanat vain lohdutukseksi. Ei hän lohtua kaivannut. Asiat menivät niin kuin niiden oli mentävä, ja Aurora vain matkasi niiden mukana. Bussiin oli noustava ja lakanat vaihdettava, arki ei pysähtyisi vaikka niin tahtoisi. Kaikki jatkuisi aina ympärillä, niinkin banaalit asiat kuin tukkiutuneen lattiakaivon puhdistamiset ja pakastimen sulattamiset. Raivostuttavan turhat asiat, jotka kuitenkin veivät aikaa eteenpäin ilman että itse tarvitsi nähdä suuresti vaivaa. Teki vain kuten oli aina tehtävä.

Iso kauhallinen vettä liiti ilmassa, ja savu suhautti huoneen näkymättömäksi. Auroran pää notkahti kuumuudesta takimmaisen penkkirivistön lauteille. Hän antoi hikinorojen kiirehtiä aina kaulasta kainaloihin.

Kuumuus painui sieraimista sisään, kirvelsi hetken ja avasi keuhkoja kuumana aaltona rinnalla läikehtien. Vasta nyt Aurora tunsi pysähtyneensä paikoilleen ensimmäistä kertaa pitkään aikaan. Raajat makasivat lauteilla painottomina, ja hiukset olivat levinneet lauteiden väliin ja ylemmällä lauteella istuvan naisen reidelle. Aurora ei jaksanut enää välittää, ei ainakaan juuri nyt. Ei kuumuudesta, raukeudesta tai reporangaksi levähtäneistä raajoistaan. Ei multaisista sormistaan, rummun jättämästä tykytyksestä, itseriittoisista, pullistelevista lihaksista. Ei vääristä sanoista, sanomatta jääneistä. Ei päätöksistä, jotka oli jättänyt tekemättä, tai päätöksistä, jotka lopulta tehtiin hänen puolestaan. Hänen ihonsa oli hien höyryttämä, keho kosteuden kaatama, väsymyksen vajottama. Se sihisi kuumuutta kiukaalle heitetyn veden tavoin. Painui painottomaksi. Mistään ei tarvinnut nyt välittää. Mitään ei tarvinnut jaksaa. Silmäkulmat kostuivat, mutta varmasti kuumuudesta, ja hän tunsi pitkät sormet ohimoillaan. Naisella oli viileää vettä sormissaan. Tämä vei sormia vuoroin vesiämpäriin, vuoroin Auroran ohimoille. Ne hautautuivat tämän hiuksiin, päälaelta takaraivoon. Ne nostivat niskaa, laskivat pään syliinsä. Naisen syli muhi lämpöä, suorastaan hohkasi kuumuutta. Auroran pää oli naisen reisien väliin, syliin painettuna. Naisen sormet veivät viileää Auroran hermopisteisiin, ja kosketus säteili aina jalkapohjia myöten lantiolle ja sieltä kämmeniin asti. Kuin naisella olisi ollut kahden sijasta käsiä ainakin kymmenen.

Naisen pitkät hiukset pyyhkäisivät välillä Auroran otsaa, kutittelivat huulia. Hän oli haistavinaan niistä olkimaisen tuoksun. Hän ajatteli taas hevosta, niittyjä, tomuisen maan pöllyämistä. Syvän maan tuoksua, jotain makeaa. Naisen iho oli kulunut karhean pehmeäksi, ja tämän syli levittyi kokonaan Auroran ympärille. Se sulki hänet lämpöönsä, jonka hän tunsi kehossaan erilaisena kuin löylyistä puskevan kosteuden. Se tuntui kokonaisvaltaisena otteena, kieputuksena, ihanana kouristuksena. Hermopisteiden yhdistymisenä. Naisen kädet olivat osa häntä, tämän hermot sykkivät Aurorassa, ja veri kiersi kädestä toiseen käteen, varpaasta vapauteen. Aurora oli osa yhtä suurta otetta. Naisen syli tuntui Auroran taivaalta, kehdolta. Paluulta jonnekin tai täydelliseltä lopulta. Hän avasi silmänsä ja näki pelkkää vesihöyryn täyttämää sumeaa, mutta se riitti täysin. Lohtua hän ei kaivannut.

Kukko kiekahti jossain terävästi. Olihan niitä siis täällä, Auroran ensimmäinen ajatus oli. Hän venytteli käsivarsiaan, niskaansa. Ohut patja oli ollut vielä ohuempi kuin miltä se oli näyttänyt. Hän kääntyi katsomaan viereiseltä patjalta kuuluvia ääniä, ystävänsä kohoavaa selkää. Natali asetteli kierrekorvakoruja korviinsa ja kietoi leopardikuvioista huivia turbaaniksi päähänsä. Aurora oli kuullut, kuinka Natali oli hipsinyt yöllä viereiselle patjalle. Hän oli arvellut ystävänsä olevan väsynyt, joten ei viitsinyt kysyä tältä mitään. Olihan hän itsekin väsynyt, unen pökerryttämä suorastaan.
– Natali, pitäisikö vielä nukkua hetki? En ehtinyt nukkumaan vasta kun...
– Nuku vain, Natali kiirehti sanomaan, mutta painavin sanoin, kurkkuun takertuvin, ääni kähisten. Hänen silmiensä alle piirtyivät tummat puolikuun muotoiset renkaat.
Aurora kohottautui istumaan ja huomasi, että sormet olivat vieläkin kosteudesta rypistyneet. Lihaksetkin vastustelivat liikkumista. Jossain alaraajoissa kihelmöi.

– Minun täytyy mennä, nähdään illemmalla, en ole varma kauan minulla kuluu tänään.

Tiukka solmu turbaaniin ja pikainen puolihalaus.

– Hienosti olet jaksanut. Hienosti. Jaksathan vielä, Natali huikkasi kuin itsekseen puhuen ja kiirehti jo alas parvelta.

Parven toisessa päässä oli vielä muutama nukkuja, kuten heidät tilalle ajanut vaikeaniminen mies, jonka karvaiset jalat puskivat patjan jalkopäästä farkkujen lojuessa lattialla rutussa. Joku puhui unissaan. Auroran keho painoi yli omien rajojensa, eikä hän jaksanut katsoa ympärilleen muutamaa sekuntia pidempään.

Viimeisten aamuyön ajatusten lomassa kuluneen yön tapahtumat alkoivat palautua mieleen.

Hän oli laskenut paljaan jalkansa pehmeälle mullalle, ja saunan ovi oli sulkeutunut narahtaen pienesti hänen takanaan. Märkä pyyhe oli myttynä sylissä, ja Aurora nuuhkaisi sitä. Nuuhkaisi ihon muistoa, tunnotonta kosketusta vielä itseensä. Yö oli täynnä kutsuja, hän huomasi. Kevät kutsui yhtä jos toistakin, tulemaan, aloittamaan vuotta taas alusta, rakentamaan pesää korsi kerrallaan. Hän otti varovaisen askeleen, toisenkin, painottomalla kehollaan, ja tajusi näkevänsä puiden ääriviivoja, edessään olevan polunkin selkeästi, vaikka oli keskellä öistä pimeyttä. Hänen yllään oli valo. Yötaivaan valo. Ja puiden latvoista, täyttä kuuta siristellessään, hän oli näkevinään jotain tuttua. Siipiväli oli pitkä, ja Aurora heristi korviaan kuin jokin kutsuisi häntä siellä.

Yhtäkkiä hänen kyynärpäästään nykäistiin.

– Olemme myöhässä! Etsin sinua kaikkialta!

Lapsenkasvoisen otsa oli vääntynyt hentoisiin huoliryppyihin, kun tämä alkoi kiskoa Auroraa majatalosta vastakkaiseen suuntaan. Tytön olemus oli homssuinen, ja ruskea kaapu oli takaa kiinnittämättä. Aurora yritti hieroa tolkkua silmiinsä ja sai vaivoin mumistua, että menisi mieluummin nukkumaan.

– Ei! tyttö parahti säikähtäen ja katsoi Auroraa kuin vääräuskoista. – Tätä ei saa missään nimessä jättää väliin. Se on pa-kol-lis-ta, tyttö tavasi lapsensileä otsa vaivoin rypistyneenä ja puristi otettaan hänestä.

Hetken Aurorasta tuntui kuin olisi ehdottanut tunnolliselle koulukaverilleen tunnilta lintsaamista, mutta tyttö tuntui olevan täysin tosissaan ja veti häntä pienellä voimallaan perässään. Auroran jalat olivat hyytelöä, eikä hän jaksanut jarruttaa liikettä. He liitivät, hän mietti hajamielisenä. Hän oli keveä kuin tuulen testaama kevään lehti, mutta raskas paino sai hänet pysähtymään paikoilleen heti, kun hän näki piirin.

Lapsenkasvoinen oli vetänyt häntä hätäisesti mukanaan puutarhan takaa lähtevää polkua pitkin puhuen jotain sekavaa järvestä. Täydenkuun puhdistautumisriitistä. Siis mitä..? Aurora ehti älähtää mielessään, kun huomasi taas istuvansa tiukassa piirissä huonossa väsymyksen valahduttamassa ryhdissään. Kädet makasivat sylissä tunnottomiksi lötkähtäneinä.

– On aika aloittaa luopuminen nöyrän hiljaisuuden saattelemana.

Kerrankin Aurora oli samaa mieltä poninhäntäisen miehen kanssa. Kyllä, tämän tarvitsi olla hiljaa.

– Ole valmis luopumaan! poninhäntäisen ääni ärähti. Tämä oli noussut ja asettanut kätensä jonkun pään yläpuolelle. Henkilö nousi ylös pää kumarassa ja lähti kävelemään kohti järveä. Tarkemmin, henkilö käveli järveen. Ensin nilkkoja, sitten polvia myöten. Lopulta tämä seisoi vyötäisiä myöten vedessä, edelleen ruskea kaapu päällään. Sitten poninhäntäinen astui samaan suuntaan pitkin askelin kuin sotilas, kahlasi henkilön taakse.

– Luopukaa!

Piiri päästi syvän uummm-äännähdyksen, ja veteen kahlannut kaatui vaivalloisesti vedessä taaksepäin poninhäntäisen ottaessa tämän vastaan ja pidellessä tämän kasvoja veden yläpuolella kuin rippi-isä ikään. Poninhäntä palasi vettä valuen piiriin, ja veteen kahlannut jäi kellumaan sinne selälleen silmät suljettuina. Kädet laskettiin seuraavan piiriläisen päälle, ja tämä meni veteen.

Aurora muisteli lapsuuden kesäleikkejään, laiturilta hyppelyä, leikkien mielikuvituksellisia sääntöjä, jotka vaihtuivat lennosta. Silloin kuka tahansa oli saanut viedä leikkiä haluamaansa suuntaan. Kuka tahansa oli saanut myös lopettaa leikin kesken ja aloittaa samantien uuden, mikäli oli sillä tuulella.

Auroran silmät pysyivät hädin tuskin auki, ja suu venyi armottoman isoon haukotukseen tämän tästä. Hän erotti vaivoin auki pysyvien luomiensa lomasta tuttuja kasvoja piirissä ja tajusi Natalin puuttuvan, samoin hopeahiuksisen naisen. Ujo punasteleva nuorukainen asteli veteen kömpelösti ja huoahti sen kylmyyttä. Pyöreävatsaisen miehen vuoron aikana tämän laskeutuessa poninhäntäisen syliin vettä loiskahti pullistelijan kasvoille niin että tämä joutui sylkäisemään osan pois kesken saarnansa.

Saarnaa. Saarnaa Aurora vähiten enää kaipasi elämäänsä. Saarnaa siitä, mitä olisi kuulunut tehdä tai mitä oli jätetty tekemättä. Aurora katseli uupuneen sumeilla silmillään vedessä vaatteet päällään ja raajat levällään kelluvia ihmisiä. Jotain etsiviä tai ehkä vain pakoilevia. Oli yö, kevät hönki vielä talven kylmää niskaan. Vesi tuskin oli paljon yli kymmenen asteen.

Kai heidän oli tiedettävä, kuinka rajallinen heidän aikansa täällä oli. Leikki loppuisi aikanaan, ja kaikki lähtisivät eri suuntiin. Kuka heitä sitten leikittäisi ja miten?

Lapsenkasvoinen, joka oli puristanut Auroran kättä pakottavan tiukasti koko piirin ajan, painoi huulensa tiukaksi viiruksi kuin henkeään pidellen piiristä noustessaan ja lähti kohti järveä jättäen Auroran yksin. Hetken täytti täysi hiljaisuus. Ja keskellä sitä hiljaisuutta, puski läpi yksi ainoa ääni. Huhuilu. Aurora kuuli jostain selkeää huhuilua. Kyllä. Nyt hän muisti, todellakin muisti. Hän muisti ne pienet untuvaiset. Pöllönpoikaset, jotka vinkuivat kimeän vaativasti lehtipuun runkoon kiinnitetyssä pöntössä. Hänen omien käsiensä rakentamassa pienessä linnunkodissa. Turvapaikassaan.

Poninhäntäinen käveli häntä kohti. Lapsenkasvoinen räpiköi vedessä yrittäen kellua siinä onnistumatta. Pöllön huhuilu laskeutui järven ylle kuin se olisi kaukaisen tuttavan kutsu. Hetken ajan hän halusi ajatella, että se oli yksi pikkupöllöistä, vinkuvista avuttomista pikkupalleroista, jotka olivat lentäneet maailmalle ja pärjänneet. Ajatus sai Auroran naurahtamaan, ja poninhäntäinen pysähtyi katsomaan häntä vakavana. Tämän käsi laskeutui Auroran pään yläpuolelle. Aurora katsoi miestä ja nousi ylös. Ja sitten hän kuuli sen taas, se kutsui häntä. Uuuuh…! Muistatko, muistathan, pöllö huhuili.

Kyllä, Aurora muisti. Kesän lämpö tulisi taas, pesät rakennettaisiin vuosi toisensa jälkeen. Kaikki alkaisi alusta. Hän hymähti, naurahti suorastaan ja avasi sitten suunsa kajauttaen niin syvän ja kuuluvan vastahuhuilun kuin ikinä sai kurkustaan pääsemään.

– Huuu-huuuuuu-uuu-uuu…!!

Huuto kajahti järven ylle niin kauniina kutsuna, että hän itsekin yllättyi äänen kantavuudesta. Huhuilu kaikui kuulaana järven yllä kuin pitkään paikoilleen unohtunut lapsuudenmuisto. Vedestä kuului liikettä, polskahduksia. Poninhäntäisen käsi liikahti äkkinäisesti pois asennostaan. Aurora loi katseensa vielä korkean lehtipuun latvaan, kääntyi sitten ja käveli pois.

Parvi oli tyhjentynyt. Jossain kumahteli. Aurora hieroi silmänsä hereille ja vaihtoi yöasunsa hikiseen silkkipuseroon. Auringonvalo oli jo oranssin kellertävää, hänen oli täytynyt nukkua puoli päivää pois. Hän laskeutui tokkuraisena alas pisteleviä lankkuja pitkin ja suuntasi kohti keittiötä, kun lapsenkasvoinen tyttö melkein törmäsi häneen hiusdonitsia sotkuisiin hiuksiinsa samalla kietoen. Tytön vaaleat lapsenkasvot olivat tavallistakin kalpeammat, ja silmät verestivät kuin tämä ei olisi nukkunut koko yönä. Tyttö tarrasi häntä käsivarresta kiinni.

– Illansuu-istunto alkaa juuri! Nyt pitää mennä!

Erittäin myöhäinen aamupala jäi haaveeksi, kun tyttö kiskoi hänet hätääntyneenä mukaansa.

Piiri oli jo sulkeutumassa, mutta valitettavasti tyttö teki siitä tilaa heille molemmille. Shamaanirumpu oli keskellä kehää, ja poninhäntäinen pullistelija seisoi jo sen vieressä. Lapsenkasvoinen tyttö piti Auroraa erityisen tiukasti kiinni ja hengitti vaikean oloisesti. Kuin hengittäminen olisi ollut ikävä velvollisuus, pakollinen kokeilu. Tyttö varoi katsomasta keneenkään ja säpsähti, kun poninhäntäinen iski rumpua. Tyttö tiukensi otetta Auroran kädestä.

Poninhäntäinen pyysi piiriläisiä vuoroin hyväksymään kaiken olevan, vuoroin luopumaan kaikesta mukana tuomastaan. Unohtamaan ajatukset, luopumaan mieltä harhauttavista tunteista. Jorina turhautti Auroraa, mutta hän pysyi piirissä kohteliaisuuttaan. Jaksoivathan muutkin paikallaolijat kuunnella höpinät, ja vielä silmät levollisesti suljettuina. Tai ehkä vain väsyneinä. Aurora katseli piiriläisiä, pulleaposkista miestä, tämän vieressä istuvaa ujoa poikasta, autossa mukana tulleita vaikeanimisiä miehiä, muita ruskea-asuisia, parrakkaita, suoraryhtisiä, hiuksettomia. Joku niiskaisi nenäänsä, toinen aivasti. Hopeahiuksinen nainen puuttui yhä ringistä. Aurora kumartui pienesti lapsenkasvoisen puoleen.

– Hei muuten, oletko nähnyt sitä naista tänään, joka kuori kanssamme porkkanoita?

Tyttö rypisti hajamielisesti otsaansa. – Ketä?

Mutta kumpikaan ei ehtinyt kuiskia enää mitään, kun rumpu jyrähti heidän korviensa juuressa. Aurora muisteli naisen vaivatonta hymyä, sellaista jota varten tämän ei ikinä tarvinnut erityisesti nostaa suupieliään. Naisen pitkiä ajan kuluttamia sormia, tämän kehäksi hänen ympärilleen asettuvaa syliä. Pohjatonta, upottavaa.

– Luopukaa kaikesta!

Poninhäntäisen sanat keskeyttivät hänen ajatuksensa, luopumisella, hyväksymisellä, tunteiden torjumisella. Aurora olisi halunnut viipyä vielä hetken, naisen luomassa kehässä, yhtyneissä raajoissa, mutta miehen yhä yltyvä äänenvoimakkuus ja korvanjuuressa jysähtävä rumpu rikkoi muistot. Irrotti raajat yksinäisiksi. Naisen hohkaava syli kaikkosi yhä kauemmas, ja lämpö alkoi karata Auroran sormenpäistä, jalkapohjista, päälaesta. Jokin voimalla hänen sisällään herännyt alkoi osoittaa luopumisen merkkejä, painua kasaan jokaisen rummun iskun seurauksena. Kylmä nosti ihon kananlihalle ja puistatti niskavillat pystyyn, ja hän tajusi kuinka kolea kevät vasta olikaan. Pureva iltapäivän tuuli oli yltymässä, ja laskevan auringon synnyttämät varjot hytisyttivät kehoa ytimiä myöten. Silkkipaita päästi sisään kaiken kylmän.

Miehen puhe oli yltynyt tauottomaksi litaniaksi niin, ettei Aurora saanut selvää enää yhdestäkään ajatuksestaan. Kehon muistista, lämmön otteesta, naisen jättämistä jäljistä ihoon. Miehen monotoninen kieli porautui hänen takaraivoonsa samalla kun iho kiristyi kylmyydestä entisestään. Tyttö vierellä puristi hänen kättään yhä lujemmin, lähes nojasi Auroran kylkeen muita väistäen. Tämän hengitys oli katkonaista, hätäistä. Mies löi rumpua kerran, toisen ja aloitti sitten kovan, lähes sotilaallisen rummutuksen, jonka yli tämän huudoksi yltyneet sanat kantoivat yhä kovempina, ohimoihin porautuvina. Tyttö tärisi. Miehen pullistelevien lihasten nytkähtely, myhäilevä ilme, itseään toistavat ylikorostetut sanat. Tämä riitti. Aurora repäisi kätensä irti tytön ja vieressä istuvan ujon pojan käsistä lähes väkipakolla ja ponkaisi ylös. Hän poistui piiristä sanomatta sanaakaan.

Kyllä Natali ymmärtäisi. Hän etsisi tämän vaikka siinä menisi koko ilta. Ja pian he olisivat taas kaupungin vanhassa sydämessä, sokeritorttujen ja kauniiden posliinikuppien äärellä puluparvien törmäillessä jalkojen juurella. Niin kuin oli ollut tarkoituskin. Aurora juoksi natisevat puulankut ylös. Parvi oli tyhjä. Hän istahti patjallensa, mietti hetken ja nappasi sitten laukkunsa, pakkasi sinne yöpaitansa, avaamattoman kirjansa ja lukulasinsa, kun portaissa narahti. Lapsenkasvot kurkkasivat parvelle. Ne olivat peloissaan ja tunkivat lähelle Auroraa. Tyttö läsähti patjalle Auroran viereen, alahuuli ulospäin työntyen.

– Älä lähde vielä, tyttö vinkaisi, ja tämän kasvot näyttivät vielä nuoremmilta kuin aiemmin. Kasvojen iho oli untuvaista ja silmät anoivat jotain, mihin Aurora ei osannut vastata. Ikään kuin hänen pitäisi tietää seuraava siirto. Aurora mutisi jotain Natalin etsimisestä, mutta sanat eivät tuntuneet löytävän tietään tytön korviin. Tämä lähes vavahteli kuin pieni emostaan eksynyt linnunpoikanen ja käpertyi koko ajan pienemmäksi. Aurora ei tiennyt minne neuvoa tyttöä, jolla ei tuntuvat olevan suuntaa mihin mennä. Hän laski käden tytön kananlihalle nousseelle niskalle, toisen kätensä tämän kylmän nihkeälle otsalle. Tyttö painautui keräksi Auroran kylkeä vasten, nojasi siihen kevyenä kuin kissanpentu. Lämpöä hakien, itsestään, Aurorasta.

Heinäsirkat heräsivät, koko kuoro samalla kertaa, ja Auroran kämmenessä olevat tytön sirot sormet alkoivat minuutin, toisen päästä lämmetä. Tyttö raotti ohuita huuliaan.

– Minä tiedän, missä ystäväsi on.

Tahdin vaativasti määräävä rumpu jäi kauemmas joka askeleella, kun he kiirehtivät pihan poikki saunan takaa alkavalle pienelle polulle. Aurora vilkaisi saunarakennusta, joka nökötti paikoillaan kuin hylättynä. Näytti, että sen ovi roikkui puoliksi sijoiltaan. Piipun päälle oli rakentumassa jotain linnunpesän näköistä. Yhtäkkiä muisto lämmöstä tuntui hyvin kaukaiselta.

Tyttö ei ollut selventänyt Natalin poissaoloa sen kummemmin, mutissut vain vaimeasti pari sanaa erityisharjoitteesta ja lähtenyt hakemaan heidän kenkiänsä jostain. Aurora oli puolestaan kaivanut heidät tilalle ajaneen tympeän kuskin farkkujen taskuja parven nurkasta.

Tytön liikkeet olivat hapuilevia, ja jopa suoraan kävellessä hän hosui ympäriinsä, nytkähteli ja kompuroi. He kävelivät ripein askelin pitkin kapeaa metsäpolkua, ja jalkojen alla rasahtelivat kävyt, muljahtelivat pikkukivet. Polun ylle kaartuvat pensaikkojen oksat kahisivat kainaloissa. Yltymään ryhtyvä tuuli sai korkealle kohoavat puut tapailemaan tasapainoaan. Metsä nitisi ja natisi. Korkeimmat puut kirskuivat heidän yllään, ja nuoret varret valittelivat kasvukipujaan. He tunnustelivat ja puskivat läpi sirinöiden, rapinoiden ja ujelluksen. Äänistä muodostui katkeamaton sävelmä, jossa jokaisella pienelläkin soinnulla tuntui olevan oma paikkansa, toistuvuutensa. Ympäristö tummui sekunti kerrallaan, kun taivaalle vasta noussut kirkas täysikuu alkoi peittyä paikalle puskevan pilvimassan taakse. Jossain jyrähti, ja sadetta edeltävä kosteus sai kaiken tuoksumaan voimakkaammalta.

Sitten tyttö osoitti telttaa. Se nökötti lähes hylätyn oloisena sammalmättäällä, muutaman metrin päästä kaivosta, ja sen sisältä kuului ääniä. Aurora meni aikailematta teltan luokse ja alkoi huhuilla ystävänsä nimeä, tunnustella vetoketjun paikkaa. Teltan kattoon ropsahti pisara, kohta muutama lisää. Teltan ovi raottui, ja Natalin kasvot ilmestyivät esiin säikähtäneinä. Aurora erotti silmäkulmastaan tutun kaljun ja valkean kokoasun. Aurora kiskoi ystäväänsä ulos, auttoi kengät tämän jalkoihin ja kaivoi kassistaan hupparin tämän lämmikkeeksi. Pimeästä, teltan lattialta, kaljun jalkojen juuresta, erottui Natalin ryppyyntynyt leopardihuivi. Aurora nappasi huivin mukaansa ja työnsi lapsenkasvoisen tytön ja Natalin liikkeelle.

Metsä vastasi jokaiseen askeleeseen, jokaiseen kasvojen edestä poistaitettuun oksaan. Se huojui, huokaili, kuohui iltatuulessa. Lapsenkasvoinen tyttö tiesi oikotien pelloille. Aurora auttoi kiilakoroin kompastelevaa ystäväänsä etenemään vain harvakseltaan poljettua polkua pitkin. Pisaroita ryöpsähteli lehtien pudottelemina heidän niskaansa, lorahti paidan sisään, sai hikisen silkkipaidan liimautumaan kiinni ihoon. Taivas jyrisi, mutta ääni oli matala, painoton. Kuraiset sadenorot valuivat vanoina pitkin käsivarsia, jalkojakin, ja hetken Aurora eksyi ajattelemaan, valuiko kura hänestä itsestään ulos. Vanhaa kuraa, valukoot pois vain! Auroraa alkoi naurattaa keskellä jyrinää, ja Natali vilkaisi häntä epäluuloisesti.

Metsä sulki itsensä kiinni heidän takanaan, kun he pälyilivät pellon vierustaa tovin ennen kuin löysivät etsimänsä. Aurora heitti kassit takapenkille ja työnsi epäröivät karkukumppaninsa niiden mukana. Hän istui etupenkille ja veti niskuroivan oven perässään kiinni. Hengitti yhden, toisenkin kerran, vaatteet ihoon tarrautuneina ja märkien oksien tahrimina. Hän katsoi taustapeilistä takapenkille. Siellä istui kaksi äänettömiksi uupunutta hahmoa, joista kumpikin katsoi jonnekin ulos pimeään sateen hakatessa ikkunaa. Natali vei sormeaan korvansa juurelle ja hypisteli vain toisessa korvassaan roikkuvaa kierrekorvarengastaan. Hänen kasvoilleen heittäytyi pitkä varjo, ja silmät tuntuivat epäilevän jopa pimeää.

Aurora toimi lihasmuistilla. Jalat polkimille. Avaimet sisään, kääntö ja kädet rattiin. Auto korahti ärtymyksestä. Hän toisti liikkeen. Toinen korahdus, renkaat rahisivat paikoillaan. Tuulilasinpyyhkijät sentään tekivät käskettyä työtä. Kolmas kerta. Korahdus, puuskahdus, nytkähdys. Ja auto liikkui. Se tosiaan liikkui, kääntyi, löysi etuvalojen heikosti osoittaman tien. Kädet tiesivät miten toimia. Aurora hämmästyi kehonsa muistista. Ja niin, hän tunsi yhtäkkiä auton eteenpäin vievän voiman allaan. Hän ohjasi sitä. Hän todella itse ohjasi sitä, ohjasi näitä ihmisiä eteenpäin. Ja auto liikkui nopeammin kuin aatos, he liikkuivat sen mukana. Ajatukset jäivät jonnekin kauas kadotettuina, ojiin unohdettuina. Nyt liikuttiin, liikuttiin eteenpäin kuten oli ollut tarkoitus alun perinkin tehdä.

Pimeät pellot ja mustuneet metsät muistuttivat heitä vielä hetken jostain, mikä haluttiin unohtaa, kun auto yskien, puhkuen ja ähkien eteni kohti kaupungin valoja. Ympärillä alkoi loistaa pehmeää punaista, kirkasta kellertävää, vilkkuvaa valkoista. Kaupunki välkkyi ja hehkui. Autot tööttäilivät toisilleen tervehdyksiä, ja jokainen liike eli, muutti muotoaan ja suli jatkuvaan virtaan. Muodosti pieniä puroja, sykkiviä virtapiirejä. Kadut vaihtuivat kujiksi ja kapenivat kulma kulmalta. Kujien vierustoille asetettujen pöytien pinnalle tippui vielä viimeisiä katosten kannattelemia vesivalumia.

Sitten Aurora näki sen. Ohikiitävänä, kodikkaan kutsuvana. Se loisti valoa, auton sisälle, heihinkin. Hän pysäytti auton kadun pieleen, ja se nytkähti töksähtäen katukivetystä vasten. Auto jäi kallelleen, kun Aurora nousi siitä ylös. Hän otti muutaman askeleen taaksepäin ja asettui pehmeää valoa hohtavan ikkunan eteen.

Näyteikkuna oli tunnelmallisesti valaistu, ja sen keskiössä hohkasi täydelliseksi kierretty, puhtaanvalkoista tomusokeria säteilevä, uunituoreuden muhkeuttama kierreleivonnainen. Sen pisteliäs kardemumman aromi puski läpi ikkunan ja levisi koko kadun pituudelle. Sisältä kantautui lempeä puheensorina ja posliinikuppien kilahdukset. Aurora erotti pöytiin asetetut punertavat pitsiliinat ja nurkassa vielä vapaana olevan pöydän. Sen päälle oli aseteltu valmiiksi kukkakuvioinen pos-

liinikannu ja kolme lautasta kuppeineen. Ovenkarmis-
sa oleva kulkunen ilmoitti uudesta tulijasta, kun Auro-
ra astui ovesta sisään.

SANNI

Minua oli kutsuttu tädiksi jo monet vuodet. Rouvaksikin, jopa emännäksi. Enkä jaksanut edes muistaa, milloin viimeksi minut oli määritelty joksikin muuksi, tytöttelystä puhumattakaan. Mutta kaksi viikkoa sitten olin muuttunut muoriksi, kaupan kassajonossa. Pikkutyttö työnsi märkää tikkaria laukkuuni, isä käski olla häiritsemättä muoria. Olin vanhentunut yhdessä päivässä monta vuosikymmentä. Ja osasin arvata, että mummovaihe odotti vain muutaman nurkan takana. Silloin tuli aika. Varasin matkan pois. Jos tarkkoja ollaan, niin en minä, varaus tehtiin puolestani, mutta lopputulos sama yhtä kaikki.

Hain pölyttyneen matkalaukun verkkokellarista ja leikkasin markka-aikaisen hintalapun pois. Löysin uima-asun ruokaostoksilla tarjouslaarista. Ei kai tässä muuta tarvittu. Oli aika nuorentua.

Kaikki valmista, lentoemäntä nyökkäsi artikuloiden sanansa selkeästi. Tarvitsin ehkä silmälasit likinäköisyyden vuoksi, kuten puolet maani kansalaisista, mutta kuulokojeen aika ei olisi lähivuosinakaan. Hypistelin passin välistä työntyvän tarkastuskortin reunaa hiirenkorvalle ja asetuin osaksi muita. Jonoon työntyi pyllyvakoihin katoavia farkkushortseja, niskaan kiinnitettyjä ilmatyynyjä, lentokenttäbaareissa punehtuneita poskia. Äänenvoimakkuus oli kohoavaan päin, mutta en silti erottanut yhtään erillistä sanaa. Oikeastaan en yleensäkään huomioinut, mitä ihmiset ympärilläni puhuivat. Kielenä olisi siis voinut olla yhtä hyvin japani tai venäjä, sanat vain puuroutuivat yhdeksi tasaisesti kaikuvaksi äänimassaksi. Suodatin turhan tiedon pois. Se oli ollut tapani jo ties kuinka pitkään.

Liikkuessa kadotin ajan. Tunnit ja minuutit sulivat yhdeksi, ja vain pieni kolotus polvitaipeissani kertoi pitkäksi venähtäneestä pysähtymisestä. Minä pysähdyin, mutta maailma ympärilläni vaihtui. Se vaihtui pilviksi allani, surkastuneiksi kaupungeiksi. Kadonneiksi maarajoiksi. Ensin oli vain vihreää, sitten aavaa sinistä, lopuksi valkoista höyryä, jos enää sitäkään. Toisella puolellani oli hikistä selkää, kolme avattua tölkkiä, syliin tippuneita tahmeita maapähkinöitä. Onneksi en erottanut vieressäni istuvan ison miehen takaa muuta matkustajakuntaa. Olin ajattomaan nurkkaan, lämpimään hikeen ahdettu ja olisin voinut jäädä tähän hyväksi aikaa.

Kaikki oli täällä erittäin hyvin ennalta määrättyä. WC:n valot syttyivät oven kiinnityksen yhteydessä, pönttö veti itsestään pissan pois ja kädetkin peseytyivät ilman, että jouduin tekemään mitään. Kukaan ei sentään pyyhkinyt haaroväliäni puolestani. Peilin valot olivat epäedukseni, kuten ne tässä iässä tuppasivat yleensä olemaan, joten pyyhkäisin vain nopeasti naamani kosteuspyyhkeellä, taputtelin pörröä tukasta sileäksi ja avasin haitarimalliin taittuvan oven. En ehtinyt ottaa askeltakaan ulos, kun vastaani työntyi tupakan ja eineslihapullien hajua, parransänkeä ja rispaantunutta t-paidan saumaa. Nuorehko mies ehti painautua minua vasten katse maahan luotuna ja minut huomatessaan, katsoi silmiin ja liukui ohitseni ahtaaseen vessakoppiin. Miehellä oli sellaiset olkapäille ulottuvat hiukset, joita monilla nykyään oli, mutta oli muutoin tyylillisesti tuskin kovin ajassa kiinni. Paita oli muotonsa menettänyt, farkut väärää kokoa, hiukset kihartuivat latvoista takkuun. Partakin kasvoi epätasaisesti. Mies katsoi itseään peilistä kuin minä en olisi enää paikalla ja pyyhkäisi kädellä kasvojaan ikään kuin tarkistaakseen, että peilistä katsoi sama ihminen. Haitariovi räpsähti vatsaani vasten, ja näin parhaaksi poistua jaetusta käymäläkokemuksesta. Palasin poikittain penkkirivini luokse perunalastujen, kertakäyttöhaarukoiden ja heiluvien lastenjalkojen täplittämää käytävää pitkin. Iso vierustoverini oli nukahtanut.

Täydellinen järjestys rikkoutui heti lentoaseman parkkipaikalla. Teknisen vian vuoksi iso bussikuljetus oli vaihtunut moneen pieneen minibussiin, joiden logistiikkaa väsyneiden, malttamattomien ja väkevänsä kymmenen kilometrin korkeudessa nauttineiden matkustajien oli vaikea hahmottaa. Lapset juoksentelivat energiaansa pois leikkimällä kuurupiiloa bussien välissä, isot eläkeläisporukat kyselivät ilmastoinnin, vessan ja parhaiden ostoskatujen perään, kaveriporukat ja perheetkin hajautettiin eri busseihin. Jossain napsahti tölkki jos toinenkin.

Minut lykättiin takimmaiselle penkkiriville ison meluisan miesporukan täyttämään kyytiin, ja vihdoin, tunniksi venähtäneen pienkaaoksen jälkeen autot pääsivät matkaan.

Ilta-auringon pehmentämät asfaltit alkoivat vilkastua pian haja-asutusalueen jälkeen. Oli vatsat paljastavia paitoja, paidattomuutta, varvassandaaleja, vyölaukkuja, narubikineitä, pinkeitä vatsoja, löysiä vatsoja, oranssinruskeaa rusinamaista ihoa ja kymmeniä katukojuja, jotka myivät kaikki samoja aurinkolaseja, hellehattuja ja uimaleluja.

Ensimmäisenä pysähdyimme seinäkaakeleitaan vuosien varrella tiputtaneen resortin kohdalla, johon bussimme etupenkiltä nousi harmaahiuksinen mies muiden harmaahiuksisten joukkoon. Hotellin nimikyltistä puuttui pari kirjainta, ja nimi vaikutti valitettavan tutulta. Käänsin hetken mielijohteesta katseeni toiseen suuntaan ja odotin hiljaa, kunnes auto lähti taas liikkeelle.

Rantabulevardi alkoi valmistua illan viettoon. Kyltit huusivat iloisia tunteja, kolmea drinkkiä kahden hinnalla, viinaämpäreitä ja kaljapingistä. Oli pizzaa, kebabia ja hampurilaisia. Tatuointiliikkeitä ja päälle unohtuneita uima-asuja. Vilkkuvat valokyltit vaativat joka suuntaan hajautuvaa huomiota, ja alati kohoavan äänenvoimakkuuden pystyi havaitsemaan äänieristetyn bussilasinkin takaa: kimeät tyttöporukat, toistensa päälle puhuvat poikaporukat, ohikulkijoita pysäyttelevät baarityöntekijät. Kaikkialla kirkui, kiljahteli ja kajahteli täysin äänettömästi. Kuin hidastetussa unessa, jonka yrittää saada päättymään. Näin itseni keskellä tuota tyhjiötä, koettaen edetä pääsemättä minnekään.

Ovet avautuivat, ja niin avautui äänimaailmakin. Meluisa miesporukka valui autosta muun melun joukkoon haalistunutta betonimöhkälettä muistuttavan hotellirakennuksen edessä. Hotellin edessä kuhisi jo kenties viisikymmenpäinen porukka stetsonhattuineen, matkalaukkuineen ja väärin päin asetettuine lippalakkeineen. Sisältä kantautuva bassonjytke sai puheensorinan peittymään ja verenpaineen nousemaan. Nuori tiukkahameinen matkaopas yritti saada levottomana käyvää porukkaa aisoihin, mutta kukaan ei huomioinut naista, ja tämän kynänpää kävi mappia vasten kireässä tahdissa. Huomasin valuttavani itseäni alemmas takapenkilläni naisen lausumien kuuroille korville kantautuvien ohjeiden kumahdellessa jossain turistiporukan keskellä, mutta sitten kohtasin kuljettajan katseen taustapeilistä.

– Next stop?

Terästin ilmeeni ja hymähdin ennen kuin ehdin ajatella enempiä. – Jes. Next.

Auto nytkähti kevyesti liikkeelle, ja olin taas äänettömässä kuplassani, yksinjääneenä. Kaikki jäi pikkuhiljaa taaksepäin.

Seuraava pysäkki oli lähes tunnin matkan päässä. Kaukana korkeista hotellirakennuksista ja katumyyjistä. Oikeastaan en ollut erottanut reitillä enää mitään kaupunkiin viittaavaa hyvään toviin. Tiet olivat jo mustuneet ja puut, pienet talot erottuivat enää häilyvinä varjoina, harvaan asetettujen katuvalojen esiin piirtäminä. Minibussi ajoi kapealle kujalle ja jatkoi mäen päälle pienen rakennuksen eteen. Astuin viimeisenä ja ainoana matkustajana ulos bussista. Kuski nosti matkalaukkuni pihalle, toivotti kenties hyvää lomaa kielellä, jota en ymmärtänyt, ja ajoi pois.

Talon saattoi tulkita majataloksi, vaikka en löytänytkään sen nimikylttiä. Rakennus oli valkoiseksi kalkittua kiveä, ja sisällä oli pieni aula samettipäällysteisine nojatuoleineen. Löysin pienen keittiön, siivouskomeron ja infotaulun alueen nähtävyyksistä, mutta en henkilökuntaa.

En jäänyt turhia vartomaan vaan etenin laukkuni kanssa porras portaalta polviani varoen yläkerran vierashuoneita kohti. Käännyin käytävälle ja törmäsin naiseen ja luutaan. Nainen lähes kiljahti ja huudahti muutaman vieraan sanan. Sitten hän rintakehästään pidellen huokasi syvään, kysyi jotain, odotti turhaan vastausta ja lähti yksin puhellen alakertaan. Katselin pientä käytävää, jonka varrella oli muutama huone. Kolmannessa kerroksessa olisi kenties jokunen lisää, mutta näillä nivelilläni olisin kiitollinen vähemmistäkin portaista. En kuitenkaan ehtinyt alkaa elekielellä asiaa siivoojalle esittämään, kun hän jo palasi käytävään avaimen kanssa päätään edelleen hämmentyneenä puistellen ja vieraita sanoja mutisten.

Huoneessani oli vino katto, yhden hengen sänky ja vanha radio. Uutisia tuskin tulisin täällä kuuntelemaan. Unohdinhan kuunnella ne monesti normaalissa arjessanikin. Välillä unohdin lähes koko ympäröivän maailman. Arkeni oli pientä, oli aina ollut. Lähikauppaa, konttoria ja satunnaista vesijumppaa. Sellaista, josta ei riittänyt paljon kerrottavaa. Mutta unohduin silti pieneen maailmaani. Höyryttämään kasvispataa moneksi tunniksi, idättämään yrtit parvekkeella, katselemaan ikkunasta näkyvän koirapuiston elämää. Joskus vaihdoin ajankuluksi verhot, toisinaan putsasin keittiönkaapit. Syksyisin kävin lähimetsästä katsomassa sienisatoa, ja keväisin merkitsin ylös päivän, jolloin pääskyset saapuivat. Päivät kuluivat aivan itsestään, ilman että niitä tarvitsi erikseen kuluttaa. Mutta nyt minä en olisi pieneen elämääni unohtuneena.

Laskin laukun, vaihdoin kävelykengät avokkaisiin ja suljin alaoven perässäni. Siivoojaa ei enää näkynyt, saatikka muita majoittujia, joten miksenpä lähtisi tutustumaan lähiympäristöön. Toivoin, että lähiruokaloissa olisi tarjolla muutakin kuin pizzaa.

Koetin etsiä pääkatua pieniltä kujilta, joiden hämyisessä valaistuksessa en erottanut paria kissaa kummempaa. Hiljaisuutta kumisevat kujat kapenivat entisestään, kunnes jossain vaiheessa jouduin kääntymään poikittain, jotta mahtuisin kahden seinän välistä eteenpäin. Vedin syvään henkeä litistääkseni vatsaani ja huomasin astuvani pienelle aukiolle. Se oli hädin tuskin valaistu, mutta yhdessä ikkunassa häilyi valo. Erotin ikkunalasin takaa liikettä, musiikkia. Kynnykselle astuessani haistoin pitkään paistuneen valkosipulin, pippurinkin. Ovi narahti, erotin pölyistä baaritiskiä, muutamaa puupöytää tuoleineen. Asetuin yhdelle. Käytetty pöytäliina kertoi juoduista viinilaseista, öljyllä viimeistellyistä suupaloista. Taustalla soi musiikki, joka vei kauas, ehkä aikaan, jota en edes muistanut. Pianon koskettimia mielessäni tavatessani kävi keittiön ovi, ja viereeni astui mies hieroen tummakarvaisia käsiään, ehdotti viiksiensä takaa jotain. Koska en ollut perehtynyt paikalliseen kieleen äkkilähtöni huumassa, erotin lauseesta vain sanan "erikoinen". Päivän erikoinen, kenties. Miksipä ei, nyökkäsin. Maassa maan tavalla. Makaronilaatikkoa ja juureksia ehtisi yllin kyllin kotonakin.

Pienessä hämärässä salissa oli raskaat verhot ja pyyhkimättömät pinnat, mutta minun oli helppo olla täällä. Ei muotoon taiteltuja lautasliinoja tai monimutkaisia ruokalistoja. Eikä liioin päänsärkyä aiheuttavaa jumputusta tai minivarjoin koristeltuja neonvärisiä drinkkejä. Oli vain kolme pöytää, pieni avoin lattiatila ja niin pehmeäksi säädetty valaistus, että turhat tahrat eivät herättäneet liikoja huomioita.

Hölläsin avokastani pöydän alla ja heiluttelin sitä varpaideni tahdissa. Lämpötila vaikutti illan perusteella niin miellyttävältä, että voisin kenties luopua sukkahousuistani seuraavana päivänä. Löysensin suurta hainhammasta hiuksissani, painelin päänahan kireyttä pois. Musiikki toi vihdoin mieleeni laulunsanan ja toisenkin, vaikka se käsittikin vain instrumentteja. Hyräilin puuttuvia sanoja omassa hiljaisuudessani, ihanaan iltahämärään vaipuneena.

Viiksekäs mies toi pöytääni pippuri- ja suolasirottimen sekä laski eteeni punaviinilasin. Viiniä oli laskettu rennolla kädellä, ja siitä valuva luumunpunainen pisara teki uutta rengasta pöytäliinaan vanhojen joukkoon. En ehtinyt kysyä mitään, kun viiksimies nyökkäsi toiselle puolelle huonetta ja lähti takaisin keittiöön.

En ollutkaan yksin.

Pitkät sormet naputtivat pöytää kuin pianon koskettimia, valpas katse oli suunnattu minuun. Miehen ryhti oli ihailtava ja sai hänet näyttämään huomattavan pitkältä jopa istuessaan. Harva käytti enää hattua sisällä, tai liiviä. Miehen sileät valkoiset hiukset asettuivat kauniisti niskalle hatun alta. Hän kohotti oman vesilasinsa ylös ja nyökkäsi minulle rauhallisesti. Nostin viinilasin suuni eteen ja nyökkäsin pehmeästi. Kieli täyttyi kirsikasta ja punaherukasta. Mies osoitti kädellään kohti pientä lattiatilaa, jonka tajusin tanssitilaksi. Minua hymyilytti, miehen ele, virheetön paidan napitus, suorin ryhti jonka olen kenties ikinä nähnyt kahdeksankymmenvuotiaalla. En ehtinyt vastata mitään, kun eteeni ilmestyi iso lautasellinen pitkää höyryävää spagettia, holtittomasti valuvaa vihreää pestokastiketta ja korillinen valmiiksi murentunutta valkoista leipää. Mies salin toisella puolella nosti kulmiaan ja nyökkäsi kenties hyvää ruokahalua toivottaakseen.

Olin nukkunut lapsen unta vatsa täydempänä kuin aikoihin ja haisin liian voimakkaalta aurinkovoiteelta,

kun yritin nostaa alati nenänvartta pitkin valuvia aurin-
kolaseja takaisin silmieni peitoksi. Olin tutkinut ala-
kerran karttaa ja laskeuduin nyt jyrkkiä puuportaita
alas kohti oletettua rantaa keskellä ei mitään. Hiukset
piiskasivat kasvojani, ja merituuli oli juuri sen hajui-
nen kuin sen pitää olla, täynnä suolaa ja alkukesän loh-
tua. Kuluneet puuportaat lähes huojuivat allani, tai
ehkä huojuin minä, ja kun pääsin alas, hiekka sulautui
osaksi sandaaleitani. Meri pilkahteli dyynien takaa, ja
olin jo nyt virkeämpi kuin aikoihin. Tähänkö se yksin-
kertaisesti perustui, lomaonni, mereen ja aurinkoon?

Kiersin kahden dyynin välistä ja etsin sopukkani pa-
rinkymmenen metrin päästä kimaltavasta sinestä. Mis-
sään ei näkynyt ketään, ja hiekka muodosti ympärilleni
sopivan tuulensuojan.

Kaislamattoa hiekalle ja ohutta huivia päähän, hi-
koilin aurinkorasvaa alustalle, kirjalle ja uima-asulleni.
Mietin milloin olinkaan viimeksi lakannut varpaankyn-
teni. Milloin olin viimeksi tehnyt hiekkakakkuja tai lu-
kenut kirjan kannesta kanteen ulkona. Syönyt illallisen
ulkoilmassa, kellunut vedessä.

En malttanut maata paikoillani, hiekka painoi kyl-
kiäni, ja turbaaniksi solmimani huivi valahti silmille.
Uudet aurinkolasit painoivat korvantauksia, riisuin ne
pois. Meri oli kirkkaampi kuin olisin uskonutkaan ja
veti silmäni viiruiksi. Uima-asuni olkain valahti pai-
koiltaan, ja siristin silmiäni. Meri heitti kuohuvan
vaahdon märälle hiekalle, jostain ilmestyi jalat. Ehdin
nostaa katseeni nuoreen vettä valuvaan mieheen, joka
katosi dyynin taakse yhtä nopeasti kuin oli ilmestynyt-
kin.

En ollutkaan yksin.

Kömmin ylös hiekkaiselta kaislamatoltani ja huo-
masin, että ihoni oli painunut maton kuvioinnin mukai-

seksi. Kiedoin pitkän huivin vyötärölleni ja lähdin kohti merta. Hiekka ei ollut ehtinyt vielä kuumentua aamuauringossa liikaa.

Kurkistin ensimmäisen dyynin taakse, mutta en nähnyt ketään. Kävin kastamassa varpaitani, meri oli kaikkea muuta kuin lempeä, mutta raikasti ihanasti kävelystä turvonneita jalkojani. Lähdin kävelemään viistosti pienten polveilevien dyynien peittämää rantaa pitkin, kunnes näin liikettä. Jalkoja, muhkuraisia rantapyyhkeitä. Nostin aurinkolasit takaisin liukuvalle nenänvarrelle ja kurkistin hiekkasärkän takaa varovasti.

Miehellä ei ollut enää kulunutta paitaa, ei paitaa ollenkaan, mutta tyyli oli tunnistettava. Hiukset kihartuivat latvoista aiempaa enemmän, ja parta oli kasvanut vieläkin epäsiistimmäksi. Rintakehä kaartui huonon ryhdin painosta vähän sisäänpäin, ja kädet olivat lähes veltot. Tajusin miehen nuoremmaksi kuin olin aiemmin lentokoneessa kuvitellut. Nainen oli kenties vielä nuorempi, ja tämän peittona olivat vain pyllyvakoon rypytetyt keltaiset bikinihousut, jotka nekin vaikuttivat poistuvan pian jalasta. Nuorten liikkeissä tuntui olevan jotain valmiiksi opeteltua, mutta kenties siksi heillekin niin tuntematonta. Nainen valutti viimeisteltyjä kynsiään pitkien hiustensa välistä, heitti hiukset olalta toiselle ja peitti miehen ruumiin omallaan. Erotin naisen kuivan kikahduksen, joka sekoittui yllä kaartavan lokin kiljaisuun.

Palasin hiljaa omalle matolleni. Kävin pitkäkseni ja avasin paksun kirjani ensimmäisen sivun. Se kertoi tarinan suljetusta palatsista ja ajasta, jolloin intohimosta kärsisi ne harvat, jotka sitä uskalsi yli ennalta määrättyjen rajojen harjoittaa.

Kitkeräksi päivän mittaan taipunut aurinkovoiteen haju ja nihkeään reiteen tarttunut kimalteleva hiekkatomu oli vaihtunut hotellin lempeään oliivisaippuaan, hajusteettomaan perusvoiteeseen ja puolimustiin sukkahousuihin, joista en näemmä vieläkään osannut luopua. Sammutin viimeisenkin valon majatalosta, heläytin avaimia pienessä portissa ja pian olin taas tutuilla kujillani. Täällä yö tuli tosiaan aikaisin, ja hiljaisuus tuntui jopa syvemmältä kuin kotimaassani, jonka olin uskonut hiljaisimmaksi kaikista. Mutta hiljaisuus oli vain erilaista. Se ei ollut tuttua. Kun heristi korvia, saattoi siitä kuitenkin huomata eri sävyjä. Ensin kissat liukuivat eteeni äänettömästi, mutta muutaman jälkeen saatoin jo aistia seuraavan tulevan kulman takaa. Jossain kaukana aukesi ovi, avoimesta ikkunasta kuului tiskien helinää. Nyt äänet säpsäyttivät joka kerta, mutta seuraavana päivänä ne olisivat jo osa hiljaisuutta, osa korvan muistia.

Tänään viiksimies ei kysellyt enää turhia vaan katosi hiljaa mutistun tervehdyksen jälkeen keittiöön, josta tulvi tuttu valkosipuli. Istuin samalle paikalle ja kohdistin katseeni huoneen toisella puolella varjoissa nököttävään pyöreään pöytään. Sen ääressä ei istunut kukaan. Jäljellä oli vain tyhjä vesilasi.

Piirsin sormellani edellisen illan pöytäliinaan painunutta viinirengasta ja siristelin hotelliin unohtuneiden silmälasieni sumentamaa katsettani seinillä roikkuviin vanhoihin valokuviin, kun tuttu musiikki ilmestyi taas. Viulun poljento alkoi hellästi, kuten edellisiltana, ja kehoni palasi taas keinuvaan rytmiin. Avokas liukui varpaiden heiluessa kokonaan pois, olkapää oli pudottaa olkaimensa. Huomasin vessan oven käyvän, ja tuttu hahmo astui saliin katse minuun heti kohdistettuna.

Valkohiuksinen mies oli tosiaan huikean pitkä, ja vaikutti että aika olisi pysähtynyt hänen kohdallaan jo hyvän aikaa sitten lukiten hänet muutamaa kymmentä vuotta nuoremmaksi. Huomasin seuraavani miehen vaivattomasti lähestyvää olemusta, kun hän kohta jo seisoi edessäni. Vankan näköinen käsi laskeutui eteeni, ja laskin yllätyksekseni omani hänen kämmenensä sisään sujauttaen samalla pöydän alla avokkaan takaisin jalkaani.

Tästä olikin aikaa.

Mutta niin, ilman että ehdin ajatellakaan oikeaa järjestystä, jalat asettuivat paikoilleen, ja keho painui sopivaan muotoonsa. Nojasin miehen pitkää kehoa vasten, ja musiikista tuli fyysistä, näkyvää liikettä, joka taivutti meitä siihen suuntaan, johon oli hyvä mennä. Jalkani löysivät paikkansa miehen askelten välistä ja liukuivat niiden mukana pitkin karheaksi kulunutta tanssilattiaa. Miehen selkä oli lämmin ja leveä käteni alla. Painoin otsaani lähes huomaamattomasti miehen olkaa vasten ja annoin itseni liukua miehen mukana. Hetken oli vain viulu, minä ja mies ja meidät yhdistävä liike. Meidät yhteen lomittava, hetkeensä sulkeva. Uskalsin vilkaista miehen poskea, jonka rypyt olivat lähes huomaamattomia. Valkoista untuvaa puski pienesti korvan takaa, ja mies tuoksui vastahakatuilta haloilta. Ehkä hän oli uudesti syntynyt, vanhaan kehoonsa unohtunut, hymähdin mielessäni hassua ajatusta ja unohduin itsekin omaani.

Kun musiikki taukosi mykistäen tilan ajattomaksi sulaneen hetken jälkeen, irrotin käteni hänen kädestään, ja se tuntui heti liian tyhjältä. Vastasin miehen katseeseen vielä kerran, ja tuntui että hän näki silmillään jotain, mitä minä en ollut nähnyt itsessäni pitkään aikaan.

Kun haparoin pöytäni ääreen, odotti siinä tuttu lasillinen luumunpunaista.

Olin vedessä jo lähes polviin asti. Se sai riittää, sillä tässä vaiheessa vuotta vesi oli vielä turhan kalseaa. Oloni oli tänään erityisen kevyt. Tunsin keinuvani, vaikka seisoin paikoillani. Upotin varpaita syvemmälle vedenalaiseen hiekkaan, tunnustelin kuinka lantiotani keinutti, kuinka kosketus sai sen keinumaan, lähes kellumaan painottomana. Avasin silmät ja katsoin, oliko vartaloni yhä paikoillaan, seisoinko yhä tässä. Aurinko oli valkaissut kehoni yksityiskohdat esiin. Sinertävän suonikohjun oikeassa pohkeessani, hieman muhkuraiset reidet, käsieni kuivuneen ihon. Olin aina viihtynyt kehossani, mutta sen muuttumisen mukana pysyminen oli välillä työlästä. Polvet niskuroivat ylämäissä, levottomat jalat katkoivat aiemmin niin sikeitä yöuniani. Mutta ikinä en kolotuksia sivuuttanut. Yritin huomioida niitä, helliä kapinoivia kehon osia kuin yllättäviä kutsuvieraita. Tässä lämmintä huopaa, rauhallista iltakävelyä. Kuppi kamomillaa ja vähän hierontaa päälle. Tunsin jumituksista huolimatta oloni samaksi kuin aina ennenkin. Minulla ei ollut identiteettikriisejä, eikä minun tarvinnut löytää itseäni uudelleen.

Jokin oli silti saanut minut nousemaan sohvalta seuraavaan lentokoneeseen, joka veisi lämpimään. Niin, ehkä kaipasinkin vain aurinkoa, palaa merta ja rantaa, jotta oloni virkistyisi taas.

Meri huuhtaisi minua lähes vyötäisiin asti, peräännyin rannalle. Peitin ihoni vaaleaa ohuella sifonkihuivilla, joka oli toivottoman vanha, mutta harmillisen käyttämätön. Rantalomat kun olivat jääneet vuosien kuluessa erittäin vähiin.

Olin ajautunut pitkälle suojapaikastani, ja viiltävä valo alkoi jo heikottaa. Pyyhkäisin otsaltani kosteaa ja lähestyin omaa dyynipaikkaani. Ohitin eilisen kuhertelusopukan, mutta ketään ei näkynyt missään. Seuranani oli vain sama lokki, joka raakkui ja kirkui omiaan.

En ikinä nukahtanut päivisin, liitin sen ikääntymiseen, mutta nyt säikähdyksekseni havahduin siihen, että joku oli lähelläni. Säikähdys taisi olla molemminpuolista, sillä kiharalatvainen nuori mies katsoi minua kuin jotain, minkä meri oli huuhtonut rannalle. Miehen ryhti oli samalla tavalla mutkalla kuin edellispäivänäkin, ja hän piteli palamatonta tupakkaa sormiensa välissä kuin rekvisiittana.

– Niin mietin, että olisiko tulta?

Vilkaisin auringon asemaa ja mietin olinkohan oikeasti torkahtanut pidemmäksikin toviksi. Kaikki tuntemani eläkeläiset nukkuivat päiväunia. Otsaryppyni syventyi pelkästä ajatuksesta.

Nostin käteni silmien varjoksi nähdäkseni miehen kasvot paremmin ja päätin olla vastaamatta moiseen turhaan kysymykseen. Kysyin vastavuoroisesti, mitä kello mahtaisi olla. Mies heilautti löysiä harteitaan. Poika ennemminkin kuin mies, tuumin sittenkin, kun katselin hänen lähes paljasta sileää, karvatonta kehoaan. Kuin se olisi kasvanut miehen mittaiseksi yhdessä yössä ja lannistunut lopputulemasta. Poika jäi yhä seisomaan paikoilleen, katsellen ympärilleen tietämättä, mihin suuntaan seuraavaksi pitäisi mennä. Olisin voinut jo toivottaa hyvät päivänjatkot, mutta en saanut sanotuksi mitään. Minulla oli rannan kenties viimeinen varjopaikka ennen kuin aurinko tavoittaisi senkin, ja kaislamattoni oli tarpeeksi iso kahdelle. Tiu-

kensin vyötärölleni kietomaani huivia ja kaivoin ranta-
kassiani.

– Maistuuko..?

Kohotin suolakeksejä ilmaan.

Poika nyökkäsi innottomasti ja valui vierelleni ma-
tolle murustelemaan ennen kuin ehdin jatkaa lausetta.
Tein tilaa väistymällä maton aivan äärilaitaan ja katse-
lin tuon mieheksi venähtäneen pojan kasvoja lähem-
pää. Parta oli kasvanut laikukkaaksi, ja silmät olivat
väsyneet kuin vanhuksella. Poika nojasi omiin polviin-
sa ja tunki keksejä suuhunsa kokonaisina niitä enempiä
maistelematta. Erotin pojan kalpeassa selässä pieniä
luomia.

– Oletko nähnyt täällä ketään muuta tänään?

Poika katsahti minuun ensimmäistä kertaa tarkoituk-
sella, mutta käänsi sittenkin katseensa nopeasti pois.

Puistelin päätäni. – Odotatko jotakuta?

Poika taputteli suurella liikkeellä suolaa käsistään.
Sormet olivat kapeat, mutta kauniit, virheettömät.

– Enpä oikeastaan. Kunhan kysyin.

Nyökkäsin hitaasti, vaikkei poika edes katsonut
puoleeni. Otin puolikkaan keksin suuhuni ja sulatin
sitä kielelläni. Suola ja sokeri sulautuivat yhdeksi ja-
noisessa suussani, ja katselin kuinka uintireissulta po-
jan olkaan jäänyt vesipisara valui hitaasti pysähdellen
aina kainalokuopan kautta kyljelle asti. Märän short-
sinreunan alta paljastui jo rusketusraja. Jokin minussa
sai haluamaan nuuhkaista poikaa hieman. Tänään hän
tuskin haisisi tupakalta.

Kuin ajatukseni kuulleena poika ampaisi yhtäkkiä
ylös – unohdin välillä nuorten nivelien äärinotkeuden –
asetteli tupakan takaisin askiinsa ja sanoi, että pitääkin
mennä.

Tajusin vasta parin minuutin päästä, että kykenin sittenkin haistamaan pojan jälkeensä jättämän tuoksun. Se oli tuttu oliivisaippua.

Olin aina kuvitellut olevani iätön sisältäni, mutta ilmeisesti kasvoni saivat ihmiset kohtelemaan minua tietyn ikäprotokollan mukaisesti. Olin aina ihmetellyt, mihin nämä säännöt oli kirjattu, minkä vuoden kohdalla kuului lausua mitkäkin sanat, luovuttaa penkkinsä vanhemmalle, rouvitella ja mummotella. Missä iässä kuului pyhittää elämä käsitöille ja lastenlasten kuvien esittelylle. Verhota itsensä päästä varpaisiin ja vähätellä, vetäytyä omiin nurkkiin pois muiden tieltä. Antaa tila sitä vaativille, voimalla eteenpäin vyöryville, niille, jotka eivät edes huomanneet meitä.

Katselin vielä hetken vasenta puolta poskestani ja asetin pienen kultakorvakorun paikoilleen. Majatalo oli pysynyt yhtä vaimeana koko ajan, ja mietin pitäisikö minun kohta kuitenkin avata radio, jotten unohtuisi omaan hiljaisuuteeni. Mutta annoin ajatuksen olla vielä toistaiseksi ja asetin avokkaat jalkaan.

Miehen paino tuntui vielä paremmalta kuin olin muistanut. Olin hieman kömpelö, mutta vaikutti että mies ei huomannut mitään. Verenkiertoni oli lähtenyt kohisten liikkeelle, ja haparointinikin peittyi osaksi liikkeiden jatkumoa. Hengitin äänettömästi miehen tuoksua kuin se olisi kevään alta heräilevää multaa. Pehmeäksi kulunut puuvilla tuntui hyvältä poskea vasten. Olisin normaalisti välittänyt muiden katseista, tuntemattoman miehen kosketuksesta, mutta olimme ainoat täällä. Viiksimieskin vietti kaiken ajan keittiössä kuin meitä ei olisi ollutkaan.

Tällä kertaa olimme jatkaneet tutun kappaleemme jälkeen suoraan seuraavaan. Tätä sävelmää en tuntenut, mutta päätin olla vastustelematta liikettä ja kulkea miehen johdattelemana. Tai ei niinkään, vaan miehen mukana, puolikkaana osana liikettä. En miettinyt taipuiko olkapääni tarpeeksi kauas tai pystyinkö asettamaan painoa polvilleni. Minun ei tarvinnut, tuntui että mies tiesi jo valmiiksi kehoni rajat ja liikutti niitä juuri sopivassa kaaressa. Tai ehkä kehoni kaaret olivat vapautuneet rajoistaan. Ehkä sen teki meri tai kenties etelän aurinko – kukaties, ehkä nuorennuin jo itsestään.

Toinen oli vaihtunut jo kolmanneksi, ja jatkoin liikettämme automaattisesti, kun kuulin lautasen vaimean kolahduksen kauempana. Mies vetäytyi hellästi luotani ja nyökkäsi. Katselin hetken hänen vahvaluista, hieman vinoa nenäänsä ja valppaita silmiään, jonka pupillit värähtelivät uteliaina, hyväksyvinä. En nähnyt niistä heijastuvan vanhaa naista.

Valutin ohuita sukkahousujani puoleen reiteen sängyn reunalla istuen, kun kuulin kolahduksen. Alhaalla kävi ovi. En siis ollutkaan yksin. Koska ensimmäisen illan jälkeen talossa ei ollut näkynyt sen enempää siivoojaa kuin muita turistejakaan, hiivin nopeasti huoneeni raollaan olevalle suuaukolle sukkahousut puolitiessä, kun kuulin askeleiden nousevan portaita ylöspäin huonettani kohti. Kurkistin oveni raosta, mutta silmälasien puutteesta johtuen näin vain tummaa hahmoa porraskäytävässä. Kiskoin sukkahousuja ylös sen verran kuin ehdin ja astuin käytävälle.

Hahmo pysähtyi portaiden yläpäähän säikähtäneenä kuin omenavarkaissa oleva lapsi.

– Ai sinä.

En ollut tarkoittanut äänensävyäni pettyneeksi, mutta siltä se vaikutti suusta ulos tullessaan. Laikukaspartainen poika katsoi minua äänettömästi, tunnisti kasvoni ja laski katseensa sitten johonkin haarovälini kohdalle. Tajusin mustien alushousujeni näkyvän ja vedin ryppyyntynyttä mekon helmaa alaspäin samalla kun jatkoin tilanteeseen kuulumattomasti;

– Ottaisitko teetä?

Kysymys oli minulta kerrassaan outo. Join teetä harvoin, ja poika oli tullut majataloon, ei kotiini. Kellokin lähenteli keskiyötä. Toivoin, että harhautukseni haarovälistäni olisi ajanut pojan huoneeseensa, mutta ihmetykseni poika nyökkäsi, joten lähdin astelemaan saman tien alakerran keittiöön kuin olisin ollut sinne muutenkin matkalla.

Revin teepusseista auki kaksi vanhentunutta, mutta varmasti aivan juomakelpoista teetä kuppeihin, ja huomasin, että poika oli istunut jo korkean pöydän ääreen baarijakkaralle ääneti. Haistoin taas tuoreen tupakan. Teekeitin oli vanhanaikainen, ja sillä kesti tovi alkaa kuumentumaan. Kuikuilin kaapeista jotain pikkuleivän tapaista, mutta kaapit toistivat tyhjyyttä.

– Oletko ollut rannalla joka päivä?

Poika nojasi kyynärpäitään pöytää vasten ja nosteli kupissa roikkuvaa teepussia narustaan, vaikka kupissa ei ollut vielä vettä.

En ollut varma, miksi poika kysyi asiaa, mutta minulla oli epäilykseni.

– Eikö ranta olekin rauhallinen, totesin ennemmin kuin kysyin.

En tiennyt, oliko poika ollut minibussista näkemälläni päärannalla, mutta vilkaisu hiekan kokonaisuudessaan peittäviin aurinkotuoliarmeijoihin ja niitä kiertäviin rihkamakaupustelijoihin oli riittänyt minulle sen kokemiseksi.

Poika hymähti tai ehkä vain yskähti. – Liian rauhallinen joo.

Pojan vihreisiin silmiin täplittyi harmaata, ja silmät eivät tuntuneet tietävän mihin katsoa. Väistelivät koko ajan katsetta luullen, ettei toinen osapuoli huomaisi. Muistin tuollaiset pojat vuosien takaa, nuoret miehet, niiden pehmeän ihon ja sanojen painon, mutten yhtään varsinaista sanaa. Olisin yhtä hyvin saattanut olla lähellä tuota, pitkähiuksisen, keltabikinisen tytön tilalla, aikoinaan. Ehkä. Mielessäni aika olisi voinut olla yhtä hyvin eilinen kuin useampi vuosikymmen sitten.

Poika puraisi hieman kuivuneita huuliaan, ja keitin vinkaisi voitokkaasti. Kiersin pojan puolelle baaripöytää ja varoin tämän sormia kaataessani kuumaa vettä kuppiin. Poika nosti alati totisen, tai ehkä vain epäilevän katseensa minuun, ja ehdin ihmetellä katsetta, kun hän laski kapeat sileät sormensa lantioni alapuolelle reisiäni hipoen. Poika ehti juuri vetäistä mekkoni helmaa hieman alaspäin, kun kuumaa vettä valui pöydälle. Kohotin teekannun äkkinäisesti, kun tajusin pojan suoristaneen mekostani viimeisen reisille ryppyyntyneen osan. Huokaisin ääneti mutta syvään, kun käänsin pojalle nopeasti selkäni ja laskin keittimen liedelle. Käännyin katsomaan poikaa, joka yhä katsoi minua kumman raskaiden luomiensa alta. Katsekin oli raskas ikään kuin se vaikeroisi maailman painon alla, mutta epäilinpä moista. Tuo katse meinasi silti saada omankin oloni raskaaksi. Meinasin kysyä jotain harkitsematonta, mutta ehdin hädin tuskin avata suuni, kun poika nousi paikoiltaan.

– Joo, on jo aika myöhä.

Ja niin poika hävisi taas ylös portaikkoon, teekupin pöydälle jättäen.

Nuoret miehet ja niiden tyhjät tokaistut sanansa ja sileä untuvaihonsa. Nuo niin usein muistellut katseet vuosikymmenten takaa. Hirveän vähän aika lopulta muutti, vaikka sitä aina toisin halusi ajatellakin. Huoneessa vedin peittoa päälleni ja olin kuulevinani pojan syvän unihengityksen ohuen seinän takaa. Hetken ajattelin tyttöä minussa ja ohuen seinän takana makaavaa poikaa, viattomuutta, jota tämä ei tajunnut itsessään olevan, ja ihoa, joka kertoi vielä kasvukivuista ja uusista mahdollisuuksista, mutta pidin peiton päälläni.

Aamulla tunsin oloni ahtaaksi omassa kehossani. En ollut nukkunut kunnolla. En tiedä, oliko kyseessä levottomat jalkani vai auringon kiristämä ihoni, mutta kehoni ei malttanut pysyä paikoillaan. Seinät olivat humisseet vierasta sävelmää, nojasin ikkunanpieleen liian aikaisin aamulla ja avasin radion. Kohinaa, sen alta pyrkivää käheää mutinaa, vinguntaa, ratinaa. Vaihdoin kanavia ja virittimen asentoa. Aamusta pörröiset hiukseni tarrautuivat sähköisinä pölyiseen ikkunaan, kenties koskaan pesemättömään, joka heijasti vastahakoisesti kirkastuvaa aurinkoa, taksia ja siihen ison selkäreppunsa kanssa nousevaa kiharalatvaista poikaa. Taksissa odotti kenties toinenkin henkilö, ehkä jo valmiiksi keltaisiin bikineihin pukeutuneena, mutta aurinko esti näkyvyyden, kun auto ajoi jo pois. Radio vingahti ja menetti yhteytensä kokonaan.

Varpaani kipristelivät hiekassa, mutta eivät olisi malttaneet enää kuumaa ja raskauttavaa rantapäivää. Annoin veden nousta ensin reisiin. Katselin, kuinka se kosketti haaroväliäni ja viilensi lopulta vatsaa. Laskin käteni veden ylle, ja rikoin sormillani sen pintaa. Irrotin varpaitani hiljalleen hiekasta ja annoin kehoni liikkua omalle painolleen. Se nosti minut vaaka-asentoon, antoi niskani levätä vedessä, käsieni levittyä sivuille siiviksi. Makasin meressä kuin sängyssä, katselin yhteen punoutuneita pilvenpötkylöitä. Kesti käsittämättömän pieni hetki, kun en tuntenut enää kehoni rajoja tai sen painoa. Tunsin valuvani tuohon kaukaisuudessa leijuvaan pumpuliin, suoraan ulos itsestäni, leijuvani kohti äärettömyyttä. Olin ilmakehän kannattelema, taivaanpinnalla tanssiva. Mieleeni kohisi voimalla kikatusryöppy, laiturit, joista otettiin vauhtia, pusikkopissat, väärinpäin roikkuminen, mansikkamehu ja takut hiuksissa. Mieleeni palasi hyppiminen, roikkuminen, juoksentelu, heittäytyminen, miehen käsivarsille, kehoon, tanssiin ja elämään. Nostin kömpelösti räpiköiden itseni takaisin seisomaan. Sitten enempää ajattelematta, painoin pääni veden alle. Sukelsin.

Ensin kehoni lähes järkyttyi, ja päässäni kuohahti, lisääntynyt verenkierto kenties. Oli kylmää, kohisevaa vastavirtaa, silmiä kutitti, koko kehoni puski vettä vasten, kauhoin eteenpäin minkä jaksoin. Voimalla, aina vain uudestaan, kättä toisen perään ja jalat peräpotkurina, kunnes olin päässyt eroon kitkasta. Käteni rentoutuivat, kehoni eteni itsestään. Sitten tajusin. Minä lensin! Minä suorastaan lensin veden alla! Ja se lento oli pidempi kuin ajassa pystyi mittaamaan. Se lento virtasi kauemmin kuin yksikään lentokone, joka saattoi minut toiselle puolelle Eurooppaa lennättää. Se lento oli minussa, minä liikuin, virtasin, päätin edetä, annoin itseni edetä kuten vesi tai tuuli etenee maailman määräämänä. Ja jokainen solu minussa muuttui ja eli sen maailman mukana.

Olin jättänyt sukkahousuni tuolin selkämykselle. Tänään tanssisin kolmannen, neljännenkin jos mies sallisi. Ei, vaan jos mies jaksaisi tanssia mukanani. Ehkä jopa koko yön. Hymyilin ajatukselleni.

Työnsin oven auki, kuulin keittiöstä kantautuvan kolinan ja laskeuduin istumaan vakipaikalleni nostaen katseeni salin vastakkaiselle puolelle. Pöytä oli tyhjä. Edes vesilasi ei ollut paikalla. Katselin vessan suuntaan. Ehkä kohta. Keittiön ovi kävi, ja viiksimies katsoi minua yllättyneenä.

– Madame.. Senor...no.

Mies näytti vakavalta, liian vakavalta. Pyyhkäisi käsiään keittiöliinaan eikä kysynyt söisinkö mitään. Katsoin pöytäliinaani. Se oli vaihdettu uuteen, enkä erottanut enää yhtään punaista rengasta. Mies seisoi yhä, huomasin vasta nyt syvät rypyt tämän otsalla. Ne tuntuivat syventyvän sitä mukaa, mitä kauemmin miestä katsoin. Tajusin, että tila oli äänetön. Yritin muistella musiikkimme ensimmäisiä sointuja, sitä minne viides askel vei, missä kohtaa kuului vaihtaa suuntaa. Mutta muistin vain valkotukkaisen miehen aikaa nähneet kädet, jotka olivat nostaneet minut keveäksi. Taikoneet minusta rajattoman.

Nostin käsilaukkuni tuolilta, asetin sen olalle ja nyökkäsin viiksimiehelle. Ovi kolahti takanani kiinni raskaasti, ja iltatuuli puhalsi paljaat sääreni kananlihalle.

Ehdin juuri työntää avaimen porttiin, kun huomasin auton. Minutkin huomattiin. Vastaan käveli ripeätahtinen nainen, jonka kasvot ja kireän kynähameen valitettavasti tunnistin. Nainen tuoksui hiuslakalta, puhui nopeasti kynänpäätä levottomasti siniseen mappiin naputtaen ja pyyteli kovasti anteeksi, mutta katsoi minua samalla kuin toruttavaa lasta. Ehkä se minä olinkin. Laumastaan irtautunut, karkumatkalle ehtinyt lapsipahanen. Nousin yläkertaan, vedin sukkahousut päälleni ja napsautin matkalaukun kiinni. Katselin ikkunasta alhaalla odottavaa autoa ja sen kirkkaita valokeiloja, jotka piirsivät pihasta outoja varjoja esiin. Katsahdin radioon ja napsautin sen auki. Tuttua kohinaa, epäselvää puhetta, vinguntaa. Kiersin kanavia kärsivällisesti, kunnes tunnistin jotain tuttua. Mutta siinä se oli, kaiken kohinan alta esiin työntyvänä. Minun liikkeeni, pehmeästi kaipaava viulu, kiepautus oikealle. Askel, kaksi, kolme, taivutus. Taivutin niskaa, nostin käteni kuviteltuun kehoon. Askel taakse, pyörähdys, tunsin käsien pyöräyttävän minua. Kehoni ei pistänyt vastaan, polveni ei kiukutellut, raajani olivat rajattomat. Annoin musiikin soida ja tanssin tanssini loppuun.

Pilvet jäivät kauas alle, vedin torkkupeittoa käsilleni ja hätkähdin, kuinka ruskettuneet ne olivat. Liu'utin hieman sormusta paikoiltaan, ja sen alta paljastui valkoinen rengas.

Stuertti tuli hakemaan tarjottimeni pois, kysyi vielä saisiko olla jotain. Puistelin päätäni.

– Minulle vielä yksi.

Vierustoverini ojensi edellisen tölkkinsä tarjottimen mukana, ja kohteliaasti hymyilevä stuertti laski uuden miehen vatsan päällä lepäävän taiteltavan pöydän päälle. Mies alkoi avata tölkkiä hieman kömpelösti, ja tiesin, että sieltä pirskahtaisi muutama tippa pöydälle. Tartuin tölkkiin ja aloin avata sitä hänen puolestaan. Mies hymyili tottuneesti punaisilla poskillaan. Hänellä oli palanut nenä, jonka olin osannut arvata, mutta hänen välitön hymynsä kertoi hyvin vietetystä viikosta. Tuo hymy sai minutkin hymyilemään, pitkästä aikaa.

Katsahdin miehen rintataskussa pilkottavaan koristeaurinkovarjoon ja tartuin miestä kädestä. Käännyin stuertin puoleen.
– Anteeksi, ottaisin sittenkin lasin punaviiniä.

ELLA

Käännyin harhaan ensimmäisessä risteyksessä.

Hiekkaan oli piirretty reitit. Oli osoiteltu, jyrkkää vasempaa, kahdesti oikeaan. Kenties kolmannenkin. En ollut sisäistänyt puoliakaan, ohjeet herättivät vain kysymyksiä, jotka jätin kysymättä. Olin katsonut majapaikan emännän mutruun rypistynyttä otsaa, kun hän katsoi perääni. Pärjään pärjään, olin toistellut, omalla kielelläni kuitenkin. Käänsin selkäni, en vilkuttanut takaisin. Tiet risteäisivät ja yhtyisivät pienten polkujen avittamina, olin ollut ymmärtävinäni joukosta sanoja, joista en ymmärtänyt yhtäkään. Niinhän se oli tapana luonnossa – jos ei tästä, niin tuosta vähän matkan päästä, yli tai ympäri. Niinhän se oli tosiaan tapana. Pistin jalkaa toisen eteen, uupumukseni talttuisi varmasti pian. Mikä uupumus? taisin lausua ääneen, ja pikkulintu, kovin tutun oloinen, lauloi toistamiseen saman soinnunpätkän. Sirkutin takaisin ja ajatukseni unohtui.

Askel, toinen, etenin ylöspäin soran narskuessa kovapohjaisten kenkieni alla. Sinkoilevat pikkukivet pistelivät pohkeita, joista alkoi hiljalleen erottua vuosien saatossa piiloon vaipuneita lihaksia. Ilma oli raikastumaan päin, huomasin, iltapäivän tuuli oli puskemassa esiin vuorten takaa. Tässä olin, asfaltoidun arkeni kulisseista pois astuneena. Paikasta, jossa minulle oli viitoitettu valmiit väylät ja hallitut hätäpoistumisreitit. Kaikki oli pyörinyt häiriötöntä kehää ympäri, kunnes oli tullut päivä, yksi pieni hetki vain, jolloin kehä rakoili, vaikka olin ollut valmistautunut sinä päivänä johonkin paljon pienempään.

Soratie alkoi pihamaahan piirretyn kartan vastaisesti kaventua rikkaruohojen kuromaksi kinttupoluksi, jota täplittivät sadat pienten kuulien kokoiset ruskeat kikkareet. En sentään ollut harhautunut polulleni ainoana maailmassa. Pysähdyin kurkistamaan kielekkeestä alaspäin korkeuksiani. Rinteistä puski kitukasvuista tappuraa, kuivakkaa heinää ja parsakaalimaisina nuppuina ryöppyävää tiivistä lehvästöä, joiden takana piileskeli metsä. Varmasti joku olisi osannut nimetä kasvin ja puun jos toisenkin, kertoa yksityiskohtia niiden erityispiirteistä. Itse en osannut sanallistaa luonnon jatkumoa. En sitä miksi oksa kasvaa tiettyyn suuntaan ja minne päästäiset pakenevat. Minulle luonto näyttäytyi labyrinttina. Omine salakielineen, maanalaisine rihmastoineen ja piiloviesteineen. Jonain ihmisjärjellä kovin vaikeasti määriteltävänä. Luonnossa tunsin itsekin olevani sellainen, vaikeasti määriteltävä. Aistien mukana ajautuva. Valmiiksi rakennetussa maailmassa puolestaan minulla oli roolini, minulla oli ajatukseni. Ajatukseni, joiden kanssa pyörittiin aina kehää ja palattiin alkupisteeseen. Mutta täällä – kuuntelin taas linnun nelisointuisen lorunpätkän – täällä minulla ei ollut ajatusta yhtäkään.

Pilvet vyöryivät paksuna massana vuoren takaa, mutta rikkoutuivat nopeasti. Joistain yhdistyi uusia jylhiä laattoja, ja jotkut jäivät usvaharsona vuoren laen ympärille pyörimään. Piiri pieni pyörii, lauloin lehdettömällä oksalla laulavalle linnulle takaisin, koska mieleeni ei tullut muuta. Olisin halunnut jatkaa laulamista, jotain mieltä ylentävämpää tällä kertaa, mutta en kerta kaikkiaan keksinyt yhtään laulua. En pienintäkään hyräiltävää sävelmää. Aivan kuin kaikki elämäni aikana kuulemani musiikki olisi hävinnyt minusta pois.

Ajankulku oli aina hämmentänyt minua suuresti. Nuorena oli päättymättömät päivät ja aamun tilalla yö. Oli pikkutunneilla supistut suunnitelmat ja kaikenkattava huominen. Oli toisen jännittävä iho ja siihen sulautuva oma. Kunnes yhtäkkiä aika keikahti, ja tuli päivä jolloin katsoin kalenteria ja tajusin vuorokausien sijaan ohitseni kuluneen jo vuosia. Kauhistuin ja käänsin kalenterin väärinpäin. Ja kohta, ehkä vain omaa huolimattomuuttani, olikin kulunut vuosi, kolme, kymmenen. Ja silloin, aivan tavallisena päivänä keskellä noita vuosia, näin jotakin mikä repäisi minut takaisin niihin menneisiin, joskus pois kuluneisiin.

Huomasin sittenkin ajattelevani, sillä ajatukseni katkesivat, kun edessäni ei ollut enää polkua. Oli vain piikkipuskaa vasemmalla, irtokivien valuttamaa rinnettä oikealla. Kai ne patikointireitit tuppasivat tällaisia olemaan, henkäisin saamilleni sekaville ohjeille ja tartuin rinteestä sojottavaan juurakkoon. Paljaat reiteni tarttuivat johonkin terävään, repäisin itseäni ylemmäs nilkat kierivien kivien päällä muljahdellen. Pilviraon takaa häikäisevä aurinko peitti näkymäni suurilta osin. Jossain kuitenkin olisi uusi polku.

Pyörittelin palluraa sormieni välissä, mutta muistin sitten varoituksen sanat. Olin kavunnut yhteensä kolme epämääräistä rinnettä, rämpinyt heinien peittämän tasanteen ja taitellut muutaman sadan metrin verran terävälehtisiä oksia tieltäni, kunnes olin saapunut jonkinlaiseen laaksoon. Harmaanruskeat tappurat ja kuiva oljenvärinen aluskasvillisuus olivat vaihtaneet väriä, ympärille puhkesivat ikivehreiden puiden eri sävyt. Painelin sormieni välissä oliivipuusta poimimaani oliivia, vaaleanvihreää, mutta muistin emännän elehtimisen ja heitin sen maahan. Ei valmiita, ei hyvä syödä, oli hän saattanut sanoa puita tai puskia osoitellen. Ympärilläni olevat laaksot hengittivät äänetöntä ilmaa. Puiden rungot olivat muhkuraisia, vinoksi vääntyneitä. Tajusin, etten ollut aikoihin kuullut näin syvää hiljaisuutta. Ei kaupungin jatkuvaa kohinaa, tai ihmisten. Ei piippausta, hälinää. Pysähdyin hetkeksi keskelle oliivilehtoa niin ettei enää edes maa rahissut kenkieni alla. Olin kaivanut paksupohjaiset retkeilykenkäni vaatehuoneen uumenista ja karistellut niistä ikiaikaiset uriin kuivuneet mudat pois. Olin ollut aina huono hankkimaan uutta, koska vanhastakaan en osannut luopua.

Läheisessä kuivakassa pusikossa rasahti, ja tajusin harhautuneeni. Askelissani, toki jo alkumetreillä, mutta vielä enemmän ajatuksissani. En ollut tullut tänne ajattelemaan, sillä se harvoin johti mihinkään hyvään. Lähestyin pusikkoa ja näin pystyyn kuivuneiden oksien alta puskevan jotain esiin. Se oli kivi, liikkuva kivi. Oikeammin, se näytti liikkuvalta kiveltä. Kuori muistutti vanhaa kaarnaa, tai ehkä tarkemmin katsottuna ajan kuluttamaa kalliota. Se taittui reunoistaan tasaiseksi, pottamaisen kypärän muotoiseksi. Kuoren alta minua katsoi, vanhoilla silmillään, pieni kurotteleva pää, joka työntyi hitaasti eteen ja taakse. Leuan alla sykähteli liskomainen hengitys. Pussi sisään, pussi ulos. Konna ei kuitenkaan vetäytynyt kokonaan kuoreensa vaan jäi seuraamaan minua. Tai ehkä vain tunnustelemaan iltapäivän miellyttävää kepeyttä.

Minun oloni oli kaikkea muuta kuin keveä. Kurkkuuni oli tarttunut jotain raskasta, nieleskelin, ja tajusin haluavani jatkaa matkaa. Hitaus antoi liikaa tilaa kaikelle, tuumin ja sopersin konnalle muutaman jäähyväissanan. Konna kenties mietti seuraavaa siirtoaan hetkosen, kunnes kääntyi hitaasti vastakkaiseen suuntaan liikkuvaa ikikotiaan kantaen.

Laakso päättyi pian, ja lähdin nousemaan luonnon porrastamaa rinnettä ylöspäin. Poskeeni läpsähtelivät viimeisiään hoipertelevat ampiaiset, ja hutiloiviin jalkoihini tarttui jostain pitkä punainen viiru, jonka huomasin ulottuvan aina puolireidestä lähemmäksi nilkkaa. Jatkuvat korkeuserot tuntuivat jo pakaroissa, alaselkää ja päätä jomotti. Laskeuduin haalistuneiden, harmaanliilojen kanervien ympäröimälle kivelle hetkeksi istumaan, hörpin pullonsuusta vettä. Jalkojeni vieressä kulki pitkä muurahaisvana, jossa joka toisella työläisellä oli itseään isompi kantamus. Katselin putoilevia kuormia, jotka vaihtoivat omistajaa, tiivistä aukotonta jatkumoa. Kaikilla oli oma paikkansa jonossa, muurahaisgeeneihin rakennettu, kaiketi karkean hierarkian määräämä. Eheä, valmiiksi rakennettu maailma. Väistin jalkaani muurahaisten reitiltä ja nieleskelin taas. Silmäkulmaani alkoi kirveltää, pyyhin sitä ja käänsin katsettani pois laskemaan päin alkavasta auringosta. Majatalon pitäjä oli osoitellut tummia silmänalusiani, elehtinyt nukkumista ja selittänyt jotain kiihkeästi. Täällä paikalliset olivat niin intensiivisiä. Kai minäkin olin joskus ollut. Silloin joskus, kun oli ollut ahdas asunto ja toisiinsa törmäilevät tunteet. Oli ollut kaksi nuorta kehoa, jotka eivät levottomuuttaan osanneet pysähtyä paikoilleen. Ja oli ollut reunoistaan repeävät toiveet, jotka paisuivat ja saivat sinun ääriviivojesi muodon.

Vetäisin henkeä, ehkä väärään kurkkuun, ja yskin.

Näin tutun kikkarerivistön vievän läpi läheisen puskan. Pyyhin silmääni tomua kämmenselästäni ja jatkoin matkaa.

Oli vaikeampi keskittyä, kompastelin isoihin käpyihin, ja valtavat havunneulaset tunkeutuivat väljähtäneisiin sukanvarsiini.

Olin nukkunut pitkään, liian pitkään, majatalon pitäjä oli korostanut toruvalla katseella ja kellon osoittelulla. Hän oli huolestunut myöhäisestä lähdöstäni. Kävisin vain haukkaamassa happea. Sitä vartenhan olin tänne asti tullut. Keskeyttänyt arkeni, kauppakäyntini, työni. Tulin haukkomaan happea. Tuulettamaan ajatuksiani, keventämään askeleitani. Ilma ympärilläni oli käynyt vähiin. Olin saattanut sanoa kaiken ääneen, vaikka väliähän tuolla, ei emäntä ymmärtänyt sanaakaan. Asiaa tällä kuitenkin oli paljon, ja sisäistin kaiken, annoin ymmärtää. Ohjeiden lisäksi oli paljon sääntöjä, mitä tulisi tai ei tulisi tehdä. Alueella ei asuisi ketään yhden tai kahden äreän vanhan äijän lisäksi. Olin nähnyt yhden matkani alkupäässä, ajavan ohitseni rumanvihreällä rotiskolla, ikkunasta mustien tuuheiden kulmakarvojensa alta pälyillen. Jo valmiiksi rypistynyttä naamaansa lisää rypistäen. Emäntä oli jatkanut ohjeitaan vielä tovin paluureittiä kerraten. Oliivilehtoa kiertäen pientä polkua takaisin soratielle. Tai ehkä hän oli tarkoittanut jotain aivan muuta. Ehkä keksinkin merkitykset hänen puheilleen itse. Olihan kaikki aika ymmärrettävissä – oli luonto, sen polut ja vuorten harvat asukkaat. Oli laaksot, raa'at puun antimet ja syvät solat, joihin ei kuuluisi astua. Mentiin ylös, sitten alas. Tämän verran ymmärsin, ja sen verran olikin riittävä ymmärtää. Muutenhan kyse oli vain jalan liikuttamisesta toisen eteen. Ja hengittämisestä. Syvään hengittämisestä, lisäsin. Vaikka tästä emäntä ei maininnut mitään.

Olin aina elämässäni pyrkinyt tekemään turhat ajatukset pois. Mutta jokunen tovi sitten, osittain vahingossa, päädyin yhteen niistä hapettomista kuutioista, joihin jo monet olivat päätyneet ennen minua. Hapettomien kuutioiden yhdyskuntiin, joihin unohduttiin sinisen valon ja näppäimistön jatkuvan naputuksen äärelle vuosikausiksi. Kun saavuin työpaikkaan, kuiskuteltiin siellä edelleen työntekijästä, joka oli humpsis vain kadonnut vuosia aikaisemmin. Keskellä kirkasta päivää, omalta työpisteeltään. Tavaroineen päivineen. Kuin häntä ei olisi ikinä ollut olemassakaan. Tai olihan naiselta jäänyt yksi esine jälkeensä, jo reunastaan säröillyt kuppi, töihin tervetulleeksi toivottava, jonka otin paremman puutteessa omaan käyttööni. Tapauksen ympärille oli syntynyt kaikenlaisia teorioita, joista en jaksanut kuunnella yhtäkään. Mietin kuitenkin, mitä työkaverini puhuisivat minusta nyt. En sinänsä välittänyt, heidän puheistaan tai siitä palaisinko. Olinhan vain ollut viikonloppua viettämässä ja jättänyt palaamatta töihin maanantaina. Jättänyt viikonloppuostokseni liian ison supermarketin liian leveälle käytävälle kärryineen kaikkineen ja poistunut maasta.

Lehdet menettivät omiaan ja putoilivat jalkojeni juureen, kun käänsin oksia pois tieltäni. Silmäni osuivat hataraan matalalla heiluvaan puunoksaan, jonka päällä seisoi neljä kaviota. Kuului mussutus. Rahina. Rouskutus. Ruokailijoita oli useampi. Ne olivat huomanneet minut ennen kuin minä ne. Harmaantuneet hapsut liikkuivat leuan alla mussutuksen mukaisesti, eikä syöminen keskeytynyt, vaikka ulkopuolista tulijaa pidettiinkin silmällä herkeämättä. Jäin paikoilleni hyväksi toviksi antamaan ruokailijoille tilaa eväshetkelleen. Ateriointia seuratessani huomasin, että omakin vatsani alkoi kurista, joten hipsin lopulta varovasti eteenpäin. Vuohien talloma polku näytti jo siltä, että se johtaisi jonnekin.

Kävi nopeasti ilmi, että se kuitenkin johti yhä ylöspäin, vaikka reitin olisi kuulunut kääntyä takaisin alas kylään jo kenties tunti sitten. Ei sillä, etteikö täällä auringonlasku olisi kaikkinensa näyttävin sävyjen suhteen. Syömään ja nukkumaan ehtisi varmasti myöhemminkin. Monet kerrat, ikitoistona.

Ilma tuoksui täällä erilaiselta. Se oli erilaista. Ei tuullut. Hieroin polvessani leviävää mustelmaa ja revin läheisestä puusta punaisia marjoja, jotka muistuttivat kovasti aamujugurttini seassa olleita. Kirkkaan punaisia, kirkkaudessaan lähes läpikuultavia. Nämä yksilöt kuitenkin happamoittivat kielen kuivaksi, joten nieleskelin ne nopeasti alas sen kummempia nautiskelematta.

Olin jaksanut korkealle. Täällä olin, kaukana kaikesta valmiiksi rakennetusta, tuosta kylästä, kaukana kaupungeista, kaukana vanhoista vuosista, unohdetuista sanoista. Kaukana pojasta, kuten olin ollut kaikki nämä vuodet. Kaukana siitä tytöstäkin, joka olin silloin kanssasi ollut, luulin. Mutta vaikka väliin mahtui paljon vuosia, varmasti merkittäviäkin, olin noussut jopa kilometrin korkeuteen, minulle tuntemattomalle vuorenlaelle, vain miettiäkseni poikaa, joka oli ollut viisitoista vuotta sitten. Joka oli ollut minulla vain ohikiitävän, mitättömän pienen hetken ajan.

Silloin olit ollut vielä nuori poika, vaikka yli satayhdeksänkymmentäsenttisenä jo miehen mittainen, ja minua pari vuotta nuorempanakin menit jo miehestä.

Muistin yhä appelsiinipuun, jota kerroit hoitaneesi hartaudella, vasta taimivaihettaan kasvavan. Muistin isossa vuoassa olevan makaronilaatikon, jota söimme suoraan vuoasta ketsupin kanssa aamupalaksi sängyn laidalla iltapäivällä. Muistin eriparisen käsialasi, seinällä roikkuvat värikkäillä kynillä kirjoittamasi tehtävälistat. Muistin levottomuuden, kun makasin vierelläsi enkä vielä uskaltanut koskettaa.

Ja siinä sinä olit. Viisitoista vuotta lisää venähtäneenä. Keskellä ylikirkasta pohjattoman pitkää supermarketin käytävää. Tuhansien virheettömiin riveihin aseteltujen turhien tuotteiden ympäröimänä. Ja niiden rivien väliin piirtyi hahmosi menneisyydestä, äänellisenä, kehollisena, kuin välillämme ei olisi kulunut vuotta kummempaa. Mutta minulle sinä olit haamu. Edessäni seisova lihallistunut haamu. Matalaääninen, miehen mittaan ehtinyt poika, joka leikki värikynillä, kasvatteli appelsiinipuuta ja luki tarinoita, joihin minä yritin kirjoittaa itseni osaksi sinua.

Ja kun oikein vaimensin kaikki äänet ympäriltäni, tarjouskuulutukset ja käytävältä toiselle kaikuvat askeleet, ja herkistin korvani vain sinun suuntaasi, kuulin tutun äänen. Matalan soinnun, kielen päälle pyörimään jäävän r-kirjaimen. Nyrjähdin ja ilma ympärilläni tukahdutti minut.

Olin jättänyt kaiken, kärryni, ostokseni, arkeni. Hetkeksi. Syvän hapen haukkaamisen kokoiseksi hetkeksi.

Olin vaipunut makuuasentoon huomaamattani. Hiukseni olivat levähtäneet vuohenkakkakikkareiden joukkoon, mutta katselin vain pilviä. Niissä tapahtui jotain kummia. Ne muodostivat kuvioita, ei sellaisia joita niihin kuviteltiin lapsena, vaan oikeita selkeitä kuvioita. Yksi pilvistä, kenties pienin, kurotteli kupolimaisen kuoren alta pilkottavaa päätänsä. Konnahan se siellä. Tämä konna oli nopeampi kuin aiempi. Se suorastaan juoksi taivaan pintaa puolelta toiselle, kunnes katosi kauas horisonttiin, näkymättömään syvyyteen. Ehkä se oli lähtenyt karkuun lohikäärmettä. Tai ei, ehkei sentään, tavallinen käärmehän se taisi oli, joka taivaalla luikerteli. Auoin kuivunutta suutani ja hölskytin vesipulloni tyhjää pohjaa. Iltapäivän aurinko oli tainnut olla kuumempi kuin olin osannut aavistaa. Lohikäärmeet olivat jo vilkkaaltakin mielikuvitukselta hieman liikaa.

Huomasin astelevani varjossa, koko laakson peittävässä varjossa. Aurinko oli laskenut suurimman vuoren taa, ehkä taruhahmot eivät näyttäytyisi enää reitilläni. Kuin tilauksesta solisi lähellä puro, joka hetken sitä tuijotettuani alkoi kohista aaltomaisesti meren tavoin. En jaksanut ravistaa roskia pois, kun kauhoin vettä yhä kuivuvaan kurkkuuni ennen kuin virta yltyisi liikaa. Yskähdin ja tunsin piston sydämessäni asti. Tuntui, etten ollut tuntenut siellä mitään pitkään toviin. Aikoinaan olin luullut, että se oli hyvä pitää apposen auki, jotta oikea asukas löytäisi helposti kotiin. Mutta se olikin sinä joka olit tuntunut siltä, jännittävältä uuden tuoksuiselta kodilta. Päivisin piirsit pieniä kuviasi, iltaisin kiipesit hiilitehtaan torneissa. Minä varastin vuorokausiesi hukkatunteja ja kuuntelin nukkumaan mennessä väärin lausumiesi runojen painoa. Muistin pöydälle jättämäsi piirrokset, yhden isoa sikaa esittävän, jonka sait myytyä, vaikka olitkin vasta vain poika. Katselin kuviasi, pyysin sinua näyttämään niitä minulle yhä lisää, vaikka en ymmärtänyt niiden ideaa. Mutta sinä otit ne vakavasti, ehkä liian vakavasti nuoreksi ihmiseksi, taisin sanoakin, mutta et kuunnellut minua.

Olin ehkä tunnekuohun vallassa. Tai ehkä koetin selittää sinulle tunteitani, mutta todennäköisesti väärällä tavalla. Tai vääriä tunteita kaiken kaikkiaan.

Edessäni oli reitin korkein ylämäki. Viimeinen. Kenties purovesi auttoi, tai lepo, mutta askeleeni muuttuivat hurjan kevyiksi. Toisaalta, olinhan kävellyt ennenkin, ei kai tämä toimintana niin uutta ollut. Lyhyessä hetkessä olin noussut reitin korkeimpaan kohtaan, suorastaan hypähdellyt, loikkinut ilmaa halkoen. Päässyt korkeammalle kuin majatalon emäntä olisi varmasti uskonutkaan, kuin mitä itsekään olisin uskonut. Mutta tässä seisoin, uutta voimaa saaneilla jaloillani, ja katselin alas laaksoihin jääneitä ryöppyäviä parsakaalikekoja. Ne irtoilivat puistaan kuin voikukan lentoon lähtevät haituvat, kiepahtivat ilmassa ja tarttuivat uusiin puihin. Kummaa, todella kummaa. Taisin olla väsynytkin, pyyhin silmiäni, mutta tällaisista asioista olisi turha nyt välittää. Olinhan päässyt omine jalkoineni ja käsineni näin korkealle. Katsomaan vieraalta vaikuttavaa maailmaa linnun vinkkelistä. Ehkäpä mikään ei ollutkaan kummallista. Ehkä asiat näyttivät täällä korkeuksissa juuri tältä, hieman vinoilta, oudosti liikkuvilta. Väärään suuntaan väärällä tavalla kulkevilta.

Katselin sitä nurinkurista maailmaa, mutta se lisäsi pääni jomotusta. Katselin luontoa liian harvoin. Usein ulkoillessani huomasin katsovani ajatuksiani, en ympäristöäni. Oli ehkä liian tutut kadut, tai liian tutut ajatukset. Sinua olin poikennut ajattelemaan vain harvoin. Yöhikesi tuoksua, karheankutittavia viiksikarvojasi. Öisin olin pyrkinyt syliin, mutta oli ollut kesän kuumuus ja nihkeät ihot. "Joudutaan nukkumaan kuin vanha aviopari", olit sanonut ja kääntänyt selkäsi minuun. Parhaiten kuitenkin muistin äänesi. Se oli täsmälleen sama kuin olin kuullut, hätäisesti kurottelevilla korvillani, supermarketin käytävällä kaksi päivää sitten. En ollutkaan keksinyt sinua päästäni, mietin silloin ostoskärryä puristaen, olit todellinen. Olit ollut kaikki nämä vuodet. Ehkei mikään ollut muuttunutkaan sinussa? Ei ainakaan äänesi. Äänesi, joka kutsui minua nyt takanani.

Käännähdin ja katselin takanani olevaa tietä. Tien päässä olevaa puiden naamioimaa pihaa. Jostain pilkisti savupiippu, ja kuulin nyt äänen uudestaan. Se olikin vieras, mutta lähdin silti määrätietoisesti kävelemään sitä kohti. Jostain syystä se huusi nimeäni.

Saavuin pihaan niin ripein askelin, että ne yllättivät jopa minut. Talon eteen oli parkkeerattu tuttu, kenties viimeisiä henkosiaan yskähdellyt rumanvihreä auto. Huomasin, että ääni kantautui talon takaa. Kiersin kulunutta, vanhaa kivitaloa ja sitten näin tutut hahmot. Jollakin kilisi kello, ja jonkun kaviot köpöttelivät kiltisti, toisen niskuroiden, takaisin aitaukseen. Jotkut puolestaan näyttivät suorastaan hypähtelevän, tekevän kuperkeikkoja ilmassa, ihmettelin. Joku mutusteli vielä viimeiset vähät kuivahtaneet lehdet puhki nakerretusta pusikosta, toinen näykki sieltä hattaraa ja töräytti ilmoille naukuvan naurahduksen, kunnes astui takaisin kotiinsa. Seurasin näkyjä kummastuneena. Mies sulki huteran aitauksen oven ja pysähtyi tuijottamaan minua. Hänelläkin oli mustat tuuheat kulmakarvat, kuten aiemmin autossa näkemälläni miehellä, mutta oli silmin nähden nuorempi. Vankkarakenteinen, pitkäselkäinen, mustasilmäinen. Hänen käsivartensa kiilsi hikeä retkottavien hihojen alta.

Ja en tiedä miksi, mutta lampsin miehen ohi ja astuin sivuovesta sisälle taloon. Ovi oli kumma, se ikään kuin liikkui, kiemurteli etsien muotoaan, kun astuin siitä sisään. Paikallasi, ovi, paikka! olisin halunnut komentaa, mutta se nyt olisi vasta kummallista ollut.

En tiedä hämmensikö määrätietoisuuteni enemmän miestä vai minua, mutta tartuin pöydällä olevaan paahtoleipään, joka sattumoisin osui näkökenttääni, ja aloin levittää sen vierellä olevaa appelsiinimarmeladia leivän päälle. Kansi oli jäänyt auki, ja purkin sisältä lennähti sokerihumalainen kärpänen kauas karkuun. Mussutin murenevaa leipää kuin olisin kuolemassa nälkään tuijottaen samalla sisälle astunutta miestä silmiin. Outoa kyllä, en silti tuntenut vatsassani nälkää. Mies kohautti lopulta olkiaan, laski jääkaapista vesipullon pöydälle, kenties minulle, ja lähti peseytymään. Kuuntelin kylpyhuoneesta veden lorinaa ja päätin asettua hetkeksi taloksi.

Miksipä ei, kurkkasin makuuhuoneeseen, jossa nyt ei ollut paljon nähtävää. Oli puoliksi maahan valahtanutta harmaanryppyistä peittoa ja sotkuisia vaatekasoja. Oli verhoton ikkuna, jonka takana vuohet naureskelivat maukuvalla soinnillaan. Kuin olisivat lauluja luritelleet. Kummaa, tuhahdin ja jatkoin takaisin keittiöön syömään toisen leivän. Marmeladissa oli yksittäisiä appelsiinin paloja, se oli vain vaivoin keitetty. Se muistutti enemmän puolivalmista hilloketta. Rennoin käsin murskattua.

Mies törmäsi minuun astuessaan ulos kylpyhuoneesta. Asunto oli pieni, ja kurkin paraikaa eteisen komeroon etsien vessaa, vaikka juurihan olin nähnyt kuinka mies oli kylpyhuoneeseen mennyt. En ymmärtänyt miksen saanut asioista tolkkua. Työnsin miehen märkää kehoa hieman syrjemmälle ja lampsin ison vesipullon luokse. Join sen lähes kokonaan. Mies katseli sivusilmällä, vuohenkikkareiden tahrima t-paita puolimärkään ihoon tarrautuneena. Katselin takaisin ohi-

mennen, miehen mustia takaraivoon käpertyviä niska-
hiuksia. Hänessä oli jotain kaukaisesti samaa kuin au-
tossa olleessa miehessä, mutta oli kolmekymmentä
vuotta nuorempi, pidempi, isompi. Jopa lempeämpi,
vakavien kulmakarvojensa alla. Hän katsoi minua osit-
tain sillä viattomuudella, jolla poika oli minua muinoin
katsonut. Hän pyyhkäisi pieneen käsissään olevaan
pyyhkeeseen nopeasti hiuksiaan ja ojensi sen sitten mi-
nulle. Hän ei tuntunut tietävän mitä sanoa. Epäilin, että
kielitaitomme ei mahdollistaisi paljoakaan sanottavaa,
joten nappasin pyyhkeen ja suuntasin vessaan. Istuin
samantien pöntölle ja laskin pitkän pissan. Kylpyhuo-
neessa ei ollut paljoa kehumista, huomasin, mutta har-
voinpa niissä oli. Oli kellastunutta lavuaaria, roiskeista
peiliä ja suihkusuutin jätettynä pöntön vesisäiliön kan-
nen päälle. Vessapaperia ei ollut. Puristin viimeisenkin
pisaran ulos ja vedin shortsit takaisin päälle. Nousin
ylös nähdäkseni vain oman kuvajaiseni peilistä. Silmä-
kulmien ympärillä oli mutaista tomua, vasemmassa
poskessa pitkä naarmu, ja huulet olivat kuivuneet lähes
rohtuneiksi. Näyssä oli jotain kummaa, kuin kasvon-
piirteenikin olisivat muuttuneet. Yritin koskettaa peiliä,
vaikka tarkoitin ehkä koskettaa kasvojani. En jaksanut
peseytyä ja heitin pyyhkeen lattialle, kun en muuta-
kaan keksinyt.

Nyt kuulin miehen äänen ensimmäistä kertaa kun-
nolla. Totta tosiaan. Sen matalahkossa, puolittain suu-
hun vaimeaksi jäävässä soinnussa oli jotain samaa kuin
pojan äänessä oli ollut. Ja se kutsui minua taas. En jää-
nyt miettimään, mistä mies tiesi nimeni, vaan menin
hänen luokseen. Hän oli avoimen sivuoven luona, laski
ämpärillisen vettä pihalle ja katsoi minua taas puoliksi
kummastuneena. Mutta kummastusta kuitenkin peitel-
len. Aivan samoin kuin poika oli tehnyt. Oliko kaikki

maailman pojat samanlaisia?

Mies astui takaisin sisälle, ja minä astuin askeleen hänen suuntaansa tömähtäen hänen kehoonsa kuin aloittelija paritanssitunnilla. Tuntui, etten yhtäkkiä tiennyt, mihin olisi loogista astua missäkin tilanteessa. Ei väsyttänyt, mutta jostain syystä haukottelin miehen partaan. Se raapi hieman, työnsin otsaani siihen uudestaan, kunnes raavinta alkoi tuntua enemmän kutinalta. Pehmeämmältä, hellivämmältä.

En nyt jostain syystä jaksanut miettiä, mikä tilanteessa olisi ollut normaalia käytöstä, kun ikkunankarmitkin heiluivat yhtä kurittomasti kuin ovenkarmi. Miten pystyisin käyttäytymään normaalisti, jos talon rakenteetkaan eivät pysyneet paikoillaan. Huomasikohan mies oudot ajatukseni, nostin katseeni ja tuijotin ehkä liian pitkään hänen silmiään kymmenen sentin läheisyydeltä. Mies taisi huomata ja rikkoi hiljaisuuden sanomalla jotain vaimeasti. Ja vaikka kuinka yritin, kuulin vain pojan sanat. Ne moneen kertaan unohdetut, ne kielen päällä r-kirjaimen kadottavat, painavan muodon saaneet sanat. Halusin hetken juopua pojan sanoista, juopua hyvää humalaa. Antaa niille uusi merkitys. Uusi iho.

Kiepautin tomuiset sormeni miehen paidan alle ja vedin paitaa ylös puoliselkään asti. Painoin korvani hänen selkäänsä ja päätin kuunnella sieltä hetken kadotettuja vuosia. Mies avasi taas suunsa puhuakseen. Näin sivusilmällä hänen suunsa liikkuvan, mutta en kuullut hänen ääntään. Kuulin vain pojan äänen. Mutta nyt ääni sanoi minulle asioita, joita en muistanut kuulleeni. Olin muistanut pojan vaitonaisena, maailmaa puolikkaissa lauseissa pohtivana. Minun tunteitani vaivoin sulattelevana. Mutta todellisuudessa hän olikin puhunut. Hän oli puhunut sanoja, joita minä en ollut välittänyt kuunnella.

Makasin hirveän epämukavalla sohvalla ilman haisevaa paitaani, jonka olin syystä tai toisesta viskannut kaaressa huoneen nurkkaan. Se oli lentänyt riemuisasti halki ilman siivet saaneena. Näkiköhän mies saman? Miehen paksujen kulmien väliin piirtyvä ruttu syventyi entisestään, ja muistin kuinka autossa näkemälläni vanhemmalla miehellä oli ollut samanlainen. Muutenkin samoja piirteitä erottui, mutten muistanut äijän kasvoja niin hyvin. Hänen poikaansa katsoin kuitenkin mielelläni. Toivoin, ettei äijä pääsisi yllättämään meitä, ja kuuntelin kuinka vuohien nauru oli jo muuttumassa heleäsointuiseksi sävelmäksi, huippuluokan orkesterin virittelemäksi konsertiksi. Kuulikohan mieskin sen? Haukottelin omiani, ja mies tajusi vihdoin tulla luokseni. Taisin viittoilla hänet siihen. Hänen silmänsä etsivät sijaa, kuin kohteliaisuuttaan, aivan samoin kuten muistin pojan tehneen.

Mietin mitä olisi tapahtunut, jos poika olisi nähnyt minut supermarketin käytävällä. Kääntynyt pois ja jatkanut muropaketin valintaa? Vai tunnistanut minut ja pohtinut ankarasti, oliko asiaankuuluvaa tervehtiä? Tai ehkä hän näkikin, äkkinäisesti kääntyvän hahmoni ja ulos pyrkivät sanat suupielessäni.

Tuijotin tuuheakulmaista miestä vastausta odottaen. Hänen paitansa röhnötti yhä puolitiessä keskivartaloa, paljastaen vatsan tummaa kiharaa. Kutittelin sitä. Kuin tunnustellen minulle uutta kosketuspintaa. Mies oli liikkeissään hidas, istui sohvalla vaivoin, etsi jäykkänä ryhdilleen sopivaa asentoa. Ehkä ruumiillinen työ sai hänet vanhentumaan ennen aikojaan.

Vuohet ulkopuolella jatkoivat soittimien lailla soivaa lauluaan, joka oli jo maailmanluokan konserton tasolla. Laskin käteni miehen reidelle rauhoitellakseni hänet siihen. Ja sitten, tuon soinnikkaan määkimisen keskellä, muistin vihdoin laulun. Laulun, joka tuli hirveän kaukaa. Jota oli joskus laulettu lohtua antamaan, mutta joka ei ollut saanut oman suuni muotoa. Yllätyksekseni muistin silti kaikki sanat, joka ikisen. Ja yhtäkkiä minä lauloin. Minä lauloin kuuluvasti laulun omalla kielelläni, siinä tummasilmäisen miehen edessä, kielellä, jota hän ei ehkä koskaan ollut kuullut. Lauloin menneisyydelle, menneisyydestä, luulin ensin. Mutta katsoessani miestä, jonka silmät olivat pelkkää omaa tulkintaani, tajusin pian laulavani vain itselleni. Laulavani omia muistojani pelkästään itselleni, sellaisina kuin olin halunnut ne muistaa, vielä viimeisen kerran.

Ajankulku oli aina hämmentänyt minua, kyllä. Tällä hetkellä, kun makasin reunoistaan irronneen lakanan rypistämällä sängyllä katsoen aaltoilevaa kattoa, se hämmensi minua enemmän kuin ehkä mikään ikinä ennen.

Kuulin pojan sanat, jo moneen kertaan menneisiin vuosiin hukkuneet, täysin selkeästi viidentoista vuoden takaa. Pystyin kuulemaan jokaisen sanan tavu tavulta yhä uudestaan. Omani, sinun. Ne kimpoilivat seinältä toiselle, karkasivat kattoon asti, paisuivat suunnattomiin mittoihin ja repeilivät liitoksistaan. Ja ehkä et ymmärtänyt silloin, että viisitoista vuotta myöhemmin minä makaisin tuntemattomalla vuorella, kilometrin korkeudessa, oikukkaassa talossa, joka heilui ja huojui aaltoilevan merenpinnan tavoin, ja muistaisin joka ikisen sanan, vuosia kasvattaneilla korvillani. Sanat, jotka kumisivat nyt oudon tyhjää kaikua, kiireessä keksittyjä karkuteitä. Sanat poksahtelivat ilmaan yksi kerrallaan, kuin niitä ei olisi ikinä ollutkaan, ja sitten kuuntelin vain hiljaisuutta. Näin hahmosi enää hetken. Olit pitkä ja lihaisa, kuten tämä muukalainen nyt vieressäni, poika, joka vasta ihmetteli aikuisuutta.

Käännyin katsomaan hiljaa silmät kiinni vierelläni makaavan miehen selkää ja muistin pojan ääriviivat, jotka muistuttivat niin kovasti tämän miehen vastaavia. Olin eksynyt muistelemaan niitä vuosien varrella vain harvoina harhahetkinä. Mutta nyt näin ne ensimmäistä kertaa selkeästi. Ääriviivat, jotka kun oikein katseeni niihin keskitin, rakoilivat ja rikkoutuivat kuin joeksi yltyvä puro, jonka liikkeistä ei ottanut tolkkua. Ääriviivat, jotka minä olin huomaamattani sinulle piirtänyt. Piirtänyt jo valmiiksi ennen kuin olit elämääni saapunutkaan.

Paahtoleipä oli jo kuivahtanutta, mutta mursin siitä silti puolikkaan. Söin sen ilman liian makeaa marmeladia. Mies oli jäänyt makuunurkkaukseen. Joko hän nukkui tai esitti nukkuvansa.

Yhtä kaikki, minun oli jo aika lähteä. Ääriviivat alkoivat hälvetä, ja kaikki näyttää pikkuhiljaa erilaiselta. Vilkaisin vielä mustanharmaata karvaa, jota puski sängyllä makaavan miehen ison korvanlehden uumenista, vuosikymmenien rypistämiä syviä poimuja otsassa. Yläselkää, joka oli ajan saatossa taipunut kumaraan. Kehosta leijaili tuoksu, jota en enää tunnistanut. Suljin oven takanani nopeasti. Astuin aamuaurinkoon, nyökkäsin vuohille, jotka katselivat minua vaimeina kuin eivät olisi koskaan mitään äännähtäneetkään. Mutta minä en uskonut moisia. Kiersin talon, loin viimeisen katseen ruostuneeseen myrkynvihreään autoon ja puistelin sinut pois päästäni kuin unen rippeet. Kuin kaiun, jota olin hyräillyt päässäni vääristyneenä liian monen vuoden ajan.

Astuin selkeälinjaiselle polulle, joka lähti jo ensim-
mäisillä askeleilla kaartamaan alas laaksoon. Kävelin
ja kävelin enkä nähnyt merkkiäkään viettävistä rinteis-
tä, orjantappuroista tai jalkaan jumittuvista juurakoista.
Ne jäivät joillekin muille teille, jonne harvat eksyivät.

Laskeutuessani alaspäin hiljaisuus ympärilläni alkoi
kadota. Vaimeat tööttäykset ja uutta aamua toivottavat
haukahdukset kantautuivat aina ylös vuorille asti.
"Ella, ellaaaa!" joku huusi, jos toinenkin, nimeäni. Tul-
laan, nyökkäsin. Mutta en kiirehtinyt, sillä nouseva au-
rinko oli vasta maalaamassa maailmaa hereille. Hie-
roin silmääni, jossa kirvelsi vielä hieman edellispäivän
tomu. Sitten yskäisin ja avasin omankin ääneni rintei-
den lomaan niin kuuluvana kuin ikinä pystyin;

– Tullaan! Täältä tullaan!

SINISILMÄ JA NATSUKI

Talvi

Kevät oli ollut vain aavistus, kun saavuin ensi kertaa. Syystä tai toisesta, en muistanut päivästä paljoakaan. Muistin, etten meinannut ohjeista huolimatta löytää perille. En ymmärtänyt tienviittoja, tietenkään, ne olivat minulle vain pieniä vieraita merkkejä. Ehkä jouduin etsimään koko aamupäivän enkä muistanut, miten otit minut vastaan. Muistin hämmennyksen, epävarman alun. Ensin en oppinut lausumaan nimeäsi, en koko kylän nimeä. Olinhan vain ohikulkumatkalla. Ymmärsin olevani kenties väärässä paikassa, mutta en antanut sille suurta painoarvoa, tarvitsinhan vain lyhyen yön, johon painaa hetkeksi pääni.

Kolmannen päivän kohdalla olin oppinut jo nimesi, sinä et omaani. Aloit kutsua minua itse keksimälläsi nimellä, Sinisilmä, kamppailtuasi vieraskielisten vokaalien kanssa ensin pitkän tovin. Mutta noista ensimmäisistä päivistä täällä muistin kunnolla vasta viidennen. Tarkemmin, muistin vain illan. Se oli poikkeuksellisen kirkas.

Olit laskenut viimeisen kattilan kallelleen liinan päälle ja olit aikeissa vetää verhon lasioven eteen. Pysähdyit katsomaan ylös ja yllättäen avasit oven, vaikka kylmä puhalsi välittömästi sisään. Mutta viikkokausien pilvimassat, ne olivat hävinneet, kerroit. Kallistimme jäykät niskamme takakenoon. Kirkas, puhdas taivas näytti meille monet tähtensä, joista osasin jokusen nimetäkin. Mietin hetken ennen kuin avasin suuni.

– Luulenpa, että tuolla...näetkö alaspäin kaartuvan kauhan. Tuolla, kuin soppa valuisi pois.

– Niinkö? ihmettelit vetäen silmiäsi tiukempaan viiruun ja nostit kätesi silmiä varjostamaan kuin jokin häikäisisi sinua.

Osoitin ensimmäistä löytämääni kuviota, kohta löysin toisen. Tapailin sen kulkua kotvan aikaa, kunnes löysin karanneet tähdet. – Tuolla, näetkö pyrstön. Ja tuolla pitkän kaulan.

Kuuntelit täydellisen hiljaa, kun kerroin tähdistä sen, minkä osasin. Pidin välillä pitkiä taukoja ja ajattelin, että kyllästyisit. Sitten mieleeni muistui yhtäkkiä taas jotain, otaksuttavasti ajalta, jolloin minua oli moiset asiat, avaruus, äärettömyys, oma pienuuteni sen kaikkeudessa, kiinnostaneet.

– Tuoko? osoitit taivaalle kymmenien, kukaties satojen tähtien suuntaan. – Tuoko tuon kirkkaan luona?

Etsin hetken ja osoitin muutaman sentin, valovuoden, toiseen suuntaan.

– Näetkö nuo kolme? Niistä vasemmalle.

Siristelimme pitkään. Valopisteet värisivät, haihtuivat, ilmestyivät uudestaan, yksi kerrallaan.

– Joku laittaa valoja päälle ja pois, jossain hyvin kaukana, sanoit yhtäkkiä katse tähdissä. – Ilmoittaa kaukaa tulevalle tien kotiin.

Pysähdyin ajatukseen ja tuijotin taivasta liikkumattomana. En muistanut enää yhtään tähtikuviota ja olin pitkään hiljaa. Niin sinäkin. Ja siinä hiljaisuudessa, viltin alla, kun huomasin istuneeni patiolla vierelläsi illansuusta ehkä pitkälle alkavaan yöhön, nenänpää kylmyydestä kohmeisena, tajusin, että en ollut vielä muistanut jatkaa matkaa.

Asetin pöydälle kupit. Olit täyttänyt ne riisillä, retikalla. Kurkkasin muihinkin, mutta en osannut nimetä ainesosia. Pyörittelit chiliä juureksissa ja hyräilit kömpelösti, ehkäpä kokeillen moista ensimmäistä kertaa. Pian keittiössä sammui sihinä, ja hiljaisuuden laskiessa erotin pientä huhuilua ulkoa. Katsoin vaistomaisesti lasiovesta ulos, mutta näin pelkkää mustaa. Unohdin kuinka aikaisin pimeä laskeutui.

Istuit lattialle ja asetit loput kupposet pöydälle. Poimit puikoilla pienen riisikasasi päälle pikkelöityä vihannesta toisesta kupista. Olit aina yhtä keskittynyt, teit suurta päätöstä sen suhteen maistaisitko ensin pikkelssiä, kalaa tai ehkä sittenkin kaalia.

Nostin liemikupin suulleni ja hörppäsin. Poltin huuleni saman tien. Laskin kupin nopeasti matalalle pöydälle suutani pidellen. Aloit nauraa.

– Sinulla on kissan kieli, sait sanottua ja laitoit riisiä suuhusi hykerrellen. Nauroit hersyvästi kurkun pohjastasi saakka, mutta lopetit pian kuin joku olisi painanut naurun pois kauko-ohjattavalla säätimellä. Rikoin syömäpuikoilla sievästi riisikeon päälle ripottelemasi ruohosipulisilpun kuvion, koetin viedä liukkaita riisejä puikoilla suuhuni. Pääsi oli painettuna ruokasi ylle, tikkusuorat hiuksesi varjostivat puolet kasvoistasi, huomiosi pysyi tiukasti ruoassa. Minä seurasin oven alta verhoa heiluttavaa viimaa, karkuun päässyttä pölypalloa. Puikkojesi kurkottelua pienten kuppien päällä. Eleitäsi, eteenpäin kaartuvia olkapäitäsi, keittiönurkassa kattilan pohjalla kuivuvaa ylimääräistä riisiä. Katselin kaikkea, mikä eteeni sattui, vaikka ei varmaan olisi ollut tarkoitus. Katselin niitä kuin ne olisivat hetken päästä poissa minusta.

Asettelit yötä aloilleen. Minä unohduin yleensä toviksi keittiöön. En löytänyt astioiden paikkaa, ja tilaa oli liian vähän kuivaamiseen. Kenties viivyttelin tahallani, olin ollut aina huono panemaan maate. Huono asettumaan taas yhdeksi yöksi aloilleni.

Etsin hammasharjaani pitkään. Sitä ei löytynyt tyypillisestä paikastaan purkamattoman laukkuni sivutaskusta. Lopulta menin pieneen vessaan pesemään kasvoni ja huomasin, että harjani nojasi peilin edessä omaasi vasten.

Kun laskeuduin taas liian paksun peiton alle ja kuulin hengityksesi asettuvan vaimeaksi, korisevaksi kuorsaukseksi, tiesin sulkea silmistäni päivän ajatukset pois ja painua samaan unettoman unen tilaan.

Räystäs päästi muutaman tipan niskaani, kun hapuilin jalalla kenkiäni. Olit asettanut ne taas vierekkäin siistiin riviin oven eteen, omasi ja minun. Näky rauhoitti minua, ja tunsin mielihyvää, kun sujautimme ne samaan aikaan jalkaamme.

Sinä yritit haistella heräävää kevättä, yön kostuttamaa metsää, mutta laiskasti poistuva talvi piirsi puut harmaina siluetteina pilvistä taivasta vasten. Näissä metsissä saattoi kuulemma nähdä jäniksiä, kettujakin, olit kuullut.

– Mutta kaikki nukkuu vielä samaa unta, huokaisit lehdettömien oksien suuntaan kurkkien, kaiketi talviuniin viitaten. – Puutkin, lisäsit ja laskit kätesi vanhan männyn syväuurteiselle, tummanharmaalle pinnalle.

– Kuin vanhan miehen rypistynyt iho.

Katsahdin vielä mäntyä, mutta vaikka kuinka käytin mielikuvitusta, näin vain puun, en vanhusta.

– Katso! kiljahdit. – Puutkin tarvitsee lämpöä!

Hieman kauempana näkyi toinen, paksumpi havupuu, jonka keskirungon päälle oli aseteltu monivärinen, kudottu kauluri, kuin ihmiselle ikään. Talvehtiva puu. Kurkottelit josko löytäisit lisää puettuja puita ja hihkaisit, kun näit kohta toisen. Hymyilin, kun elehdit käsilläsi tohkeissasi ja pysähdyit katsomaan puuta pitkään mietteissäsi. Halusit ehkä kertoa jotain, muttet löytänyt sopivia sanoja. Mutta joskus minusta tuntui, että unohduit vain hetkeksi pois. Odotin aina tovin, mutta sitten saatoin yskähtää kuivaa ilmaa hihaani tai ottaa muutaman kahisevan askeleen poispäin. Ja lopulta irrotit karanneen katseesi.

– Sinäkin tarvitset kaulurin, nauraa kikatit, ja hieraisin paljasta kaulaani, jonka viileys tuntui sormissani. Iso pilvi oli kerrostunut yllemme, ja ensimmäiset pisarat tuntiessamme kiirehdimme askeleemme takaisin turvaan.

Aamu piirsi hitaita minuutteja, piirsi sinun käsiesi liikkeen häilyvänä vauhtiviivana halki ilman. Katselin tuota liikkeen viipyilevää leikkiä kuppien, pannun yllä, kuinka sormesi sirottelivat näkymätöntä suolaa herätellen itse aamunkoittoa hereille. Sormesi tapailivat ilmaa ja käväisivät pikkuruisten kuppien yllä kuin soittaisivat pianon koskettimia kuiskauksen korkeudella. Puikot, joilla sekoitit ruokaa ja kääntelit vihanneksia pannulla, kohosivat kapellimestarin sauvan lailla, määräsivät keittiön tahdin, aamun etenemisen. Ja vain minä, vain minä olin ainoa, joka sai kuulla pienen aamusävelmäsi.

Varvassukkien kahina toi sinut pöydän äärelle, jossa jo odotin aamumme avausta. Ja niin, pieni puraisu kerrallaan, raotimme sitä, nuolaisimme sen makeaa huulen päältä. Ikkunan pielestä taipuva valonsäie venyi pitkälle, osui sinua yllättäen kasvoihin.

– No kevätkö se siellä meinaa jo kurotella, ehdit juuri sanoa ennen kuin täytit suusi munakkaalla.

Mutta ei ollut vielä kevään aika, uskoin, aamu vain oli noussut aikaisin uniltaan. Noussut sinun ääniesi kutsumana. Sinun sormiesi tahdin seuraamana.

Nostin yhteisestä kiposta omaan kuppiini munakoison siivun, katselin sen paksun mustan kuoren suojelemaa rypistynyttä lihaa ja laskin sen kielelleni. Suuhuni levisi välitön karamellin maku. Kotvan pureskeltuani venyvää toffeemaista palaa, tunsin inkiväärin piston kitalaessani. Nostin kuppiini heti kaksi lisää, joista toinen tippui puikoistani pöydälle. Tee oli jo jäähtynyt haaleaksi keittämiseni jäljiltä, mutta et vieläkään huomauttanut asiasta. Annoit minun olla käsiesi konserton, jokapäiväisen ateriamme, heikkotasoinen harjoittelija. Annoit minun kattaa väärin, asettaa puikot nurin kurin ja keittää teen liian kuumaksi tai haaleaksi. Annoit minun asettaa väärä rytmi arkeesi.

Katsoin käsiäsi, jotka nostivat neljännenkin ruttuisen munakoison kuppiini. Kuin olisin virheellisenäkin huomiosi arvoinen.

Rullasin jo makuualustaa auki, kun huomasin sinun jääneen jonnekin. Illat olivat vielä kylmiä, ja pidit ovet visusti kiinni, mutta nyt näin hahmosi patiolla. Kutsuin nimeäsi, mutta et kuunnellut. Kuuntelit jotain muuta. Astuin taaksesi ja tunsin heti koleuden. Tähyilit ylös, vaikket varmasti nähnyt mitään. Olin sanomaisillani jotain ja sitten kuulin sen vaimeana. Huu-huuu --.

– Kuulitko? sanoit ennemmin kuin kysyit.

Kuulin sen kaukana, mutta en enää toista kertaa. Sinä odotit ja odotit kuin kyseessä olisi ollut kauan odotettu viestintuoja. Mutta mistäpä minä tiesin, ehkä se olikin. Ehkä osasit lukea sellaisia viestejä, joista minulla ei ollut tietoakaan.

– Se on tullut tänne pitkän matkan.

Tunsit tietävän, mistä puhuit. Muuttolinnuista, annoit ymmärtää, mutta tuskin kuitenkaan. Kehosi seisoi valppaana, mutta mielessäsi olit muualla. Välillä epäilin, että näin oli suurimman osan ajasta. Minulle se kuitenkin riitti. Olin käväisijä, väärään taloon eksynyt kulkija, ja olin kiitollinen pelkästä toisen kehon olemassaolosta.

Kuuntelin vaimeaa kuorsaustasi toisen seinän luota. Laskin päiviä, kuinka moneksi olin tänne jäänyt. Olin vältellyt aihetta, eihän minulla ollut syytä pysähtyä. Toisaalta, matkan määränpääkin oli saattanut hämärtyä jossain vaiheessa. Olit ollut yksin mahdollisesti jo pitkään, olin huomioinut. Kaikkea tuntui olevan yksi kappale. Yksi peitto, yhdet syömäpuikot. Olit kuitenkin mukautunut nopeasti ja tehnyt minun oloni täällä mahdolliseksi, vaikka olinkin vain pikainen läpikulkumatkalainen. Ehkä olit silti halunnut auttaa.

Ensimmäisenä aamunani, olin jo pakannut laukkuni valmiiksi ennen aamupalaa. Ehdotit kuitenkin heti aamiaisen jälkeen, että menisimme hakemaan torilta bataattia lounasta varten. Uusi erä oli juuri saapunut. Jätin laukkuni huoneen nurkkaan ja lähdin kantoavuksi.

Bataattipataa oli jäänyt yli lounastarpeidemme iltaruokaakin varten. Kuorin sen luumunpunaista kuorta pois ja aloin paloitella makean tuoksuista sisusta kulhoihin. Olin tullut keittiönurkkaan varoen. Olit osoittanut minulle vähäeleisesti pöydän kattamisen, mikäli osasin lukea eleitäsi oikein. Mutta olin tuntenut oloni avuttomaksi odottaessani pitkään ruokaa sinun kolistellessa montaa kattilaa. Tulit välillä tarkastamaan tilanteen ohimennen ja asetit vierelle uuden pienen kulhon, jos olin sotkenut edellistä yli äyräiden. Nostelin pikkuruiselta työtasolta pois bataatinkuorikasaa ja haistoin tahmeissa sormissani siirapin ja perunan yhdistelmän.

Pysähdyin jokaisen lammikon kohdalla, painoin jalkani hennon jääpeitteen päälle. Hetkisen seurattuani vaivoin jään alla liikkuvaa vettä, kuuntelin pinnan räsähtävän. Sinä hidastit aina, että ehtisin takaisin luoksesi. Puhalsit käsiisi lämpöä, ja hengityksesi höyry viipyili kasvojesi edessä muistuttaen pientä omistaan eksynyttä pilvenhattaraa.

Emme etsineet näinä alkukevään päivinä mitään. Kävelimme yleensä saman tien, joka kiersi läheisen metsäalueen viertä. Yritit kurotella alkavia nuppuja ja huokasit, että ei vielä tänäänkään. En tiennyt, miksi odotit kevättä erityisesti, mutta oletin sen olevan tapa. Kohti lisääntyvää valoa, kohti pientä uutta alkua. Minä en osannut hakea uuden alun merkkejä. Puita, oksia, maata oli liikaa, ja ne muodostivat silmissäni vain ison massan jotain, mihin en osannut kohdistaa huomiotani. Yksi puu oli korkea, toinen paksu, en osannut irrottaa metsää tai luontoa osiinsa enkä tarkastella niitä monimuotoisina ilmiöinä, ajan jatkumoina.

Siksi hämmästyinkin joku päivä, kun tajusin, että olin aamuisin huomannut vihreän nupun aivan ovesi ulkopuolella. Varoin aina päätäni sen kohdalla, ettei se raapaisisi kasvojani. Mutta kesti monta päivää tajuta, että siinä se oli.

Vaikka en muistanut loppuvan talven kohmeesta montaakaan yksityiskohtaa, muistin ilmeesi, kun osoitin nuppua sinulle. Uuden alun ensi merkki. Se oli ensimmäinen päivä, kun aloit puhua muustakin kuin saman tien kulkemisesta päivästä toiseen.

Kuja kapeni entisestään. Selkäsi kaartui hieman etukenoon astellessasi päättäväisesti edelläni, mutta välillä pysähdyit katsomaan jotain. En ollut varma mitä näit, mutta itse näin korkeintaan aavistuksia. Aavistus kissanhännän varjosta. Aavistus savusta, joka puski takimmaisen katon piipusta. Aavistus kengistä, jotka kopisivat koko ajan kauemmas viereisellä kujalla. Kaikki oli riisutun hiljaista. Syvälle seinien sisälle suljettua. Kuvittelin asukkaita pieniksi hiiriksi, jotka puuhastelivat, rapistelivat ja kokosivat pientä pesäänsä mahdollisimman hiljaa ja luikkivat nopeasti piiloon, mikäli kuulivat lähestyvän hahmon. Ja kenties olin väärässä, mutta silti olin melko varma käveleväni päivästä toiseen elämäni äänettömimpiä katuja. Jostain kantautuva tuulikellon kilahdus rikkoi äärihiljaisuuden. Pysähdyit kuuntelemaan sitä vakavana, kunnes ääni hiipui äkkiä. Vedit pipoa punertavien korvalehtiesi päälle ja kiirehdit kylmyyttä.

Olin jäänyt jo hieman jälkeen, kun yksi taloista kiinnitti huomioni. En ollut kävellyt tästä aiemmin. Talossa oli silti jotain vaivoin tuttua, ja jäin tuijottamaan sen koukeroista kylttiä. Huomasin tunnustelevani taskuni pohjaa. Nostin minulle kirjoitetun ryppyisen paperipalan tulopäivältäni ja vertasin sitä kyltin nimeen. Kesti hetken käydä nimi läpi merkki merkiltä, mutta lopulta se täsmäsi. Olin siis ollut eksynyt majatalosta kolmen korttelin verran.

Kevät oli ottanut takapakkia. Olit innostunut liikaa, poikennut uudelle reitille pidemmäksi aikaa. Iltapäivän koleus olikin tullut jo aikaisin, ja olit niiskuttanut koko yön.

Sekoitin velliä vielä kerran, kun kutsuin sinua ylös. Olin noussut ensimmäistä kertaa ennen sinua. Olit palellut paksunkin peiton alla, joten olin jättänyt sinut keräämään lämpöä. Laskin ison kulhon eteesi pöydälle. Iskit heti lusikkasi siihen ja nostit riisivelliä suusi eteen puhallellen pahimpia höyryjä pois. Olin ottanut oman peittoni lämmikkeeksi pöydän alle ja asetin sen jalkojemme päälle. Tunsin jalkasi sen alla nojaamassa omaani vasten. Lusikoin pienestä purkista aprikoosipikkelssiä ja laskin sitä lusikallani ison nokareen riisivellisi päälle. Kauhaisit sitä heti lusikkaasi. Mietin milloin olin viimeksi hoitanut jotakuta näin, mutta olin huono muistamaan. Jokainen uusi päivä söi aina vanhoja, kunnes jäljelle jäi vain pala sieltä, toinen tuolta.

Hymähdit syvään ja nyökyttelit puuron maulle, tai ehkä enemmän aprikoosille. Kauhaisit lusikallasi pikkelssipurkkia ja sekoitit sitä reilusti minunkin puuroni joukkoon.

Kevät

Kuuntelin aamun kolahteluja, tunsin sen kirpeyden. Maistoin etikan ja makean riisin kuin olisin jo monta minuuttia kehoani edellä. Nousin ylös ja venyttelin selkää suoraksi. Lakanan rypyt olivat piirtyneet iholleni taas. Paksu peitto kuumotti vielä yön muistoja varpaisiin.

Sain taas tehdä teen, vaikken ymmärtänyt vieläkään sen päälle paljoa. Tiesin silti valita oikean pannun ja pyörittelin hetken käsissäni vispilää, pientä keramiik-kakulhoa.

Oli liian aikaista avata pation ovea, mutta kurkistin silti pienesti ulos sen raosta ja annoin kevään torua liian aikaista heräämistä, nipistellä poskiani. Mutta tunsin silti herääväni paremmin näin, kun kevät kertoi, mitä oli tulossa.

Maiskuttelit riisiä ja ryystit teetäni, vaikka tiesin sen olevan liian kitkerää. En taaskaan muistanut mitata veden lämpötilaa.

Sinä hyräilit rullatessasi makuualustaa, minä pesin kattilaa.

Avasimme oven aamuun, ja astelit nopeasti pihan poikki. Tuuli toi tuoksuja jostain kauempaa. Se vaiensi pihan luumunkukkapuut, antoi niiden nukkua tänään pidempään. Tuntisimme niiden tuoksun taas päivemmällä, palatessamme takaisin.

Katselin oksien päällä kimaltelevaa aamukastetta ja kuvittelin, kuinka vain hetki sitten oksat olivat kannatelleet pörrösulkien alla lämmitteleviä pikkulintuja, vaalean huurteen peittäminä. Mutta onneksi vuodenajat vaihtuivat armollisesti, päivä kerrallaan.

Ilma oli erityisen raikas, ja valo alkoi levitä oven raosta asuntoon aamupäivän edetessä. Olit jo uskaltanut avata ovea patiolle, ja minä istuin sen raossa nuuskimassa aikaisen aamusateen herättämää multaa. Kuulin pienen vispilän käyvän kulhon pohjalla, ja sokerisen mustapavun imelä tuulahdus levisi asuntoon. Päivä päivältä aloin hahmottaa päiviemme kulkua näin, tuoksu kerrallaan. Seinällä ei ollut kelloa, ja unohdin usein tarkistaa ajan. Osasin silti asettaa toistuvat toimet, pienet arjen äänet tiettyyn tuntiin, ja rakentaa niistä päivän kaaren. Aamun ja iltapäivän välitila oli minulle mieluisin. Aamu oli saatettu käyntiin, torilla käyty ja ilma oli raikas, lempeä. Illallisen kuumat höyryt olivat vielä tuntien päässä. Tällaisena hetkenä huomasin, etten ajatellut mitään. Mennyttä minun oli muutenkin vaikea jäsentää, ja tulevaisuus tuntui vieraalta, kuin jonkun muun elämään puuttumiselta.

Istuit pöydän ääreen ja asetit kuppimme. Puraisit heti leivoksesta puolet pois. Pienet sokerimurut täplittivät pöytää. Tuoksuit makealta, mutta ehkä se oli vain leivoksesta pilkottava paputahna. Minä vasta maistoin teetä varovaisesti, kun pyyhit jo sen viimeiset voimakkaan vihreät tilkat kämmenselkääsi suusi ympäriltä.

– Maistuuko?

Hätkähdin kysymystäsi, et ikinä kysynyt minulta ruoan mausta. Olin aikeissa vastata, kunnes ehdit jo jatkaa. – Pitäisikö mennä tänään joenuomaa pitkin?

Käsitin oman hitauteni, kun leivos seisoi yhä koskemattomana pikkuisella lautasella, ja sain teetä vaivoin alas. Vaikutti että olit jo valmis astumaan ovesta ulos.

Olimme valvoneet edellisyönä pidempään. Sinä olit ollut levoton, olin huomannut viime päivinä. Yritimme keskustella siitä, mutta taitomme olivat rajalliset. Kerroit ensimmäisistä kukinnoista, joita halusit päästä näkemään. Ihmettelin aluksi, sillä olit kävellyt nopeasti ohi jo näkemiemme kukkaan puhkeamassa olevien puiden ohi. Puhuit toisesta kylästä ja jotain sen kukintojen erityispiirteistä. Katsoit koko ajan muualle, harvoin minua kohti. Yritin löytää sanoistasi merkityksiä, mutta joskus ne olivat minulle liian vieraassa muodossa. Halusin silti ymmärtää sinua, olla läsnä.

Olit nähnyt painajaisia sinä yönä, vaikeroinut korahdellen. Minä olin noussut, kyyristynyt huonoon asentoon kiertyneen kehosi viereen lattialle. Olin laskenut käteni hitaasti otsallesi ja tuntenut ihosi ensimmäistä kertaa, varonut herättämästä. Ihosi oli ollut viileähkö. Hiuksesi olivat kiertyneet sotkulle puolet kasvoistasi peittäen, ja suusi oli puolittain auki. Olin ollut tuntevinani hengityksesi makean, ja se toi yllättäen mieleeni jotain tuttua. Tuntui että olisin ollut oman lapsuuspetini äärellä. Mutta minun lapsuudessani ei nautittu paputahnaa.

Olin palannut omalle patjalleni ja kuunnellut vaikerointiasi, kunnes se oli madaltunut syväksi hengitykseksi.

Mietin yhä ehdotustasi joenuomasta, sillä en uskonut, että puhuit enää päiväkävelystä. Olin nähnyt merkkejä. Ensin huomasin sen esineiden vähyytenä. Kaikkea oli kovin rajoitetusti. Asunnossa olevat tavarat olivat yleisiä käyttöesineitä, kuin ne olisivat vain lainassa tai eivät kuuluisi erityisesti kenellekään. Kuin kenenkään ei olisi tarkoituskaan muodostaa niihin tunnesidettä. Asunto oli myös ahdas ja tuntui olevan koko ajan valmiustilassa. Kuten sinäkin. Valmiustilassa poistumaan. Joskus yritin kysyä jotain aiheeseen liittyvää, mutta pian keskustelun edetessä, kun ihmettelit kysymyksiäni silmät ymmällään, mietin puhuinko sittenkin vain itsestäni.

– Haluatko lähteä pidemmäksi aikaa?

Et ollut ymmärtävinäsi kysymystäni, kuten olin odottanutkin, ja ehdotit, että pakkaisimme pari rasiaa evästä mukaan ikään kuin olisin ollut huolissani verensokerin laskusta. Tällaisina hetkinä toivoin, että meillä olisi ollut parempi kieli. Parempi ymmärrys toisiimme. Mutta tosiasia oli, että me olimme ne, jotka olivat kielemme luoneet. Me loimme sen rajoja tiukkaan suppuun ympärillemme. Ja tähän asti, se oli toiminut parhaiten niin. Emme ikinä suunnitelleet tulevaa, emme edes seuraavaa päivää, enkä olisi edes uskaltautunut moiseen. Meillä ei ollut liitosta toisiimme, emme jakaneet samaa verta, emme edes yhteisymmärryksessä toisiimme sidottua elämää. Olin vierailija, mutta kun käsitin, että tämä talo oli sinullakin vain väliaikaiskäytössä, päättelin, ettei minun ehkä tarvinnut perustella päätöstäni jäädä tänne. Ainakaan niin kauan kuin sinä et sitä kysynyt.

Katseessasi oli epäröintiä, mutta minä suostuin silti. Olit puhunut aiheesta kierrellen kaarrellen. Kertonut laaksosta, sen kymmenistä kukkaan puhkeavista puista ja ilmasta, joka oli siellä erilaista. Ollutko joskus, olin halunnut kysyä, mutta annoin asian olla sellaisena kuin sen esitit.

Silmäilin samaa puuta kenties kymmenennen kerran. Sinä huomasit siinä heti muutoksen. Osoitit sen kaarnaa ja puhuit niin nopeasti jotain, etten saanut yhteen tarttuvista sanoistasi selvää. Minä en huomannut mitään. Puu seisoi silmissäni aivan samana kuin ennen, luultavasti jokusen lehden lisää puskeneena, mutta yhtä kaikki samana puuna. Olimme kävelleet tämän tien jo liian tutuksi. Mutta asuntosi tuntui pienenevän päivä päivältä. Seinät kuroivat sitä umpeen, eikä ilma päässyt sisään eikä ulos. Tarvitsimme lisähappea. Päivä oli alkanut kuumentua jo aiemmin.

Aikaistimme kävelyitämme yhä varhaisempaan aamuun, mutta huomasin kainaloideni kostuvan jo reitin puolivälissä. Astuit yleensä pari askelta edelläni, ja hiekka rahisi askeltesi alla vain aavistuksen kuin et painaisi juuri mitään. Kurottelit ylös, tunnustelit lehtiä tai tarkastelit pää kumarassa maata, tien viereisiä kasveja. Joskus osoitit uuden kukkalajikkeen, vieraslajin, joka oli eksynyt tänne muualta. Minä näin vain keltaista, sinistä, punaista. En osannut nimetä niistä yhtäkään. Kävelimme yhä samaa tietä emmekä poikenneet yhdellekään sitä halkovalle sivupolulle. Olimme kuitenkin alkaneet palata talollesi hieman eri reittejä. Olimme yhä naapurustossasi, mutta tunnuit epäröivän käännöksissä monen risteyksen kohdalla. Joskus joku naapureista ohitti meidät nopeasti kadun toista vierustaa pitkin, mutta et tervehtinyt ketään. Mietin joskus olitko ehtinyt kulkea näistä kaduista yhtäkään ennen kuin olin eksynyt luoksesi.

Laskit isoa takkia pois kapeilta harteiltasi. Puit sen päällesi joka aamu, vaikka palatessamme hiuksesi olivat tarttuneet niskaasi hien kostuttamina. Hieraisit hiusten alta ulkonevaa korvaasi kuulostellen jo etukäteen keittiön ääniä. Ehkä ne kertoivat sinulle valmiiksi, mitä tänään syötäisiin. Bambunjuuri odotti pöydällä, ja pyörittelit sitä käsissäsi hetken ikään kuin joku olisi sen siihen unohtanut. Kaivoit pussista muita torilta ostamiamme vihanneksia ja asetit pannun levylle.

Lounaan jälkeen iltapäivä liikkui seinillä vaivoin etenevän etanan tavoin, ja minä seurasin sitä sivullisena. Tiesin, että omat soluni liikkuivat samoin kuin tuo valo. Vereni kohisi, ja minussa kasvoi uutta, hävisi hiljalleen vanhaa pois. Mutta en saanut omasta kehostani kiinni. Annoin sen vain nojata seinään, se ei tuntunut jaksavan kannatella kaikkea, mikä sille olisi kuulunut. Kuuntelin päiväuniltasi kantautuvaa raskasta hengitystä. Katsahdin kaapin raosta kurkistavaa laukkuani ja käänsin katseeni hitaasti pois valoon, joka pinnisteli vielä hetken seinän pielessä. Eikö olisi aika, Natsuki, kuiskasin ääneen. Eikö olisi jo aika siirtyä eteenpäin.

Seesaminsiemenet levittivät paahteisen maun kielelleni puraistessani niitä.

Puuhailit taas lähtöä, mutta minä en pitänyt kiirettä. Tiesin mistä tie alkaisi ja mihin se päättyisi tänäänkin. Kuvio oli selvä, mutta en osannut rikkoa sitä. Puhuit sivulauseissa laaksostasi, sen poikkeuksellisesta lintukannasta. Niityistä, joissa riisiviljelmien korret nousisivat leukaa kutittamaan. Laaksosta, jossa pilvet kehystäisivät illan tullen purppuranpunaisen auringon, joka laskeutui vuorten peittoon viipyillen, yön kainaloa kaivaten. Puhuit kauniisti, ehkä kuvitellusti, mutta tiesimme, ettemme menisi laaksoon tänäänkään. Eväsrasiat pakattaisiin puoliksi, mutta sitten tummat pilvet saapuisivat taivaalle. Tai eväitä ei ollut tarpeeksi, porkkanapikkelssi oli jäänyt puuttumaan tai kananmunat ostamatta torilta. Ehkä nilkkasi oli taipunut kipeäksi yön aikana tai huono ilma asettunut keuhkoihisi. Kenties kadotin monen sanasi merkityksen ja siksi en ymmärtänyt. Mutta lopputulema pysyi silti samana. Ei tänään, ehkei huomennakaan.

Annoin sinun puuhata eväsrasiat puolilleen, kunnes pysähdyit ajatuksissasi ja lopetit niiden täyttämisen. En kysynyt enää mitään, nousin vain tiskaamaan astioita antaen ajan kulua omiaan.

Joku aamu kysyit, miten päädyin tänne. Olin odottanut pelolla kysymyksiäsi, vaikka harvoin kysyit menneestä. Luultavammin pelkäsin omia vastauksiani. Sitä, etten osannut vastata mitään. Tai sitä, että en osannut muistaa. Sen tiesin, että ainakaan yksin minun ei ollut tarkoitus tänne tulla, mutta olin lopulta löytänyt itseni täältä, jonkun toisen tallomille teille eksyneenä.

– Eksyin risteyksessä, vastasin, ja vaikket tuntunut olevan tyytyväinen vastaukseen, kenties kyseenalaistitkin sen, nyökkäsit ja hyväksyit vastauksen vaiti.

Sinä päivänä olit tavallista hiljaisempi. Mitä pidemmälle päivä kävi, huomasin odottavani ääniäsi. Sinä sait kupit ja kulhot kilahtamaan, kattilat käymään tasaiseen porinaan. Sait pation oven narahtamaan ja päästämään sisään uuden ilman. Sinä loit uudelle päivälle jatkuvia merkityksiä, olemassaolon todisteita, joista päivä ammensi tarmolla eteenpäin. Kyllä, nämä äänesi saivat minutkin olemaan osa rakentamaasi aamua, venyttämään aikaa hitaaseen iltapäivään, vetämään henkeä illansuussa kohti yötä tikittävien tuntien tahtiin. Ja aloin tottua siihen liikaa, pelkäsin, nyt enemmän kuin koskaan ennen, kun äänesi alkoi hiljalleen hiipua.

Huomasin vältteleväni sinuun katsomista. Sinä et varmasti edes huomannut, mutta minua se vaivasi. Jaoimme ateriat kuten ennenkin, mutta jokin puuttui. Hengitimme eri ilmaa, väärässä rytmissä, huolimattomin vedoin.

Yritin nostaa huokoista monikerroksista munakkaan palaa puikkojeni väliin, mutta se liukui kerta toisensa jälkeen takaisin riisin joukkoon.

Olit alkanut väistellä arkea. Kävelyilma ei ollut otollinen, tuskin tänäänkään. Ja pääsi paino, alati lattiaan laskeutuva katseesi, painoi minussa liikaa. Olit paikoillesi pysähtynyt, puikkojesi liike hidastunut puoleen. Mietin tätä, hetki hetkeltä välillämme ilmat itsestään puristavaa tilaa.

Olinko menettämässä jotain, mikä ei minulle alun perin kuulunutkaan.

Tartuin puikoillani aprikoosipikkelssiin, lempilisukkeeseesi, ja asetin sitä varovaisesti sinun kuppiisi. Silmäilit sitä hetken, hymähdit ja nostit sitten suuhusi. Päästit aina tietynlaista ääntä, kun maistoit jotain erityisen hyvää, pientä maiskutusta. Lisäsin tyytyväisenä pikkelssiä omaankin kuppiini, vaikka se oli makuuni turhan imelää.

Olimme jättäneet pation oven auki, jotta paikoillaan polkeva ilma vaihtuisi edes hieman. Tuuli oli yltymässä iltaa kohti ja alkoi pyörittää ilmaa asuntoonkin. Se tarttui hiustenlatvoihisi, kiepautti niitä päälakesi yllä ja laski takaisin. Annoit vireen viilentää ja otit puikoillasi lisää pikkelssiä. Tuuli alkoi kiertää pienessä koppimaisessa tilassa kehää, puhalsi pölyä nurkista ja kolisutteli toisiaan vasten lepääviä kattilankansia. Huomasin vilkaisevani sivusilmällä, kun tuulenpuuska tarttui toistamiseen kasvojasi usein varjostavista hiuksistasi ja raotti silmiesi suuntaa, suupielesi kaarta.

Hämmennyin, kun en tunnistanut näitä piirteitä sinussa. Katseesi oli painunut pois, ja suusi pakotti puraisuja, tunnuit olevan vain puoliksi paikalla. Hartiasi kaartuivat eteenpäin lannistuneen haarniskan tavoin. Miten en ollut huomannut sinua tällaisena. Olisiko minun pitänyt yrittää enemmän, pakata eväät puolestasi, asettaa kengät jalkaasi. Osoittaa tie laaksoon, jossa en ollut ikinä käynyt, jota ei ehkä ollut olemassakaan.

Tuuli tarttui kevytrakenteiseen asuntoon yhä kovemmin, mutta en jaksanut nousta sulkemaan ovea. Puikkosi kävivät hitaasti kuppien yllä, tuijotin lähes koskematonta riisiäsi pitkään. Yhtäkkiä puikkosi pysähtyivät ilmaan, ja niihin kiepauttamasi merileväsuikaleet tiputtivat soijakastiketta tippa kerrallaan pöydän pinnalle. Pysähdyin tuijottamaan mustanpuhuvia tippoja kuin ne osaisivat kertoa minulle mistä oli kysymys, kun yhtäk kiä yksi terälehti laskeutui niiden päälle. Ja toinen riisikeon joukkoon. Nostin katseeni ja näin kosteat silmäsi, jotka olivat jähmettyneet paikoilleen, puikkosi olivat yhä pysähtyneenä puoliväliin suuta.

Ja sitten katsoin ympärilleni. Kymmeniä, hattaranpunaisia pumpulimaisia kukkia pyöri ja leijui vimmatusti ympäri asuntoa tuulen puskiessa niitä sisään lisää ja lisää. Ne laskeutuivat syliimme, hiuksiisi, ruokamme joukkoon. Ne leikkivät kuurupiiloa, laskeutuivat ja ponkaisivat taas ilmaan kieppuen pitkin asuntoa kuin olisivat keskellä huvipuistoa, alkukesän karnevaalia.

Nappasin yhden käteeni ja tutkin sitä läheltä. Sen herkän ohuita terälehtiä, korkeuksiin kurottavia heteitä. Kukka lepäsi kädelläni hetken ja tarttui sitten tuuleen, yhtyi osaksi karkeloita. Kohtasin jähmettyneen katseesi, joka itki äänetöntä itkuaan, ilman kyyneltäkään. Jossain niin kaukana, että sitä oli mahdotonta kuulla.

En enää jaksanut laskea näitä kevään päiviä, vuorokausien vaihtumisia. Tuntui, että elin sarjan tunteja, joissa sinun huokauksesi muuttuivat hetki hetkeltä raskaammiksi. Kuikuilit yhä metsän vierustan kukkia, mutta sanoit harvoin mitään. Huomasin odottavani tarinoitasi, pieniä arjenmurusia. Mitä vain, sinun kertomaasi. Odotin jopa tarinoita kaukaisista laaksoistasi. Pöllöistä, jotka huhuilivat kadotettuja muistojaan. Silmiä häikäisevistä kirsikankukkapuista, jotka päästivät tuhannet vaaleanpunaiset terälehtensä tanssimaan kevään viimeisen tanssin. Täyttämään keuhkot kauneudesta pitkän suloisen tuokion ajaksi. Joskus uhrasin ajatuksen, toisenkin, sille pienelle kylälle kauniiden kumpuilevien laaksojen ympäröimänä. Purppuraisina kohoavien vuorten suojelemana. Laaksoille, paikkaan, jonne minun ei tarvitsisi matkata yksin. Paikkaan, jonne olisin

kutsuttu matkaamaan kanssasi. Mutta paikoilleen py-
sähtyneestä katseestasi näin, että laaksot pysyisivät
yhtä kaukaisina kuin ne olivat olleet tähänkin asti.
Sivulauseisiin kadonneina muistoina, joita yritettiin
pakottamalla pitää vielä hetki elossa.

Odotin mitä vain kertomaasi, kysyin jopa ohitta-
mamme koivun kukinnoista. Osoittelin puiden kaar-
naa. Pysyit kuitenkin lähes vaiti pitkälle iltapäivään, ja
jossain vaiheessa minuutit lakkasivat vaihtumasta tun-
neiksi, aamut keskipäiviksi. Venytin aikaa tarkoituksel-
la, poimin lattialle pudonneita riisinjyviä yksitellen, la-
kaisin eksyneitä muurahaisia ulos.

Tämä hiljaisuus toisti jotain, mitä en enää muista-
nut, ja halusin rikkoa sen. Mutta en keksinyt yhtään sa-
naa, millä tuoda sinut luokseni.

Kesä

Olin katsellut lasipinnan lailla kiiltäviä hiuksiasi pit-
kään, kuinka ne tarttuivat hiestä tahmeaan leukapielee-
si ja kuinka tuuletin repäisi ne hetkeksi taas ilmaan. Ne
ulottuivat hädin tuskin korviesi alle. Olit leikannut ne
entistä lyhyemmiksi tänä aamuna. Mietin kutittivatko
ne sinua, tunsin kutinan melkein itsekin. Tämä leikki
piirsi aamun minuutit hirveän hitaiksi, ja tunsin että
olin yhä nukuksissa, itseään toistavan ikiunen saarta-
mana. Mutta en ollut, olin luultavasti enemmän hereil-
lä kuin uskalsinkaan olla, kun jaoin taas tämän aamun
kanssasi, Natsuki.

Sinä huokasit, lähes äänettömästi, ja tunsin yhtäkkiä
valtavaa kaipausta nauruasi kohtaan. Halusin välittö-
mästi ojentaa käteni, niskallesi tai pöydän alle koukis-
tuneeseen polvitaipeeseesi. Tai vaikka leukapieleesi,

minne vain, ojentaa sen ja kutittaa sitten. Kutittaa niin kauan, että kikatuksesi kaikuisi seinältä toiselle.

Olit poikkeuksellisesti herännyt kesken uniesi viime yönä. Nukuit aina raskaasti, kääntyilit ponnistellen, mutisit ja päästit kurkustasi pientä korinaa. Sinä asetit minun yöääneni, joihin olin tottunut nukahtamaan. Mutta viime yönä olin herännyt hiljaisuuteen. Sinä istuit selkä suorana, ja näin kuunvalon piirtämän hahmosi vastakkaista seinää vasten. Nousin vaistomaisesti istumaan, mutten sanonut mitään, et sinäkään.

Istuimme pitkään niin, paikoilleen pysähtynyttä happea hengittäen, kunnes laskit päätäsi hieman, ja piikkisuora tukkasi valahti kasvojesi profiilin peitoksi.

– Kuulitko sinä sen?

Kostutin kielellä kuivaa kurkkuani. – En kuullut mitään.

En uskonut, että oli mitään kuultavaa.

Olit kotvan hiljaa, nieleskelit. – Luuletko, että minun on hyvä täällä?

Jäsensin hetken sanojasi. Et ikinä puhunut me-muodossa, en minäkään. Me jaoimme saman aterian, seurasimme samojen puunlatvojen huojumista, harjasimme kuistin vuoropäivin, mutta tiesin, etten ollut osa sinua.

Katselin hämärässä jalkopäähän rypistynyttä peittoani. Sinä pitelit omaasi kaulaa myöten, vaikka oli hirvittävän lämmin. En olisi halunnut vastata mitään, sillä olin nähnyt tuskan kasvoillasi jo pitkään. Olit yksin kehossasi, pääsi sisällä. Olit liian yksin jossain siellä, missä joskus oli asunut moni muu.

Halusin sinun ymmärtävän sanani oikein. Mutta en ollut varma itsekään, mitä halusin sanoa. Mitä olisin halunnut uskaltaa sanoa. Rykäisin kuivuutta kurkustani, siirsin katseeni pois peiton ylle kumartuneesta hahmostasi.

– Minusta pitäisi mennä sinne, missä tuntee jo olevansa.

Et virkkonut sanojeni jälkeen mitään.

Sinä yönä en kuullut enää syvää hengitystäsi, en epätasaista kurkun kohinaa. Odotin noita ääniä nukahtaakseni, mutta lopulta luovutin ja suljin silmäni.

Olin herännyt tähän aamuun jo monta kertaa. Olin nukkunut huonoa ilmaa, kieriskellyt kuumuutta. Peitto oli hiertynyt hikisiin raajoihini rullalle, ja valo herätti huoneen ahdistavan aikaiseen aamuun. Kuulin jo kolahtelusi keittiönurkassa, mutta en olisi jaksanut nousta vielä. Tuntui, ettei siihen ollut tarvetta. Olimme kulkeneet kehää jo pidemmän aikaa. Kenties se oli kuumuus mikä lamautti, tai ehkei meillä ollut vain paikkaa minne mennä. Meillä tai sinulla.

Nojasin väsynyttä yläkehoani lähimpään seinään. Olin miettinyt koko yön ajatusta, mutta en uskaltanut sanoa sitä ääneen. Vilkaisin niskaasi tarttuvaa polkkatukkaa ja lähes näkymättömiä hikipisaroita yläselässäsi. Kuuntelin, miten paksu munakas sihisi, ja tiesin että olisi teenkeiton aika, mutten noussut ylös. Mietin näitä arjen kiinnekohtia, kuinka ne olivat alkaneet ankkuroida minua sinuun, tänne. Mutta voisiko yksi ihminen, muutama seinä, rakentaa minut uudestaan. Tänne, näiden aamujen, hiljaisten iltojen osaksi? Halusin sanoa ääneen, edes jotakin, mutten taaskaan osannut.

Hapuilit enemmän. Et muistanut minne olit laittanut vispilän, minne kauhan. Tai ehket enää välittänyt niiden paikasta. Näin sivusilmällä liikkeidesi painon, ne kamppailivat niille asetettuja rajoja vastaan. Tuskin jaksoivat pakolliset velvoitteensa. Asunto oli ahdas, eikä ilma päässyt liikkumaan. Tämä kuumankostea hidasti meitä molempia, kuin olisimme vanhenneet vuosikymmenen yhdessä nopeassa hetkessä.

Olin asettanut jalkani pation oven rakoon, varoen ylittämästä varjon rajaa. Kuumuus hohti jo ohuiden seinien läpi aamun varastettua yöltä sen viimeiset tunnit itselleen. Heilautin varvastani laiskasti ja seurasin pienten punaisten siipien laskeutumisalustan etsintää. Vekkimäisesti rypistyvässä lehdessä, kuunliljaksi kertomassasi, oli potentiaalia, mutta se osoittautui liian liukkaaksi. Ehdotin omaa varvastani uudestaan, heilautin sitä, ja punaiset siivet nousivat hetkeksi lähelle ikkunaa, kääntyivät pian ja tekivät pari pientä pyörähdystä ilmassa. Kuulin kutsusi keittiöstä, oli aika kattaa tee. Vastasin pienen hetken jälkeen ja tunsin samalla kutinaa varpaassani. Laskin leppäkertun pilkut, niitä oli hämmentävän monta.

Syksy

Aamunkoi punoi hitaita verkkojaan katon nurkkaan, mutta valo vuoti läpi. Se vuoti läpi tänään poikkeuksellisen pahasti. En ollut herännyt aamuääniisi. Ei ollut ääniä, joihin herätä. Olit noussut ennen aamua, olin kuullut harjan käyvän kuistilla, kahisuttavan siihen yön aikana pudonneita lehtiä, kuullut vesihanan lorinaa, ja hetken päästä olit palannut patjallesi.

Nostelin vastahakoisia jäseniäni pitkin asuntoa, mutta en ollut tunnistaa sitä samaksi. Kaikki esineet olivat yhä paikoillaan, mutta en kuullut enää uutta aamua, haistanut sinun iltojasi. En muistanut, milloin olimme viimeksi käyneet tutkimassa metsän vierustan kukkia, etsimässä uusia tulokkaita.

Pistin teeveden liedelle, mutta en laittanut liettä päälle. Et ollut koskenut kuppiisi moneen päivään. Pysähdyin katsomaan asuntoasi, näitä pölyyntyneitä nurkkia, joskus elettyjä päiviä. Pation eteen aseteltuja tohveleita, joissa erotin jalkapohjiesi painaman muodon. Keittiön kaapin taakse pudonneita pihlajanmarjoja, joiden piilo erottui vain tietystä kulmasta. Vierekkäin aseteltuja syömäpuikkojamme, joista toisen kuluneemmasta pinnasta erotit omasi.

Katselin kotiasi kuin et enää olisi täällä.

Kaavin loput kuivasta riisistä kattilan pohjalta roskapönttöön. Olit hädin tuskin koskenut annokseesi. Ymmärsin, että syy oli varmasti osittain minun, olihan ateria varmasti monelta osin mauton ja puutteellinen. Mutta teki silti liian pahaa nähdä sinut tuollaisena, enkä voinut jättää pohtimatta, oliko arkesi ollut ehyt ennen kuin saavuin siihen. Olinko minä huomaamattani vaientanut äänesi. En ikinä ollut kysynyt, miksi olit hyväksynyt minut osaksi arkeasi. Olin ollut hiljaa hämmentynyt, kuinka nopeasti olit raivannut siitä minulle tilan.

Olin leikitellyt ajatuksella, että olin pitkältä matkalta palaava sukulainen tai vanha lapsuudenystävä, meriltä palaava puoliso, mutta tiesin, että olin vienyt ajatuksen liian pitkälle. Ehkä se oli ollut liikaa meille molemmille.

Olit jo asettunut yöhön, ja erotin epätasaisen hengityksesi. Olin nostanut laukkuni huomaamattasi kaapista jo aiemmin ja siirtänyt sen eteisen komeroon. Raotin varovasti vessan ovea ja nappasin hammasharjani. Rullasin pari paitaani ja suljin nekin laukkuun. Työnsin oman istuintyynyni pöydän alle, lukitsin pation oven ja pyyhin keittiön pinnat vielä kerran. En halunnut mitään ylimääräistä mukaan, olisi molemmille parempi niin, mutta ennen kuin ehdin sulkea ajatusta pois, tartuin yhtäkkiä syömäpuikkoihisi ja työnsin ne laukkuni sivutaskuun. Ja sitten laskeuduin ääneti patjalleni. Kuuntelisin vielä tunnin, kenties kaksi untasi, ottaisin ehkä osaakin siihen, vielä viimeisen kerran, Natsuki.

Kutsuit minua. Kutsuit minua unessani, ja yritin nousta. Mutta kehoni ei liikkunut, ei päässyt luoksesi. Lopulta sade, joka yltyi hetki hetkeltä, peitti sanasi, enkä kuullut enää mitään.

Silmäni rävähtivät auki. Kuulin harvenevat pisarat. Kuulin äänesi. Oli vielä yöhämärä, mutta aamun valo lähestyi. Käännyin nopeasti sinun puolellesi seinää. Patjasi oli tyhjä. Kuulin taas äänesi, se kutsui minua. Ponkaisin ylös, kömpelösti, ja haroin tukkaani. Olin nukahtanut suunniteltua syvemmin, mutta minun olisi pitänyt silti ehtiä. Et ollut juuri ikinä hereillä näin aikaisin. Nukuit päivä päivältä pidempään.

Kuulin taas äänesi, ja se ohjasi minut luoksesi. Astuit kattiloiden takaa eteisen oven eteen, käsissäsi oli kaksi pussia täynnä eväsrasioita. Olit kammannut tukkasi korviesi taakse pois silmiltä, pukenut paksut housut jalkaasi. Sinulla oli kapeassa selässäsi iso reppu, joka toi mieleeni painavaa kirjakantamusta selässään kuljettavan pienen alakoululaisen, elämän aloittelijan. Olit melkein astumassa jo ovesta ulos, kun pysähdyit katsomaan minua suoraan silmiin.

– Oi, pitää kiirehtiä. Pitää ehtiä ennen kuin aamu kulkee liian pitkälle! Pian on jo uudet sateet!

Olin niin hämmentynyt kaikesta – kädessäsi roikkuvasta eväspussista, ruoan tuoksun täyttämästä keittiöstä aamuhämärässä, katseesta, joka oli kohdistettu minuun. Sanoistasi, jotka olivat minulle, yksinomaan minulle. Haistoin voimakkaan soijakastikkeen, raikkaan sitrushedelmän. Jotain metsäisää, ruohoisaa, makeaakin. Haistoin menneet kuukaudet.

– Sinisilmä, nyt pitää kiirehtiä!

Ja äänesi ylsi taas samaan eloon kuin ennenkin, enkä osannut muuta kuin nyökätä ja suunnata aamutoimiini. Menit vielä rullaamaan nopeasti makuualustamme nurkkaan hutiloiduksi mytyksi, minä etsin jo yöllä pakkaamaani hammasharjaa, mutta laukkuni ei ollut enää komerossa.

Olit nostanut sen eteisen oven eteen valmiiksi.

– Kaikki on pakattu, ulkovaatteet vain puuttuu! Ja sateenvarjo! äänesi kiihtyi.

Vedin neuleen päälleni ja pysähdyin katsomaan sen villaisesta kaula-aukosta vielä hetken asuntoasi. Matalaa ruokapöytää, istuintyynyjämme, tyhjiä seiniä. Lasiovea, josta olimme yhdessä päästäneet sisään vuodenajan kerrallaan. Patiota, josta olimme kurkkineet päivänpaloja pilvien, männynoksien ja rikkaruohojen väleistä. Olimme nähneet niitä paloja maailmasta, joita oli mahdollisuus nähdä vain, jos katsoisi tarpeeksi pitkään. Katsoisi kaksin silmäparein, niin että toinen auttaisi toista huomaamaan.

Villakaulus kutitti, palasit eteiseen vetämään kaulaliinaa harteillesi. Otin sateenvarjon kainalooni, ja astuimme kynnykselle vierekkäin asettelemiesi kenkiemme eteen. Vilkuilimme vaivoin pisaroitaan puristavaa pilvimassaa, josta aamu alkoi jo kurkistaa.

– Olen valmis, Natsuki, sanoin ja suljin oven niin nopeasti kuin pystyin.

Me liikuimme, me todella liikuimme.

En ollut edes tajunnut, kuinka pitkäksi aikaa olin pysähtynyt luoksesi. Ymmärsin sen vasta nyt, kun tunsin taas ajan liikkuvan allani. Se vei minua kohti sinun laaksojasi. Laaksojasi, joiden olemassaoloa olin ehtinyt jo epäillä. Mutta näin ne nyt, Natsuki, näin että olimme jo lähellä.

Sinä annoit huojuvan liikkeen väsyttää ja nukahtelit välillä kylkeäni vasten kallistuen.

Minä siirsin katseeni laiskasti kauemmaksi jäävästä joesta epätarkasti ohikiitäviin vehreisiin kumpuihin, jotka hetki toisensa jälkeen alkoivat saada uusia sävyjä. Noustessamme korkeammalle, oli vihreää jo vaikea erottaa. Ympärillä oli ruosteenruskeaa, okrankeltaista, viininpunaista, luumuakin. Olin saapunut keskelle väristyskirjaa, jossa kuka tahansa sai värittää yli rajojen, tehdä uskaliaita kokeiluja. Heittää oranssia, keltaistakin sinne minne sitä ei kuulu, sekoittaa eri sävyjä holtittomasti keskenään.

Halusin tuntea olevani lapsi itsekin, mutta totuus oli, että en tiennyt mihin matkamme johtaisi. En tiennyt, mihin olimme menossa ja jäisimmekö sinne yhdessä. Vai oliko tämä vain yhteisen arkemme pakollinen päätöspiste.

Vilkaisin varovasti kevyttä unta kantavaa päätäsi. Hymähdit unissasi. Kehoni oli jäykistynyt pitkäksi aikaa samaan asentoon, mutta varoin liikuttamasta sitä. Annoin sinun jatkaa uniasi niin kauan kuin sinua väsyttäisi.

Olit ollut oikeassa, saderintama oli saapumassa. Se oli vasta yltymään päin, mutta olimme jo virittäneet suojan päämme ylle, kun nousimme jyrkkää metsätietä ylöspäin. Kastuva hiekkatie liukui jalkojemme alla, ja korkeat männyt nousivat tien molemmin puolin ylemmäksi kuin kaulaa jaksoi kurotella. Tiesit entuudestaan yösijaksi majatalon, ja jalkasi löysivät reitille helposti ilman että sinun tarvitsi pysähtyä lukemaan opastekylttejä.

– Ehdimme vielä. Ennen kuin sade alkaa voimalla, tuumasit itsevarmasti, vaikka kuulin jo rummutuksen läpinäkyvää sadesuojaa vasten. Mutta minua ei haitannut. Haistoin uuden metsän ympärilläni. Tunsin, että etenin taas. Mutta tällä kertaa en yksin. Etenin yhdessä, sinä vierelläni.

Majatalon isäntä oli meitä vastassa ovella, kun juoksimme loput kymmenet metrit sadetta suojaan. Talo oli vanhaa tekoa, rakenteet puuta, väliseinät paperinohuita. Jätimme märät kenkämme yhteiseteiseen ja sujautimme jalkaamme tohvelit, jotka olivat minulle kolmisen numeroa liian pienet. Nousimme kapeita narisevia portaita ylös isojen reppujemme kanssa. Seurasin hiuksistasi lattialle putoilevia pisaroita.

Huone oli niin pieni, että saimme laukkumme vaivoin sisälle. Makuusijat olivat vielä petaamatta, ja patjat löytyisivät rullattuina käytävän liinavaatekaapista, isäntä osoitti vähäeleisesti. Miehen puhe kuulosti korvaani vain mutinalta, mutta sinä tunnuit ymmärtävän kaiken. Jätimme ohuen liukuoven raolleen, jotta tavaramme kuivuisivat nopeammin, ja yritimme vuoron perään kurkkia pienestä sumeasta ikkunasta ulos, mutta maisemaa oli mahdoton erottaa. Kävit makuulle matolle märät vaatteet ylläsi, ne kyllä kuivuisivat itsestään, sanoit. Minä kaivoin laukusta itselleni kuivat housut ja etsin alakerrasta pesuhuoneen. Talo huokui hiljaisuutta, ja isäntäkin oli vetäytynyt jonnekin, päiväunille kaiketi. Kapeat käytävät sulkivat sisälleen useita pikkuruisia, komeromaisia huoneita, otaksuin, mutta majatalo tuntui kaikessa äänettömyydessään olevan tyhjillään. Haistelin vielä sen unohtunutta ilmaa ja astuin sitten pesuhuoneeseen, aloin juoksuttaa hanasta lämmintä vettä.

Olit nukahtanut taas. Mietin, olitko nukkunut edellisenä yönä ollenkaan vai olitko vain kuunnellut, kun olin pakannut laukkuani, työntänyt yhteisen arkemme muistoja syrjään.

Iltapäivä oli laskemassa viimeistä valoaan, sade oli lakannut. Nojasin seinään, tapailin alakerrasta löytämäni kirjan merkintöjä vaikken ymmärtänyt niistä sanaakaan. Silmäilin kuitenkin siitä mustavalkokuvia ja päättelin niiden kertovan paikallisalueen historiasta. Kuvissa toistui viljelmiä, karjatiloja ja näitä sinun kumpuilevia laaksojasi. Vuoretkin piirtyivät taustalla juuri niin kuin olit ne minulle kuvaillut. Vierelläni seinään nojaava reppuni kellahti kylkeäni vasten, ja nostin sen takaisin pystyasentoon. Oma reppusi sen vieressä oli puolet pienempi.

Ynähdit ja heräsit äkkinäisesti.

– Missä olemme, kysyit painavalla äänellä ja kurkottelit ikkunasta ulos.

Mutta ennen kuin ehdin avata suutani, hieraisit silmiäsi, päästit toteavan hymähdyksen ja nousit heti ylös venytellen tehottomasti raajojasi. Näytti, ettet olisi venytellyt vuosikausiin.

– Löysin nämä liinavaatekaapista. Jos haluaisit käydä pesulla ennen iltaruokaa, osoitin kahta siististi viikattua kaapumaista pyjamaa.

Nyökkäsit tomerasti ja poistuit huoneesta. Kuuntelin tohveleidesi kevyttä loittonevaa kahinaa ja aloin pukea pyjamaa päälleni.

– Ooh, mutta sinullahan ihan väärin!

Kiirehdit luokseni ovelta ja osoitit vyötäni. Selitit jotain niin nopeasti, etten ymmärtänyt ohjeitasi, joten lopulta tartuit käsilläsi hyvin varovasti pyjamani silkkivyöhön ja vedit sitä auki. Näytit kädelläsi, kuinka olin asettanut väärän puolen toisen päälle, ja kun en korjannut heti asiaa, käänsit nopeasti vasemman puolen oikean päälle ja sidoit vyön ympärilleni kahdesti ripein liikkein haluten tilanteen olevan nopeasti ohi.

– Me emme ole kuolleita.

Sanasi hätkähdyttivät minua aluksi, mutta kuten olin monesti aiemminkin huomannut, minun piti vain jäsentää niitä hetki. Yritin painaa mieleeni pyjaman oikean taittokulman ja kurkistelin ikkunasta pääsi yli.

– Ilma on kirkastunut, huomasin.

– Niin. Niin on. On niin kaunista.

En nähnyt juuri mitään pesemättömän, sateen likaaman ikkunan läpi, mutta sinä taisit. Olit jo niin lähellä laaksojasi, että huomasin muutoksen sinussa. Katselit taas, olit valpas, pitkiltä kesän väsyttämiltä uniltasi uuteen päivään herännyt.

Ilta oli laskenut pimeään. Olimme päästäneet ilmaa huoneeseen ja jättäneet sen tuulettumaan. Sujautimme käytävällä huoneemme edessä säilyttämämme tohvelit jalkaamme, ja omani, jotka olivat jalkaani auttamattoman pienet, sujahtivat portaikossa jalastani kaksi kertaa ja sai sinut naurahtamaan.

Ruokailutila oli täpärästi huoneemme kokoinen ja käsitti yhden matalan pöydän ja kuluneet istuintyynyt. Paikalla ei ollut ketään muita, ja tuskin ehdin nähdä toiseen huoneeseen liukuoven välistä hiljaa sujahtavan essuliinaisen naisen, kun astuimme jo valmiiksi katetun pöydän ympärille. Istuit kuppisi ääreen kuin omaan keittiöösi, omien tuoksujesi pariin.

Huone oli huojuvien läpikuultavien seinämien kannattelema ikkunaton tila ja täyttyi vahvasti pinaatista, etikasta, karamellisoidusta sipulista. Kosketin syömäpuikoilla nuudeliannostani, ja liemen öljyinen pinta rikkoutui, muodosti kuplivia kuvioita. Sinä kauhoit nuudelikupin ylle nousevia höyryjä käsiisi ja nuuhkaisit syvästi. Vaikutit palanneen sellaisen ruoan pariin, jonka olit jo kauan aikaa sitten luullut menettäneesi kokonaan. Poimit paksuja valkoisia nuudeleita puikkoihisi ja imaisit ne äänekkäästi suuhusi. Minä jäähdyttelin vielä annostani ja poimin erillisestä pienestä kupposesta jotain. Suuhuni levisi kitkeränkirpeä maku, joka kuivatti kurkun kauttaaltaan yhdessä nopeassa hetkessä.

– Karvaskurkkua, naurahdit ilmettäni ja poimit itsekin samaa suuhusi.

Yritin pureskella makua pois ja hörppäsin varovasti nuudelin lientä kulhoni reunalta.

Hiljaisuus täyttyi taas pienen ruokahetkemme äänistä, vaikka olisin halunnut sanoa paljon. En kuitenkaan avannut suutani, sanani olivat piilossa eivätkä halunneet vahingossakaan tulla löydetyiksi. Olit jo nuudelisi puolessa välissä ja lisäilit sinne pienistä kupeista milloin mitäkin ja ynähtelit, kun maistoit jotain erityisen mieluisaa. Välillä mutisit jotain suu täynnä ruokaa, mutta olit niin keskittynyt annokseesi, että taisit vain ajatella ääneen etkä ikinä odottanut vastaustani mihinkään. Ja silloin, kun seurasin sinun eleitäsi haluten pysäyttää ne, mieleeni nousi sanat, jotka olisin halunnut lausua.

Älä kiirehdi, Natsuki. Älä kiirehdi yhtään.

Halusin lausua sanat painokkaasti, niin että ymmärtäisit ne varmasti, mutta sen sijaan olin vaiti. Katselin vain sinua ja mietin, kuinka tämä hetki katoaisi nopeammin kuin pystyisin käsittämään. Lautaset syötäisiin loppuun, lusikat jätettäisiin tyhjiin kuppeihin makaamaan, äänet vaimenisivat. Ruoka olisi syöty, yhteinen hetki olisi ohi ja se olisi mahdollisesti yksi viimeisistä.

Katselin sinua, ihmistä, jonka ominaistuoksua en kohta enää muistaisi. Jonka ääntä en osaisi muistoissani kuulla todeksi. Unohtaisin tämän ihmisen muodon kuten olin antanut itseni unohtaa edellistenkin. Sillä tämäkin ihminen oli minulla vain lainassa. Ehkä enää vain lyhyen aikaa.

– Haluan lähteä pian, sinä ilmoitit yhtäkkiä.

Oletit aina, että ymmärtäisin sinua puolikkaista lauseista. Tai siltä ne korvaani kuulostivat. Ja harvoin kuitenkaan pyysin sinua selittämään, mitä olit tarkoittanut, en nytkään. Nyökkäsin ja laskin pääni nuudelikulhon ylle, vaikka olisin halunnut sanoa paljon muuta. Huokasin syvään ja poimin kulhosta siitakesienen suuhuni. Puraistessani sitä takaraivooni levisi äkillisesti kuumottava tunnemuisto. Savua, märkää metsää, kori täynnä multaa, sieniä. Sammaleella liukastelevat kumisaapasparit. Olin yhtäkkiä muualla, eletyn elämäni muistokentässä. Nuuhkaisin maatuvaa maata, hahmotin itseni kyyristyneenä sammaleen äärelle. Katselin unohtunutta palaa itsestäni kuin vanhaa valokuvaa. Toisella puraisulla liemen läpi puski kuitenkin voimakas sitruksen maku, ja muisto hävisi yhtä nopeasti kuin oli tullutkin. Palasin taas luoksesi kuin en olisi muualla ollutkaan.

Ehdotit iltakävelyä. Tai oikeammin, vedit jo takkia yllesi pyjamasi päälle. Emme olleet ikinä ulkoilleet pimeän aikaan, enkä tiennyt näinkö sitä järkeväksi nytkään, olimmehan tiheän metsän ympäröimä. Seurasin kuitenkin sinua alakertaan ja vedin jalkaani kengät, jotka olivat yhä märät sateen jäljiltä. Avasit hiljaa oven ilmaan, joka oli raikkaampaa kuin kuukausiin. Lähdit harppomaan pitkin talon vierustasta lähtevää polkua, jota oli vaikea erottaa pimeällä. Olit kaiketi nähnyt polun ikkunastamme, itse en olisi huomannut sitä lainkaan.

Puiden tuoksua oli vaikea uskoa. Sade oli avannut niiden jokaisen huokosen, ja ne pääsivät hengittämään ulos kaiken syvälle runkonsa sisään painuneen happensa. Koko metsä huokaili samaan tahtiin raikkaankosteaa syvän maan happea niskaamme. Hengitin syvään, huomasin että sinäkin, vaikka astelit taas pari askelta edelläni kuten sinulla oli tapana. Majatalon pihavalot olivat jääneet taaksemme, ja kävelimme askeleemme sokkona. Sinä et kuitenkaan varonut omia askeliasi ja käännyit yhtäkkiä toiseen suuntaan, toiselle polulle oletin. Tuntui, että meidän olisi pitänyt jo palata talolle. Yskäisin kurkkuani.

– Natsuki, lausuin nimesi, ja sinä hymähdit pysähtymättä, kuten tapasit tehdä sinua kutsuessani. – Etsitkö jotain?

Pysäytit askeleesi. Kysymykseni oli yllättänyt minutkin. Käännyit pälyilemään ympärillesi, vaikket nähnyt varmasti mitään. Minäkin erotin hahmosi vain vaivoin.

– Hmmm, istutaanko hetki, sinä sanoit ääneen itseksesi tuumien.

En jäänyt odottamaan vastausta aiempaan kysymykseeni vaan aloin hapuilla ympäristöä kanssasi. Kohta tunnustelit meille istuinalustaksi kaatuneen puunrungon. Istuimme rungolle, ja tunsin sen märän pinnan kastelevan takamukseni välittömästi. Haistoin mullan, haistoin sinun hiustesi tuoksun. Pyörittelin käpyä kengänkärjelläni. Kuuntelin yöääniä, mutta metsä oli yllättävän vaiti, ehkä se tiesi muukalaisten läsnäolosta ja suojeli omiaan. Vain tuuli humisi korkeissa latvoissa, ja kuuntelimme sitä pitkään hiljaa. Kysyit välillä, mahtoiko tuo olla pöllö. Minä en kuullut mitään, mutta heristin korviani. Yritin aukaista aisteja, olla hetkessä, ajatella sen olevan loputon. Olla osa näitä metsiä, niin kuin joskus olin jossain ollut. Sillä kuulin lehtien kahisevan ja tuulen suhisevan, kuten se oli tehnyt monet kerrat jossain aivan muualla, aivan samojen luonnon lakien ohjaamina. Annoin kehoni unohtaa itsensä pimeyteen, unohtaa märän ja pyjaman läpi hiipivän kylmän. Hengitin vain raikkautta sisään ja ulos kuten nuo puut, jotka huokailivat ympärillämme yötä vasten.

Ja sitten, pieneen tuokioon unohduttuani, luulin kuulleeni jotain. En pöllöä, mutta jotain tuttua. Pienen läähätyksen, kaukaisen haukun. Ja yhtäkkiä muistin. Muistin kuraiset tassut, tunkkaisen turkin, ruokakupin kolahduksen aamuisin lattiaa vasten. Muistin märän metsän ihoillamme ja koiran turkissa, kun palasimme monituntisilta lenkeiltämme. Menneen arjen pisteet kihelmöivät hetken ihollani, halusivat kiinnittyä siihen, halusivat minun kiinnittyvän niiden painoon. Mutta annoin muiston haihtua pitkälle pois seuraavan uloshengitykseni mukana. En halunnut kantaa näitä, jo kauan aikaa sitten vääriin tuuliin tempautuneita, vanhoja osia minusta toiselle puolelle maailmaa. Kantaa mukanani jotain, mitä ei ollut enää olemassa.

Viimeinenkin karannut ajatus ravisteli itsensä ulos minusta, kun yhtäkkiä koskit käteeni. Hätkähdin, mutta varoin näyttämästä sitä, kun nostit käteni pois sylistäni. Laskit käteni puunrungolle, ja tunsin sen samettisen pinnan.

– Tunne, sanoit.

Tunnustelin märkää, pehmeää sammaleen pintaa, ja silitin sitä kuin se olisi koiran turkki. Sinäkin teit kädelläsi samaa oman käteni vierellä.

– Se tuo hyvän onnen, huokaisit hiljaa.

Lähes yhtä hiljaa kuin metsä huokaili meille monia menetettyjä muistojaan.

Olimme nukahtaneet lähes heti huoneeseen palattuamme. Olisit halunnut jatkaa kävelyä, mutta vaadin meitä palaamaan majapaikkaamme. Oli pimeä ja yö, meillä olisi hyvin aikaa huomennakin, järkeilin. Kuikuilit vielä kaipailemaasi suuntaan, mutta suostuit sitten palaamaan.

Patjat oli käyty rullaamassa huoneeseemme, ja ne peittivät koko pinta-alan niin, että reunoille jäi juuri ja juuri jalkaterän levyinen alue. Patjamme olivat liki toisissaan. Olin ehtinyt kuunnella hengityksesi vaihtumista raskaammaksi kenties vain muutaman minuutin verran, kun olin itsekin laskeutunut uneemme.

Kuulin kuiskauksen. Nousin istumaan, mutta silmäluomeni painoivat liikaa enkä nähnyt mitään. Kesti hetken tajuta, että silmäni olivat auki, mutta oli yhä pimeää.

Olimme unohtaneet ikkunan raolleen, ja yö puhalsi viilenevää ilmaa niskaani. Ilmassa oli silti yllättävää lempeyttä, vaikka syksy oli jo kirimässä puoleenväliin. Ehkäpä yö oli pysähtynyt hetkeksi miettimään, oliko kiirehtinyt syksyä liikaa. Haikaillen vielä yhden suloisen tuokion verran kulunutta kesää, vanhaa pois lähtevää ystävää.

Kuulostelin istuma-asennossa vielä hetken, mutta en kuullut kuiskausta uudelleen. Kenties olin vain nähnyt unta. Huomasin kuitenkin, että jokin oli muuttunut. Jotain puuttui. En tuntenut tuoksuasi vierelläni. Koska huoneessa oli pimeää, hamusin sinua varovaisesti kädelläni. Tunsin vierelläni vain tyhjän patjan. Huomasin, että käytävälle osoittava liukuovemme oli puoliksi auki. Kömmin jäykistyneellä kehollani käytävälle, jossa näin vain yhden parin tohveleita. Tavoittelin vaistomaisesti laukkujamme. Omasi nojasi yhä reppuani vasten.

Et ollut lähtenyt vielä luotani. Halusin uskoa niin.

Vedin takin pyjamani päälle ja solmin kengät huolimattomasti jalkaani alakerran pimeässä eteisessä. Ilma oli kuin olikin yllättävän lempeää, lähes tuuletonta. Kenties se oli matkannut salaa yön aikana takaisin jo kerran poismenneelle lämpövyöhykkeelle, kokemaan vielä lyhyen kaipauksen mennyttä.

En ollut hyvä muistamaan, mutta toimin vaistonvaraisesti etsiessäni oikeaa reittiä. Suunnistin hajujen ja äänien perusteella iltakävelymme suuntaan ja käännyin kohdassa, josta sinä olisit halunnut jatkaa eteenpäin. Kuvittelin varmasti, mutta halusin uskoa, että tunsin tuoksusi täällä. Ehkä olin vain kadottanut järkeni etsiessäni sinua keskeltä öistä metsää. En tiennyt, oliko minulla edes oikeutta siihen, etsiä sinua mistään, kun olit päättänyt kerran lähteä.

Kuvittelin puiden huojuvan ylläni, vaikka hento tuuli tuskin hipaisi vankaksi kasvaneiden mäntyjen korkeita varsia. Ehkä minua vain pyörrytti pimeässä, kun hapuilin lähes sokkona eteenpäin kapean hiekkapolun ohjatessa rahinalla askeleitani. Minulla oli ollut aina heikko hämäränäkö, ja aloin pitää toimiani puolivälissä matkaa järjettöminä. Miksi etsiä jotain, minkä oli muutenkin menettämässä pian. Miksi takertua nyt, kun voisi vain jatkaa matkaa kuten ennenkin. Miksi yrittää rakentaa kotia toiseen ihmiseen, joka oli paikalla kenties vain hetken.

Ajatukset jarruttivat askeliani entisestään, ja halusin kääntyä takaisin. Silti jostain syystä, huomasin lähes juoksevani eteenpäin. Sykkeeni oli noussut, ja aloin haukkoa ilmaa epätasaisesti, keuhkot vinkuen. Äänesi alkoi tykyttää ohimoillani, ja pinnistelin jotta voisin muistaa tuoksusi. Olimme olleet jo niin lähellä. Niin lähellä taas yhteistä aamua, seuraavaa päivää.

Lähdin juoksuun. Juoksin, kompuroin ja menetin tasapainoani kivenmurikoihin, juurakkoihinkin, mutta jatkoin juoksua, sillä ajatukseni eivät jättäneet minua rauhaan. Halusin arkeni takaisin, halusin päästä nukahtamaan sinun yöääniisi, herätä aamusi avaukseen. Purin huultani, eikä henkeni päässyt kulkemaan kunnolla. Pinnistin vielä viimeiset askeleet, kun tie yllättäen päättyi.

Veden pinta oli aivan tyyni. Liikkumaton. Otin muutaman hidastuneen askeleen sitä kohti ja silmäilin sen pintaa. Kohotin katseeni ja tajusin, että pilvet olivat liikkuneet pois yläpuoleltani. Paria päivää vajaa täysikuu oli valaissut metsän. Huomasin seisovani pienellä aukiolla, jota puiden varjot kurottelivat tunnustelemaan. Edessäni olevasta veden pinnasta heijastui kuunvalo. Olin todellakin veden äärellä, tajusin vihdoin. Lähestyin vettä ja aloin hahmottaa sen kokoa. Olin tullut pienelle lammelle. Lammelle, jossa oli jotain eriskummallista. Kun lähestyin sitä, näin enemmän. Näin hahmon. Näin hahmon ääriviivat lammen pinnalla. Hahmo makasi vedessä raajat levällään.

Huoahdin. Huoahdin ja järkytyin itsekin, kuinka vahva kuuma aalto lävisti rintakehäni. Olin löytänyt sinut.

Minun olisi kai pitänyt pyytää sinua nousemaan heti vedestä. Mutta kelluit siellä selälläsi koko keho rentona tutkien taivasta, joten tajusin, että sinulla ei voinut olla kylmä. Lähestyin veden rajaa ja riisuin kenkäni, sukkanikin. Istahdin lammen reunalle, katsahdin vielä kelluvaan hahmoosi, joka muistutti kaikessa tyyneydessään lumpeenlehteä. Laskin jalkani veteen.

En muistanut yksityiskohtia enää jälkikäteen. Muistin kuitenkin riisuneeni pyjaman. Muistin laskeutuneeni lampeen varoen. Pinta oli värähtänyt, rikkonut kuun heijastuksen säpäleiksi, sadoiksi sirpaleiksi. Muistin odottaneeni tuntevani kylmää, kenties levää tai aluskasvillisuuden heinikkoa. Mutta en muistanut, missä vaiheessa olin huomannut, että pinnan alla oli jotain aivan muuta.

Olin kaiketi kellunut hetken, nauttinut käsittämättömän lämpimästä, lähes kuumasta vedestä, kai ottanut muutaman uintivedon luoksesi, mutta pysähtynyt pian. Tai ehkä olin heti huomannut, että vedessä oli jotain aivan poikkeuksellista. Ja sukeltanut saman tien pinnan alle. Oli yllättävän kirkasta, ja ensin näin niitä vain yhden. Se lähestyi minua leijuen painottomasti balettitanssijan tavoin tai huoneeseemme keväällä karanneiden kirsikankukkien. Sekin oli heleän vaaleanpunainen. Kevyt, pumppaavalla liikkeelle itseään eteenpäin liikuttava eliö. Se leijui ohitseni, ja kohta näin niitä toisen. Jokin laukaisi minussa heti varoitusmerkin, kuin olisin kuullut käärmeen sihinän kaislikossa, mutta tajusin pian, että olit kellunut vedessä jo pidemmän tovin. Pelkäsin turhaan. Uin eliötä kohden. Ja sitten näin niitä monta. Kymmeniä. Kymmeniä vaaleanpunaisia, läpikuultavia, kuunvaloa hohtavia palleroita sätki hitaita vetoja ympärilläni. Ne leijuivat siinä ikuista tanssiaan ehkäpä läpi vuosikymmenten, läpi satojen menneiden. Minäkin leijuin, pidättelin henkeäni ja leijuin niiden läpi. Leijuin niin hitaasti kuin pystyin ja hetken ajan olin osa niiden samaa ikiaikaista laumaa.

Ja tämän minä muistin. En muistanut milloin nousimme vedestä, millainen paluumatkamme oli, palelsiko meitä. Kykenin muistamaan vain lammen lempeän sylin, joka kannatteli meitä kuin olisimme yhtä samaa unta. Kannatteli läpi uneksittujen vuosien, vaivoin unohdettujen. Kannatteli meitä, kunnes olisimme taas valmiita uusiin tuleviin.

Yö eteni aamuksi unettomasti. Makasimme peittojemme alla ja annoimme verhottoman ikkunan päästää aamun ensimmäisen aavistuksen sisään. Erotin hengityksesi lämmön lähellä korvaani. Oloni oli lähes painoton, leijuin yhä. Kuin olisin nukkunut vuosien painot pois. Vilkaisin hahmoasi sivusilmällä. Näytit erilaiselta. Kasvosi olivat raukeat, tunnuit eksyneen pitkään ajatukseen. Tai kenties peilasin vain oman olotilani sinuun, en ollut varma. Tuntui kuitenkin helpottavalta maata näin, vierekkäin, antaa ajan kulua omiaan, ilman että meillä olisi ikinä kiire mihinkään. Tuuli puhalsi lehden sisään ikkunanraosta, jo punaruskeaksi taipuvan. Annoit sen leijua kasvojesi vierelle. Vilkaisit sitä hajamielisesti, mutta et koskenut.

Olimme valvoneet loppuyön. Ja äänesi oli palannut. Se oli palannut pitkältä matkalta saapuvan kulkurin tavoin. Kulkurin, joka oli kerännyt kertomuksia takataskut, nyörikassit täyteensä. Mutta sinulla ei ollut tarinoita, sinulla oli vain kysymyksiä. Ensimmäistä kertaa halusit tietää yli arkemme rajojen. Et minusta niinkään, ehkä halusit vain kuvitella, halusit minun kuvailevan itsellesi jotain tulevaksi. Olisin halunnut vain maata vierelläsi hiljaa, hengittää samaa ilmaa samassa tahdissa, mutta tiesin, että minun olisi sanottava jotain, jotta pysyisit rinnallani.

– Kuvaile minulle lapsuus, olit sanonut.

En halunnut, pystynytkään. Miten voisin, Natsuki. Miten voisin kuvailla jotain, joka oli jo kauan sitten menetetty, jotain mikä ei enää asunut minussa.

– Kuvaile minulle talo, olit pyytänyt. – Kuvaile koti. Kerro mitä näet.

Nieleskelin. Halusin kuulla aamuäänesi. Halusin niiden avaavan minulle taas uuden päivän.

– Näen vain sinut, Natsuki, halusin sanoa, ehkä sanoinkin vahingossa. – Näen vain sinut, en kaipaamiani ihmisiä. Et muistuta heitä. Olet eri sormet, eri tuoksuinen keho, eri suuntaan vievät askeleet. Et ole lainkaan kuten he. Mutta olet ne äänet, joihin herään aamuisin. Olet kaikki ääneni, jotka kannattelevat päivääni.

En tiennyt mitkä sanat lausuttiin ääneen, mitkä ajateltiin. Mikä ajatuksista oli sinun, mikä minun. Muistin aamulla vain syvän hengityksemme, joka keinui samassa tahdissa, saman ilmavirran tuudittamana.

Katselin vielä hetkisen kuvaa, kunnes suljin kirjan ja laitoin sen takaisin alakerran hyllyyn. Piirroskuvassa oli muinoin, kenties satoja, tuhansia vuosia sitten syntynyt suolajärvi, lampi ennemminkin, joka kuvan selityksen mukaan oli muodostunut maan pinnan noustessa. Vesissä eläneet meduusat olivat jääneet lampeen loukkuun ja lopulta lisääntyneet, jatkaneet suljettua yhdyskuntaansa kukaties vuosituhansien ajan. Varmasti kadotin osan kuvien merkityksestä ja tulkitsin omiani, mutta se ei haitannut.

Nostin repun selkääni ja astuin ovesta ulos uuteen ilmaan.

Tunnistit heti tuttuja yksilöitä.

– Täällä, täälläkin! hihkuit innoissasi ja osoittelit tien laitoihin ja niityille.

Minäkin näin yhtäläisyyksiä ja tunnistin metsätieltämme tuttuja lajitovereita. Sinistä, keltaista, punaista. Tunnistin keltaiset heteet sinisissä ja punaisten pitkän varren. Olit oikeassa, ne olivat matkanneet kaukaa. Ja ne sinnittelivät vielä viimeisissä auringonsäteissään ennen pitkää talviunta. Sateet olivat väistyneet, oli kaunein valo pitkiin aikoihin. Sinä olit liikkeessä, tunnistit kaiken ympärilläsi, liikutit minuakin. Nousimme kapeaa polkua laakealle kukkulalle. Kun tarkkaan etsit, erotit tallatun reitin, joka johti keskelle riisiviljelmiä. Ne kasvoivat kullankeltaisina, nousivat kutittamaan kainaloitamme. Katselin käsiäsi, jotka kahisuttivat riisinkorsien pintaa. Koskettivat metsäpolulle käännyttyämme kumpuilevaa saniaiskasvustoa, joka kohoili tuuheana kuin eläimen paksuuntuva talviturkki. Käsiäsi, jotka tunnustelivat märkien värikkäiden lehtien alta löytyviä sieniä vain tutkiakseen, mitä lajikkeita oli vielä jäljellä.

– Katso, putkivinokkaita! riemuitsit ja osoitit putkimaista valkoista sienenvartta.

Se näytti pikkuruiselta puulta. Syvemmältä löytyisi tuoksuvalmuskaakin, tiesit kertoa ja olit tohkeissasi, kuin tuttuja puunrunkoja ja kivenkoloja pitkästä aikaa haistelemaan päässyt koira. Tai kuin lapsi, joka pitkän pimeän talven jälkeen pääsee mummolaan temmeltämään pihaleikkien parissa koko kesän. Mutta vaikka vertaukseni saattoivat luoda sinusta lapsenomaisen kuvan, tiesin keskittyneestä ilmeestäsi, että liikuimme yhä viettävällä maaperällä. Mitä jos emme löytäisi täältä etsimääsi. Mitä jos joskus kadottamasi onni ei enää asuisikaan täällä.

Opin uuden sammallajin, opin miten muurahaiset rakentavat täällä kekonsa. Sinä näit ympärilläsi jatkuvasti sen maailman paloja, joista elämänkaaresi oli koottu. Etenimme verkkaisesti, poikkesimme monille harhateille, välillä oikopoluillekin. Kävelimme kahden laakson välistä ja annoimme tuntien lipua ohitsemme, emme tarvinneet niitä nyt.

Nousimme kukkulalle johtavalle tielle. Metsä ympäriltämme hävisi, ja annoimme hengityksemme tasaantua, askeltemme pysyä tiessä kiinni. Vaikenit, mutta et vaipunut muualle, kuten sinulla oli ollut usein tapana. Olit täällä, tunsin sen. Tunsin hengityksesi vierelläni, haistoin pehmeän hikesi. Kenkämme astuivat samassa tahdissa, kahisuttivat samoja maahan pudonneita havunneulasia. Ilma väreili maatuvaa kesää, peittoon kääriytyviä puita. Kuulin tuulen, joka kertoi ehkä kaukaa tulevista, joskus poislähteneistä. Nousimme kukkulaa pitkän tovin, mutta kaikki ympärilläni, tuuli joka kiersi lempeästi setrimetsien suippomaisia latvoja, antoi ymmärtää, että meillä oli kaikki aika minkä tarvitsimme. Meidän ei tarvitsisi kiirehtiä etsimään enää mitään tai ketään.

Olit jo ehtinyt jokusen askeleen edelleni, kun iltapäivän valo väritti taivaanpinnan pilvet syvään punaan. Pysähdyit. Olimme saapuneet laakson viereisen kukkulan korkeimpaan kohtaan. Asetuin viereesi ja tunnustelin ilmaa, joka tuntui niin todelta iholla, että luulin hetken ajan sen koskettavan meitä raajoillaan. Nostin katseeni osoittamaasi suuntaan. Ja sitten näin sen.

Näin talon. Talon, jonka ääriviivat piirtyivät rinteeseen asteittain kuin joku maalaisi niitä paraikaa osaksi maisemaa. Näin korkeat, sinisen sävyjä hiljalleen hakevat vuoret, jotka erottuivat rinteen takaa häilyvinä. Kohotin käteni silmieni ylle, ja kesti hieman ennen kuin silmäni tottuivat laaksossa leijailevaan usvaan. Siristelin hyvän tovin ja annoin usvan liikkua. Ja se todella liikkui, leijaili rinteessä, liukui kumpujen välistä, puutarhan ohi, piirsi verannan, piirsi pienen pihan, luudan, joka nojasi seinää vasten. Piirsi pienen ikkunan, räystään, josta kasvoi pala sammalta. Piirsi tuulikellon, joka helisi tuulettomana. Se piirsi eteeni talon, maalasi sen siihen pala palalta, hitain vedoin, jotta näkisin sen aivan niin kuin sinäkin.

Sanoit jotain, ja kesti tovi hahmottaa, mitä olit juuri kysynyt. Katsoin vielä hetken näkymää ja nuuhkaisin ilmaa välillämme. Tunnistin lämpösi siinä. Tartuin sinua pehmeästi kädestä ja nyökkäsin.

– Kyllä, siellä voisi olla koti.

HERMAN JA ANA

Kauan sitten oli koti.

Oli kodissa lasittomat ikkunat, oli oveton ovi. Oli kattona avaruuden aukot, ja oli kodissa me. Ja vaikka liian aikaisin lähdön tein, jäit sinä minun kodiksein. Kaikkine vuosikymmenein.

Herman

Sinä aamuna tuuli puhalsi minussa eri tavalla. Aamun kirkkaus veti silmät viiruiksi, kun kurkistin ulos teltan raosta. Ilman nuuhkiminen aiheutti minussa suurta mielihyvää. Kuin olisin tuntenut kauan poissa olleen kosketuksen ihollani. Viivyttelin tarkoituksellisesti hetken ennen kuin vedin vetoketjua alemmas, muutama sentti kerrallaan. Nautin esiin piirtyvästä maisemasta omaan tahtiini. Asettelin jähmeitä pitkiä jäseniäni kostealle nurmelle yksi kerrallaan ja toivoin, ettei aamun kosteus olisi houkutellut iilimatoja paikalle. Aamu tuoksui aivan omanlaiseltaan. Napitin eilispäivän kauluspaitaa päälle nihkeälle iholleni. Ja nuuhkin lisää.

Suoritin aamutoimeni suoristamalla monet mutkat läheisen pusikon takana, olisin valmis lähtöön jo hyvissä ajoin. Teltassa ei olisi mitään vietävää, mutta suljin silti vetoketjun käärmeiden varalta. Vedin takataskussani haljennutta kampaa päälakeani pitkin, asetin hatun koko komeutta vartioimaan ja niin olin valmis. Päiväreppuni olin pakannut jo valmiiksi edellisiltana.

Silmänkantamattoman korkealle nousevat puut levittivät lehvästönsä katoksi ylleni. Ympärille avautui viuhkamainen varhaisaamu, tärinää, kiekaisuja, sirinää ja särinää. Falsettiin kohoavia äänenavauksia. Pienintäkään hiljaista sekuntia ei ollut. Ja jos oikein tarkkaan kuunteli, viritti korvan sopivalle taajuudelle, saattoi äänien joukosta erottaa jotain aivan erityistä. Ilman halki vinkuvia hentoja ulvaisuja, herkän riipaisevia. Ne muistuttivat jotain alkukantaista, valaan syviä huutoja kenties, saatoin uskoa. Kehoni pysähtyi hetkeksi, vaikka mieleni olisi halunnut juosta. Vedin keuhkot täyteen ilmaa. Kaikki tuoksui aivan samalta kuin silloin. Tätä olin odottanut. Muistin kaiken niin elävästi nyt. Vaikka aikaa oli kulunut jo jokunen vuosikymmen. Tässä olin, samassa kehossani, vaikkakin ikää keränneessä, kuulemassa näitä samoja ääniä samoilla korvillani. Ajatus oli aika uskomaton, tajusin nyt, mutta olinhan tiennyt palaavani joku päivä takaisin.

Pidättelin pitkän hetken ilmaa sisälläni ja päästin sen lähes huohottaen yön kuivattamasta kurkustani ulos. Jo aamuilmakin yllätti raskaasti painavalla kosteudellaan. Yritin kohdistaa kuuloani valasmaisten kiljaisujen suuntaan: jos oikein varoin askeliani ja kiinnitin huomiota latvoihin, saattaisin nähdä ne. Puiden hengiksikin muinoin nimetyt gibbonit olivat jo kadonneet monista latvoista, mutta täällä niitä oli yhä raportoitu elävän. Syvemmällä sisämaassa yleensä, mutta aamunkoittoisin jopa lähempänä polkuja. Muistin yhä niiden kullanvaalean turkin ja pitkät hämähäkkimäiset raajat ja halusin uskoa, että niiden koti olisi säilynyt

näissä korkeuksissa. Otin muutaman äänettömän aske-
leen katse ylös suunnattuna. Kuulin kahinaa korkeuk-
sista, pysäytin saman tien askeleeni ja hengitykseni.
Jos oikein siristäisin...

Läps, läps, läps – tahti kiihtyi takanani. Läpsläps-
lääps!

Käännyin katsomaan taakseni, ja kuten olettaa saat-
toi, kyseessä oli jotain aivan muuta kuin alueen uhan-
alaisin apinalaji. Pienikokoinen nuori nainen, silmissä-
ni tyttö vielä, puuskutti perässäni jotain pikakävelyn ja
juoksun välimuotoa liian suuret sandaalit jaloissaan
läpsyen. Läps, läps, raikuivat askeleet keskellä heräile-
vää sademetsää. Tyttö rypisti naamaansa tuskaisena ja
heilutti kättään minulle katsellen kuitenkin maahan
varjostaen päätään kädellään.

– Uuuh, huoahti tyttö kohdalleni päästyään ja kat-
sahti ympärilleen, minua ei vieläkään. – Minä tulla
mukaan, tyttö ilmoitti puihin katsellen käsi silmiensä
yläpuolella lippana, ikään kuin olisin pyytänyt häntä
seurakseni jossain vaiheessa. En ollut nähnyt häntä
koskaan aiemmin. Jatkoin askeliani hosuvan tyttölap-
sen vieressä.

– Luolilleko?

Tyttö mietti hetken ja nyökkäili nopeasti. – Niin
niin.

Leirintäalue oli tähän aikaan vuodesta lähes tyhjä,
varsinkin tämä itäisempi, jonka fasiliteetit olivat pel-
kistetymmät, joten olin ajatellut ehtiväni hyvin reitille-
ni yksin. Eihän paikka ollut monien tiedossakaan, kau-
kana turistinähtävyyksiksi mielletyistä. Niistä, jonne
paikalliset päräyttivät mopoillansa karkottaen kaikki
mahdolliset villieläimet lähistöltä. Mutta edellisiltana
olin nähnyt muutaman muunkin teltan kauempana
omastani, lähempänä puroa, joten tyttö oli varmasti pö-

lähtänyt perääni yhdestä niistä. En kaivannut seuraa, ja tytön varustuksen huomioon ottaen hänkään tuskin oli valmistautunut lähtemään juuri tälle reitille. Mutta en viitsinyt puuttua asiaan sen kummemmin. Ehkä hän väsähtäisi pian ja palaisi leiriin. Turistit olivat yleensä melko lyhytpinnaisia.

Läps, läps, tyttö tanssahteli jo edessäni pomppivin pikkuaskelein ja tähyili jonnekin kauas.

Ana

Tuuli herätti oudon vaativasti, natisutti vanhat luuni liikkeelle.

Olet iätön, olin monet vuodet pinttyneelle peilikuvalleni aamuisin todennut, mutta salaa nautin ajan kulumisesta minussa. Kuvittelin keskeltä harmaantuvia hiushapsujani valtavaksi verkostoksi hämähäkinseittejä. Kokonaisiksi kaupungeiksi, yhdyskunniksi, joista osa oli vahvaa mustaa, osa harmaaksi hapertunutta vanhaa.

Minua oli vuosien varrella kutsuttu moneksi, itsepäiseksi, ailahtelevaksi, mahdottomaksi akaksi jopa. Mutta vähät välitin moisista! Olin luuta, lihaa ja nahkaa! Olin jänteitä, niveliä ja virtaavaa verta ja muuksi minua oli turha kutsua. Olin keho, jolla oli pitkät, voimalliset raajat kuten oli ollut jokaisella rakastajallani. Oliko se sattumaa vai henkilökohtainen mieltymykseni. En uskonut kumpaankaan, ehkä asia oli johdateltu juuri niin kuin sen oli oltava.

Keitin aamuteen liian happamaksi tulen raksuessa hiljaa. Olin kai vielä väsynyt. Olin lukenut kirjeesi kolmesti viime yönä. Ensin luin rinnakkain sitä ja rautayrtin historiaa, sivu yhdestä, toinen toisesta. Kunnes lopulta laitoin kirjan pois, ja luin vain sinua. Lause lauseelta, lausuin sinua ääntäni välillä madaltaen. Välillä vastasin omalla äänelläni kuin kävisimme vuoropuhelua.

"Nähtäisiinkö jo?" olit kirjoittanut ja sait minut nauramaan ääneen, ehkä toiselta puolelta maapalloa.

Kesti koko aamuyö ennen kuin löysin kolmekymmentä vuotta vanhemman version. Se oli jo keskeltä ohueksi käpristynyt. Sen luin ääneti, silmät jo puoliummessa.

Oli kerran seinätön talo ja oli me. Oli asukkaina vain tuuli ja paljaat kehomme ilman päämäärää.

Herman

Ylämäki oli jatkunut jo kenties tunnin, tai ehkä vain kuvittelin niin. Olin matkannut monet mutkat ja mäet elämäni aikana, etsien itseäni ties mistä, mutta jossakin vaiheessa olin huomaamattani pysähtynyt. Juurruttanut itseäni satunnaiselle alustalle ilman sen kummempaa syytä. Kehoni oli kangistunut tässä ajassa, kukaties ikääntynytkin jo liikaa, eikä ylämäet liukkaalla viidakkopolulla sujuneetkaan kuin ohimennen, korkeiden puiden elämää kuunnellen.

Olin yllättynyt, että tyttö oli pysynyt matkassani. Hän ei ollut kertaakaan pysähtynyt ottamaan valokuvaa tai hörppimään vettä, liekö hänellä oli moisia mukanaankaan. Yllättävintä kuitenkin oli se, miten taitavasti hän pystyi etenemään lipsuvissa sandaaleissaan maastossa kuin maastossa. Mahtoi olla verissä. Tytön kansallisuudesta oli mahdoton sanoa juuta tai jaata. Mutta levoton hän oli, kuten tuohon ikään kuului. Joka paikkaan piti yrittää, mutta mihinkään ei varsinaisesti edetty. Paljon nähtiin, mutta vähän yritettiin ymmärtää.

Istahdin isolle kivelle hetkeksi, joka tuntui sekin hönkäävän paksua ilmaa viidakon keuhkoista. Otin tukea viereisestä puusta, niin sileäpintaisesta, että se muistutti meren hiomaa, satoja vuosia vanhaa rantakiveä. Tyttö ei malttanut istua. Aika oli niin kovin katoavaista nuorille. Aivan kuin pysähtyminen olisi merkinnyt hidasta kuolemaa. Maailman suurimpien luontonähtävyyksienkin eteen tultiin ottamaan kymmenen kuvaa omasta naamasta ja sitten juostiin seuraavaan paikkaan. Tyttö ei kuitenkaan kaivanut kameraa esiin vaan polki monia harha-askelia samalla latvoihin siristellen. Jossain kahisi, tyttö meni äänen perään. Palasi, siirtyi toiseen kohtaan. Minä vain kuuntelin ympäristön kertomuksia oman hengitykseni tasaantuessa. Vaikeasti määriteltävien rapinoiden, rääkäisyjen ja suhinan keskeltä kantautui läpi hentoinen solina, josta tiesin meidän olevan jo lähellä.

– Hei, puro!

Itse asiassa kyseessä oli joen kapein kohta, mutta en oikaissut tyttöä, joka lähti rämpimään läpsyköissään tiheiden pusikoiden välistä kohti veden ääntä. Hengitin, mutta huomasin että ilma ei enää liikkunut sisään eikä ulos, ei samalla tavalla. Kaikki seisoi paikoillaan, kuumankosteaksi massaksi tiivistyneenä, ja teki jäsenistäni vastahakoisia. Olin silti tyytyväinen, kun olin vihdoin päässyt tänne. Olin tehnyt päätöksen ja lähtenyt liikkeelle taas, pakottanut itseni palaamaan. Olin jo niin lähellä sinua, tunsin.

– Ai, se olla joki.

Tyttö tuli takaisin hikeä otsaltaan pyyhkien, ja olin juuri aikeissa nousta ylös, kun näin jotain. Viitoin tytön luokseni. Tyttö katsoi minua puolittain käsiään ojentaen ja luuli, että tarvitsin apua kiveltä noustessani. Osoitin kuitenkin tytön nilkkaan, josta vuoti verta.

– Aaa, tyttö äännähti toteavasti.

– Odota.

Aloin kaivaa reppuani. Löysin sivutaskusta kosteudelta säilyneen tulitikkurasian, mutta juuri kun olin raapaisemassa tikkuun tulen, oli tyttö nostanut maasta kalikan ja huitaisi sillä nopeasti jalkaansa. Ja siinä me katsoimme yhä enemmän verta vuotavaa haavaa ja pulleana maassa vaivoin kiemurtelevaa iilimatoa. Huokasin. Nyt olikin sitten parempi puhdistaa haava ja laittaa siihen laastaria, kun matoa ei irrotettu oikein, jotta siihen ei pääsisi bakteereita. Ennen kuin ehdin kaivaa antiseptisen liuoksen repustani, oli tyttö jo jatkanut matkaa, aivan kuin meillä ei olisi yhtään aikaa hukattavana.

Ana

Kaksikymmentäyhdeksän vuotta aiemmin:

Meillä oli ollut kodinkokoinen maailma täällä. En tarvinnut sinua tänne enää, sillä aistin sinut täällä jo. Olin antanut sinulle mahdollisuuden jatkaa elämää minussa ja palannut tänne kirjoittamasi pyynnön mukaisesti. Minulla oli siihen painavat syyni.

Luolan sisin hohkasi satojen vuosien tarinoita, joista me olimme vain yksi pieni monista. Meillä oli ollut hallussamme elämän ydin, sen tuoma valo, pimeys ja turva, valmis väylä vapauteen. Olimme nuoria, tietenkin, ja siksi etsimmekin vimmatusti kaikkea koko ajan. Itseämme eniten, myönsimme molemmat. Täältä löysimme heidät, syvimpiin onkaloihimme meissä aiemmin hautautuneina olleet. Ja lyhyen hetken me olimme he.

Olin jäänyt vielä hetkeksi senkin jälkeen, kun olit lähtenyt. Silloin vuotta aiemmin. Olin pitänyt itseni kiireisenä, ruokkien, leväten, lämpöä keräten. Olin ajatellut voivani vielä olla yhtä lintujen, puron, viidakon kanssa. Jonkun muunkin. Mutta sitten yhtenä aamuna olin herännyt ja käteni oli tuntunut oudolta. Ikään kuin siitä olisi puuttunut tuntoa, vaikka se toimi normaalisti. Sitten olin huomannut askeltavani vastavirtaan, kasaavani nuotiota nurin kurin. Ajatukseni tuntuivat asettuneen poikittain, ja ruoasta oli mennyt maku. Silloin olin tajunnut sen. Sinä olit vienyt sen mukanasi. Tuntoni, makuni, kehoni tanssin. Olin pakannut pieneen selkäsäkkiini pienet muistoni ja lähtenyt itsekin.
Palasin eilen luolallemme, vain vuoden viisastuneena, saatuani kirjeesi monen mutkan kautta.

Jäädäänkö Ana, jäädäänkö tällä kertaa sinne pysyvästi.

Hah, pysyvästikö muka kukaan tähän maailmaan jäisi, olin tuhahtanut lauseellesi ääneen, mutta huomannut silti nyökkääväni hiljaa.

Herman

Tytön askel alkoi jo hieman hidastua, vaikka hän pomppi yhä edessäni juurakkoja hädin tuskin huomioiden.

– Odota, sanoin, ja tyttö pysähtyi välittömästi kysymättä mitään.

Kaivoin repustani lippalakin, rypistyneen, jonka olin ottanut varahatuksi mukaan. Asetin sen tytön päähän ja hänen raskas, musta, yksinkertaisella kuminauhalla takaraivolle koottu nutturakenno valahti yhä löysemmäksi. Tyttö suorastaan hukkui lipan alle, muttei korjannut sen asentoa vaan nyökkäsi ja jatkoi sitten matkaa, tällä kertaa hitaammin, odottaen minua aina sekunnin pari ennen seuraavaa askelmaa.

– Oletko ollut täällä aiemmin? yritin kysyä kuuluvasti, mutta tyttö puisteli päätään nopeasti.

Oletin, ettei hän ymmärtänyt kysymystäni. Mutta tyttö kiskaisikin minua käsivarresta äkisti sivuun. Hän otti yhden, toisenkin askeleen hidastetusti, varoen päästämästä pienintäkään äännähdystä, ja osoitti vakavana ylös. Nostin katseeni. Ja siellä se oli. Siellä se toden totta oli.

Ensin näin vain vilahduksen kullankeltaisena hohtavaa käsivartta, joka ojentui ilmassa. Mutta sitten lehtien takaa, aamuauringon valaisemana, kurkisti koko olento siirtäen harkitsevasti untuvaturkkisen kehonsa ohuen näköisestä oksasta toiseen. Se istahti paikalleen, nosti valkokarvaisen naamansa kohti taivasta silmät paksujen mustien renkaiden taakse piiloutuen. Ja niin, ennen kuin ehdin henkeä vetää, puiden ylle kajahti ulvaisu, joka herätti menneisyyden muistijäljet eloon yhdellä silmänräpäyksellä. Ulvaisu kiersi ilmassa, kaarteli, järisytti juuria esille, sai puut ottamaan tukea toisistaan. Aika pysähtyi, pysähtyi pitkäksi hengettömäksi hetkeksi. Kohina, sirinä, sirkutus vaimeni ja antoi ulvaisulle sen ansaitseman ajan. Ääni jatkui oksalta toiselle ja jäi soimaan pitkään korvissa. Se muuttui korvakäytävissä pehmeäksi, lohduttavaksi. Kuin yhdeksi isoksi, heijaavaksi syliksi, joka sulki pois kaiken muun, kaiken turhan. Tyttö henkäisi syvään ilmaa, ehkä henkeä liian pitkään pidäteltyään. Minä hengitin epätahdissa ja halusin juosta kiinni äänen henkiin herättämät haamut.

Muistaisitko Ana sen hetken, kun viidakon kutsua koko aamuyön kuunneltuamme todistimme perheen yhdistymistä? Sitä kun sen kultakarvaiset jäsenet löysivät yön jäljiltä toisensa? Muistatko emonsa vatsaturkkiin tarrautuneen poikasen, sen alaspäin kohti maata suuntautuneen katseen, kuin ensi kertaa maailman näkevän? Muistatko aamuretkemme, kun päivät olivat uudempia kuin koskaan eikä mikään loppunut ikinä kesken?

Gibboni vilkaisi toiseen suuntaan ja heilautti itsensä seuraavalle oksalle. Tyttö vieressäni tuijotti ylös hartaana ja vakavana, kuin uskonnollista toimitusta seuraten. Kuin jokin olisi hänet siihen määrännyt, ja se jokin olisi suurempaa kuin mikään muu sillä hetkellä oleva. Kultahehkuinen turkki näkyi vielä hetken, ja tunnustelin ulvaisun äänimuistoa. Ja sitten, yhdessä nopeassa sekunnissa, gibboni oli jo poissa. Tunsin lämmön haihtuvan ympäriltäni kuin heräisin unesta. Tyttö vierelläni ei sanonut sanaakaan. Tuijotti vain tyhjiä latvoja kasvoillaan ilme, joka ei kertonut minulle mitään.

Olimme jatkaneet matkaa ääneti kuin mitään ei olisi tapahtunut. Tai ehkä oli tapahtunut jotain suurempaa, josta kumpikaan ei tiennyt puhua. Niin tai näin – olimme reittimme päätepisteessä.

Tuijotin kahden kalliojärkäleen kehystämää rakoa, josta jokunen vuosikymmen sitten olin sujahtanut kanssasi uuteen maailmaan. Maailmaan, josta olimme haaveilleet ja joka oli pitkään haaveekseni jäänyt. Pysähdyin katsomaan suuaukkoa, kun tyttö käveli jo edelleni. Hän tarttui kallion syrjästä kulmiaan rutistaen. Hänen otsaansa syventyi huoliryppy, sellainen, joka kielikin tytön sijasta edessäni seisovan jo aikuinen nainen. Silmissäni lapsekkaammaksi piirtynyt. Hän raapi hetken olkaansa, sydämenmuotoisen syntymämerkkinsä vieressä olevaa hyttysenpuremaa, ja nosti sitten itsensä ylös ja sutjakasti pienestä väliköstä kallion sisään. Kuin olisi tiennyt tarkalleen minne oli matkalla. Ja ensimmäistä kertaa tajusin hänessä jotain. Ehkä hänkin oli etsimässä. Etsimässä jotain, minkä löytämisessä tuskin kukaan pystyi häntä auttamaan.

Pysähdyin kallioiden väliin. Pystyin jo haistamaan kulman takaa avautuvan luolan suun. Muistin sinun kiven uumeniin katoavan selkäsi, pitkät mustat takkuiset hiuksesi.

Uskomatonta, että olin taas täällä, Ana. Ilman sinua tällä kertaa.

Ana

Palasin kotiimme. En löytänyt sinua, mutta tajusin siellä, että ei minun tarvinnutkaan.

Olin asettunut paikoilleni aina moniksi vuosiksi, vaikka kotia en löytänyt koskaan. Jotkut olisivat voineet kutsua elämäntapaani vaatimattomaksi, mutta tiesin ettet olisi yksi niistä. Minä vaadin kyllä, vaadin lämpöä, ravintoa, ymmärrystä, kehon, veden, tuulen painoa minussa, käsiä jotka jakavat, vaadin yhteyttä ympäristööni. Vaadin sitä, että saatoin kuulla maailman äänen vielä illan viimeisen ajatukseni lomassa ja heti aamunkoitossa ennen kuin avasin silmäni. Elin luonnosta ja vaadin siltä sen verran kuin mitä koin tarvitsevani.

En ollut jatkanut matkaani maailman moniin ääriin kulkurina, niin kuin uskoin sinun tehneen, mutta ymmärsin palosi siihen. En minäkään ikinä juurtunut yhteen kohtaan, vaan koetin idättää itseni joka kevät uudestaan. Silti en voinut kieltää, ettenkö olisi ikinä ajatellut sinua. Ehkä sinäkin saavuit takaisin luolaamme, mutta aika oli eri.

Joka tapauksessa, vähiten odotin, että kolmenkymmenen vuoden jälkeen matkaisin luolaamme taas, vielä kolmannen kerran.

Herman

Mennäänkö vielä sinne, missä kalat kävelevät ja linnut maukuvat. Mennään sinne, missä olemme vain kaksi kirkasta tähteä muiden miljoonien kaltaistemme joukossa.

Tuntui, että jokin vavisutti minua. Ravisteli. Käsiäni, kehoani, päätäni kauttaaltaan. Tarttui siihen osaan minusta, johon ei ollut tartuttu vuosikausiin. Haistoin maan. Haistoin äärettömyyden syvän sylin. Tuhansia vuosia vanhat tuoksut, ikuisesti täällä asuvat, kietoivat minut heti kolmenkymmenen vuoden taakse. En tiedä, kuinka monet olivat vierailleet täällä ennen meitä, asuneetkin, mutta minulle sinä teit tästä paikasta toden. Olin jo meinannut palata tänne muinoin, pian lähdettyäni, mutta en saanut sinuun enää yhteyttä. Ehkä myös pelkäsin. Pelkäsin menettäväni sinut uudestaan.

En malttanut liikkua pitkään hetkeen. Katsoin sormiani, levitin ne eteeni ja näin vapinan. Näin sormesi omieni ympärillä. Olin odottanut vastaustasi liian hartaasti, toiveikkaasti kuin pieni lapsi lahjaa, mutta lopulta aika ehti ottaa kiinni ja kasvoin jo ikää liikaa. Päätin jossain vuosien välissä olla odottamatta sitä. Olla odottamatta sinua enää. Rakensin toisenlaisen todellisuuden sen sijaan. Ja annoin vuosikymmenen kulua yksi toisensa jälkeen.

Suljin silmäni ja hengitin, hengitin niin ahnaasti kuin ikinä pystyin. Tyttö lähti tutkimaan luolaa pidemmälle, kierteli ympäriinsä nopein askelin. Mutta minä vain seisoin. Seisoin ja katsoin valuvan veden muodostamia epäsymmetrisiä torneja. Ylhäältä alaspäin ja toisinpäin kasvavia. Alati muotoansa hakevia kallistuvia kielekkeitä, vinksahtaneita valumavikoja. Stalaktiitit laskeutuivat luolan katoista jääpuikkoryppäiden tavoin ja tip tip tiputtivat uusia teoksia luolan alustalle ja seinämiin. Ryöppyävää aaltoa, kurottelevia kouria, hauraampaa pitsireunaa. Nostin katseeni ylös, ja päälakeani hipoi hätkähdyttävän nopeat mustat siivet. Siivekäs hävisi onkaloiden uumeniin yhtä nopeasti kuin oli toisesta onkalosta ilmestynyt, kenties ääniemme herättämänä. Tunsin kuinka luolan tuoksu alkoi takertua jokaiseen soluun minussa. Se kaappasi minut itseensä voimakkaammin kuin osasin ymmärtää. Se ravisteli minua kuin olisin pelkkä lehti myrskytuulessa, padon virtaan joutunut havunneulanen. Nopea siivenheilahdus, kiemurteleva matelija, tassunjälki mudassa. Hiipivä, ilmaa halkova, tuulen mukana kieppuva, kaislikossa kahiseva, maan mukana matkaava. Maasta tuleva, ilmasta elävä. Ilmassa leijuva hajumuisto tai korvassa kiertävä humina. Vapisin kauttaaltaan kuin nuorta verta virraten ja epäilin, oliko se kaksikymppinen nuorukai-

nen ikinä jättänyt tätä vanhan miehen nahkaa sitten-
kään.

Seisoin siinä, osana maata syvää, ja itkin vuolaasti.
Itkin luolamme uumenissa, kasvoni litimäräksi kastel-
len, sillä tajusin hetkellisesti olevani jotain muuta,
kaikkea muuta, kuin mitä kehoni oli määrännyt minun
olevan.

Ana

*"Olemme raajattomia, rajattomia, vain hetken ilmen-
tymä, pieni unohdus maailman äärettömyydessä", ta-
pasin lausua, mutta sinä vain nauroit, nauroit aina
niin että naurusi kaikui kattoon asti kimmoten onka-
losta toiseen ja jättäen loputtoman kehän naurusi kai-
kua ympärillemme. Ja nauratin sinua lisää, kunnes lo-
pulta vain hymyilit ja katsoit minua pitkään.*

Kului lähes kolmekymmentä vuotta, kun heräsin van-
haan ajatukseen. Ei, ei sittenkään. Heräsin ääneen.
Kaikkien tuttujen aamuyön äänien joukossa olit sinä.
Puhuit minulle omien tuttujen aamulintujeni joukossa.
Niiden, jotka kertoivat minulle, mikä aika oli kuun
kierrosta tai vuorokauden kulusta ilman, että minun
tarvitsi ikinä katsoa kelloa tai kalenteria.

Saatoinhan vain nähdä untakin, mutta lähdin silti et-
simään sinua yhtä kaikki. Mitä hulluutta, typeryyttä.
Lähteä nyt etsimään kulkuria poluilta, jotka olivat jo
kauan sitten kuroutuneet umpeen. Tai asfaltoitu kuo-
liaaksi suurten kaupunkien tieltä. Lähdin silti. Palasin
paikkoihin, joissa olimme kahden kulkeneet.

214

Tein pitkän matkan. Pienen metsän siimekseen, johon olimme joskus yrittäneet rakentaa pesän, lähemmäksi sinun alkurajojasi. Takaisin jokea pitkin etelämmäksi, pitkin reittiä, joka oli jo katkaistu monilta osin. Mutta en nähnyt merkkiäkään sinusta, näin vain muuttuneen maailman. En tunnistanut sanoja, joita ihmiset lausuivat ympärilläni, silloinkaan kun kielemme oli sama. En nähnyt maata monikaistaisten moottoriteiden alta, en kuullut pienintäkään elämänvirran värähdystä keinotekoisten kaupunkikulissien takaa.

Palasin niin pian kuin pystyin. Uupuneena. Ja silloin sain käsiini kirjeesi, jonka olit alun perin lähettänyt paikkaan, jossa olimme joskus olleet. Oli suorastaan ihme, että se oli päätynyt käsiini. Minä en kuitenkaan uskonut ihmeisiin. Luin kirjeesi aamuyönä, niinä tunteina jotka pitivät minua aina hereillä, ja tajusin että ehtisin vielä.

Herman

Minä nautin jokaisen muiston kuin aarteen, kuin kermaleivonnaisen, kuin vahvan aamukahvin, siltä ajalta kun leikimme lapsia. Me leikimme olevamme maan ikuisia lapsia, ja leikkimme oli viattomin ja kaunein asia, jonka pystyn vieläkään kuvittelemaan.

En tiedä tavoitanko sinua tälläkään kertaa, mutta miksenpä yrittäisi.

Sillä siinä vaiheessa kun lopettaa yrittämisen, on jo henkisesti poistunut paikalta.

Luola itki. Se itki valtoimenaan, kyynel, tippa kerrallaan intiimisti valuen, nyyhkäisten. Se oli lohdun itkua, ja minä valuin kyyneleitä sen mukana. Puhdistin itseäni kaikesta mukaani tarttuneesta, raskaista kantamuksista. Itkevä puro ympäröi minut pienillä haaraumillaan, ja sen kyyneleet pongahtivat kaikuna luolan seinämistä kadoten lopulta pimeyttä säilöviin peräonkaloihin. Tämä oli ensimmäinen kerta, kun itkin itkevän luolapuromme kanssa. Sillä vasta nyt käsitin, kuinka todellista oli aikamme täällä ollut. Pieni aikamme pienessä luolassamme liian suuren maailman ympäröimänä. Nyt pystyin hahmottamaan sen elävämpänä kuin minkään muun yksittäisen ajanjakson elämästäni sitä seuranneiden vuosikymmenten ajalta. Pystyin tunnistamaan multaisten sormiesi tuoksun, aamukasteen herättämän aluskasvillisuuden. Pystyin tuntemaan virtaavan veren, joka kohisi kehossani aina kun päivä oli uusi. Haistoin kuumaan veteen sekoittuvat yrtit, tunsin kylmää hohkaavan luolan takaseinämät. Tunsin kosteuden tiivistyvän, kun aurinko laski. Kehoni tunsi päivän jokaisen liikkeen ja tiesi niiden kertomina, miten toimia. Pääni ei tarvinnut tietää mitään.

Iso kyynel, pitkään valunut, tipahti lopulta ja kaikui hetken seinämältä toiselle. Se ei pudonnut minulta. Tunsin mullan, kaukaisen yrtin, alkumaan tuoksun, ja käännyin. Katsoin hetken pimeää hahmoa edessäni ja sen pään ympärille muodostuvaa takkuista mustanhopeaa kehää. Hahmo puhui minulle.

– Kyllähän siinä kestikin.

Rintakehäni puristui käppyrälle, ja menetin kaikki sanani. Yritin avata suutani, mutta huuleni puristuivat tiukemmin yhteen. Astuin lähemmäksi kömpelösti ja näin jo ääriviivasi paremmin. Ääneni hädin tuskin kulki, mutta sain yskäistyä nimesi, koska muuhun en pystynyt.

– Anamaria.

Ja nimesi kaiku sulki meidät luolaan sellaisena kuin olimme sen aina halunneet muistaa.

Nana

Olin löytänyt seitsemännen ihmeen. Itkevän puron sieltä, missä gibbonit laulavat korkeiden puiden latvoissa kuin valaat.

Tiesin olleeni matkalla jo liian pitkään. Mutta olin luvannut isälle tämän. En ollut kertonut kenellekään matkani todellista syytä, mutta äiti tiesi. Äiti tiesi, että löytäisin isäni muiston näistä kolkista. Ja niin olin löytänyt, seitsemän kertaa. Isä eli näissä ihmeissä, ja niin elin nyt minäkin. Tämä oli viimeinen ihme, ja nyt oli aika palata.

Katsoin hetken taakse jäävää luolan suuta, joka hautoi monet itkut sisäänsä. Annoin luolan itkeä kaikessa rauhassa niin kauan kuin sillä oli tarve ja käänsin sitten selkäni sille. Minua odotettiin jo takaisin.